BELLE-ÎLE NE RÉPOND PAS

Aux Éditions Alain Bargain

Dans la collection
ENQUÊTES ET SUSPENSE :

Élisabeth Mignon
- Fontaines mortelles à Quimper
- Jardins funèbres en Cornouaille
- Déferlantes au Guilvinec
- Cadavres exquis à Châteaulin
- Ultime refuge à La Forêt-Fouesnant
- Silences sur la Baie

Stéphane Jaffrézic
- Chili-Concarneau
- Ville bleue et beaux dégâts
- Disparitions en Pays Fouesnantais
- Tri Yann Tro Breizh
- Vengeances croisées à Nantes
- Escale forcée à Brest
- Dolmens sanglants en Bigoudénie
- Escapade à Landerneau *(épuisé)*
- Le mauvais fils de Guidel
- Murder party à Quimper
- Rendez-vous raté à Quimperlé
- La Korrigane de Concarneau
- Coup de chaud à Bénodet
- Trafic en Finistère
- Sirènes au Guilvinec
- Été torride à Névez

Gisèle Guillo
- Dernier rendez-vous à Vannes
- Du Léman au Morbihan *(épuisé)*
- Tempête à Quiberon
- La Belle de Carnac *(épuisé)*
- Le Saigneur de Quimper *(épuisé)*
- Vol de pigeons à Arradon *(épuisé)*
- Cash-cash au Crouesty *(épuisé)*
- Le Diable noir de Saint-Cado
- Clair-obscur à l'Île-aux-Moines *(épuisé)*
- Port-Louis, les ombres de la citadelle
- La Maison au bord du Golfe *(épuisé)*
- Les Amants Terribles de La Trinité
- Étel coupable ?
- Danger à Saint-Goustan

Marie Vaillant
- Chantage Bigouden
- Les corps mourants de Plozévet *(épuisé)*
- Vague blanche au Pouldu
- Malaise sur la côte lorientaise
- Vie de château à Pont-L'Abbé
- Locronan a la gueule de bois *(épuisé)*

Catherine Schubert
- Odeur de sang à Penvénan
- Le vilain de la Vilaine
- Sacré moine à Dinard
- Lucifer à Saint-Philibert

Jean-Louis Kerguillec
- Carantec à corps perdu
- Enlèvement en Baie de Morlaix *(épuisé)*
- Mauvaise passe sur l'île Callot
- Les Amours Noires du Léon
- Le disparu du Taureau
- Frai*zh* Connection
- Le Crapaud de l'île de Batz
- Saint-Pol, cathédrale infernale
- Pêche d'enfer à Cléder
- Le rôdeur des grèves

Bernard Kopka
- Secret de tombe à Paimpol

Gérard Croguennec
- Voile épais au Conquet *(épuisé)*
- Brest, Abri 668
- Morlaix en eaux profondes
- La martyre du Conquet
- Le silencieux du Conquet
- Effet papillon sur le Brest-Lyon

Jean-Jacques Égron
- Marais mouvant dans le Golfe
- Tracto Breizh
- Embruns toxiques sur Lorient
- Les Privés du Croisic
- Vannes à l'encre rouge
- Les oubliettes de la Presqu'île
- Engrenages sur la Côte Sauvage

Philippe-Michel Dillies
- Meurtres à Monnaie *(épuisé)*
- Chasse à Tours *(épuisé)*
- Train d'enfer pour St-Pierre-des-Corps *(épuisé)*
- Les roses noires de Chartres *(épuisé)*
- Du raisiné à Vouvray *(épuisé)*
- Partie truquée à Descartes
- Embrouille à Amboise *(épuisé)*
- L'écheveau de Blois
- Anicroches à Loches
- Murmures en Saumur
- Les plumes noires de St-Cyr-sur-Loire
- Clash à Tours

Aux Éditions Alain Bargain

Dans la collection

ENQUÊTES ET SUSPENSE® :

Pierre Engélibert
- L'Ours du Finistère
- Drôle d'oiseau à Brest
- Lavandières rouges à Daoulas
- Complot en Cap-Sizun

Séverine Le Corre-Mongin
- Drame en Morbihan
- Dernière note à Pontivy

Serge Le Gall
- La secte de l'Aven *(épuisé)*
- Sables mouvants à Bénodet *(épuisé)*
- La Douarneniste et le Commissaire *(épuisé)*
- Corps-mort à l'Île-de-Batz *(épuisé)*
- Traque noire à Audierne *(épuisé)*
- Fugue mortelle en RÉ *(épuisé)*
- Le moine rouge de Carantec *(épuisé)*
- La Sirène de Port Haliguen *(épuisé)*
- Coup fourré dans les Monts d'Arrée
- Vagues à lames à Noirmoutier *(épuisé)*
- Dépression sur les Glénan
- Belle-Île "Amère" *(épuisé)*
- Calvaire à Plougastel-Daoulas *(épuisé)*
- Course-poursuite sur l'Aven *(épuisé)*
- Cible ultime dans les Montagnes Noires
- Rouge baiser de Crozon *(épuisé)*
- Sac de nœuds à Trévignon
- Retour coupable à Pont-l'Abbé *(épuisé)*
- Quiberon Enrage *(épuisé)*
- Secrets salés à Fouesnant
- Fausses notes à Larmor-Plage
- Jeux de drames à Douarnenez
- Nature morte à Pont-Aven
- Châtiment à Port-Launay
- La belle endormie de Port-Manech
- Matin blême à Rosporden
- Coup de balai à Carnac
- Mortes-eaux à Riantec
- Héritage de sang à Concarneau
- Vengeance d'automne à Quimper
- Bain tragique au Pouldu
- Retour de bâton à Plogoff

Jacques Minier
- Traque mafieuse à Saint-Malo
- Double peine à Rennes
- Saint-Brieuc de mille feux
- Celtitude en Argoat

Bernard Enjolras
- Îlot mortel à Trégastel
- 3 petits singes en Côtes-d'Armor
- Mauvais sorts dans Le Trégor *(épuisé)*
- Micmac à Ploumanac'h
- Sale temps sur Penvénan
- Jeu d'échecs à Perros-Guirec
- Guêpier à Tréguier
- Jackpot dans le Léon
- Requiem à Paimpol
- Escale à Cancale
- L'inconnue de Saint-Thégonnec
- Code assassin à Trébeurden
- Les merlettes de Granit rose
- Liens de sang à Guingamp

Michel Courat
- Ça meurt sec à Locquirec
- Marée rouge à Plestin-Les-Grèves
- Coup de grisou à Pleumeur-Bodou
- Mort en vrac à Morlaix
- Sauvage farandole à Paimpol *(épuisé)*
- Mise à mort en Bretagne nord *(épuisé)*
- Masques de Terreur à Lanmeur
- Été meurtrier à Tréguier
- Le raisin coule à Lesneven
- Le Diable s'invite à Locquirec
- Morts à gogo à Plouguerneau
- Morlaix, TERminus !
- Les dessous de Plougasnou
- Granite écarlate
- Dernier tango à Plouescat
- Semaine noire en Pays léonard
- Vent de panique à Lannion
- L'Ange maudit de St-Michel-en-Grève
- Week-end de folie à Bégard

Rémi Devallière
- L'esprit d'Hoëdic
- Calculs sévères à Saint-Nazaire
- Sacré bidule à Pornichet
- "Pari" au mois d'août
- Piriac et son caillou mystérieux
- Vol 744 pour Le Pouliguen
- Pornic, Poste restante
- Nantes, le passager du Jules Verne
- Contre-courants au Croisic

Aux Éditions Alain Bargain

Dans la collection
ENQUÊTES ET SUSPENSE® :

Simone Ansquer
- Téviec, le Secret *(épuisé)*
- Aux tours de La Rochelle
- Grain de sable à Saint-Pierre-Quiberon
- Le mystère de la Cathédrale de Vannes *(épuisé)*
- Carnac, les menhirs disparus
- Bons baisers de l'île de Houat
- Nuit d'Enfer à Quiberon
- Belle-Île ne répond pas
- La captive de la ria d'Étel
- Dérive sur la Presqu'île

Martine Le Pensec
- Onde de choc sur Fermanville *(épuisé)*
- Angoisse sur Penmarc'h
- Lumière noire sur la Penfeld *(épuisé)*
- Printemps funeste à Brest
- 13e lune à Concarneau *(épuisé)*
- 32 octobre à Roscoff *(épuisé)*
- Terminus à Lannilis *(épuisé)*
- L'Enfer de Plogoff
- Alerte rouge à Brest *(épuisé)*
- Bad Trip à Lorient
- Le Cobra de Brest
- Le Mouton noir de Roscoff
- Sang pour sang à Recouvrance
- Amnésie sur Quimper
- Chat noir à Brest
- Bain acide à Douarnenez
- Noces de feu à Plouzané
- Pot aux roses au Cap Coz

Jean-Michel Arnaud
- Cavale à Brest
- Blues en Rafale à Landivisiau
- Le bagad bombarde à Quimper
- Loto létal dans le Léon
- Fresque de sang sur le Ponant
- Lettres mortes à Lannilis
- Lame scélérate à Morgat
- À bout de souffle à Landerneau
- Brest, scène de crimes
- Allers simples pour Ouessant
- Peur bleue à Portsall

Michèle Corfdir
- Le Crabe
- Mortel Hiver sur le Trieux *(épuisé)*
- Chasse à corps à Bréhat
- Larmes de fond *(épuisé)*
- Vent contraire à Loguivy-de-la-Mer
- Herbes amères à Belle-Isle-en-Terre *(épuisé)*
- Il court, il court, le furet des Abers *(épuisé)*
- Fest-Noz sur le Nil *(épuisé)*
- Eau dormante en Trégor *(épuisé)*
- Nuits assassines à Paimpol
- Crime à l'Armoricaine
- Vendredi noir sur l'Arcouest *(épuisé)*
- Sueurs froides sur le Goëlo
- Baignade clandestine à Bonaparte
- La route s'arrête à Loguivy-de-la-Mer
- Brest, bombes sur les murs
- Vent de terreur sur Bréhat

Bernard Larhant
- Quimper sur le gril
- Douarnenez, piège à Mouettes
- Les Galets de Tréguennec
- Les bas-fonds de Quimper
- Pas de pardon à Locronan
- Un pavé dans La Loire
- Psychose sur Bénodet
- Sang d'encre au Mans
- La Torche entre deux eaux
- Du Pastis dans l'Odet
- Les Ombres du Rennes-Quimper
- La Madone du Faouët *(épuisé)*
- Effet domino à Concarneau
- Le Môme de Fouesnant
- Hors la loi à Groix
- Omerta Bigoudène
- Alliance explosive à Audierne
- Jeux pervers à Quimper
- Chasse à l'homme au Ménez-Hom
- Dans les frissons de Nantes
- Manhattan-Tréboul
- Diabolo Nantes
- Tragédie à l'Île-Tudy
- Loire c'est noir
- Stress de Brest à Trévarez

Simone ANSQUER

BELLE-ÎLE NE RÉPOND PAS

Collection

ENQUÊTES & SUSPENSE

Quadri Signe - Editions Alain Bargain
125, Vieille Route de Rosporden - 29000 Quimper
E-mail : contact@editionsalainbargain.fr
Site Internet : www.editionsalainbargain.fr
Facebook : https://www.facebook.com/editionsalainbargain

Aux Éditions Alain Bargain

Dans la collection ® ***ENQUÊTES ET SUSPENSE :***

Christophe Chaplais
- Pâté de Corbeau aux amandes amères *(épuisé)*
- Le calisson jusqu'à la lie
- Farz aux herbes de Portsall
- Addition salée au Croisic
- Salade russe aux noix de Grenoble *(épuisé)*
- Fourchette mortelle à Chinon *(épuisé)*
- Soupe de Crabes à Brest
- La face cachée des Étoiles *(épuisé)*
- Mélodie gourmande à Guérande

Jean-Pierre Farines
- Brume sur la Presqu'île
- La route de Rocamadour
- Le Phénix est mort à Camaret
- Cercueil vide en Mer d'Iroise

Solenn Colléter
- Lettres de sang sur la Côte Sauvage

Vincent Cabioch
- 5 Diables Verts à Huelgoat

Patrick Bent
- Erquy profite le crime *(épuisé)*
- Le macchabée du Val-André *(épuisé)*
- Saint-Cast priez pour eux ! *(épuisé)*
- Hécatombe à Saint-Malo *(épuisé)*
- Nuit noire à Dinard *(épuisé)*
- Algues fatales à Erquy *(épuisé)*
- Rock'n'Roll à Lamballe
- Pluie de fiel sur Fréhel
- Arnaque à Erquy

Aux Éditions Alain Bargain

® *Dans la collection* **POL'ART :**

Serge Le Gall
- Sombre dessein à Pont-Aven
- Meurtres du côté de chez Proust *(épuisé)*
- Eaux-fortes à Ste-Marine *(épuisé)*
- Ciel rouge au Pouldu *(épuisé)*

Loïc Gourvennec
- Le râle du basson *(épuisé)*

Yves Horeau
- Monsieur Butterfly *(épuisé)*

Renée Bonneau
- Nature morte à Giverny *(épuisé)*
- Séquence fatale à Dinard *(épuisé)*
- Sanguine sur la Butte *(épuisé)*

Stéphane Jaffrézic
- Toiles de fond à Concarneau
- Le Rubis de Châteauneuf-du-Faou

REMERCIEMENTS

À Alain Bargain

PROLOGUE

Mourir un peu chaque jour et mourir un jour, ce jour sans lendemain.

Dans moins de trois heures, Mathias serait assis à l'arrière d'un taxi, direction l'aéroport Haneda International. Il ne pouvait continuer à fuir ainsi, c'était écrit.

Tout était écrit et il ne possédait pas le script.

Tout était codé et il ne possédait pas la clé.

Désormais, qu'est-ce qui pouvait bien avoir un sens ? James mort, il serait le prochain sur la liste.

Allongé sur le lit, yeux grands ouverts, il se demanda quand il avait ri pour la dernière fois, d'un rire vrai qui secoue de l'intérieur. Il n'arrivait plus à s'en souvenir.

Quand avait-il dormi d'un sommeil réparateur ? Huit ou dix jours, il n'en était pas sûr.

Quand avait-il éternué pour la dernière fois ? Ce matin, de cela, il en était certain.

Des tubes de médicaments jonchaient le sol de sa chambre d'hôtel. Au dos d'une ordonnance, il était noté quatre chiffres suivis d'un texte « *Lorsque le jeu débuta, les Supersaurus étaient en voie d'extinction.* »

Mathias déchira l'ordonnance. Il mourait d'envie de fumer mais, à Tokyo, c'était un réel problème.

I

VINCENT ET HUGO

Belle-Île, Sauzon – Le 1er avril

Plantés, droits comme des I, regards fixes, leurs épaules se touchaient. Au garde-à- vous, les deux hommes ressemblaient à deux soldats de plomb ayant enfilé des pardessus anthracite. Mal à l'aise, ils retenaient leur respiration.

La maquette d'un trois-mâts flottait non pas au-dessus des flots mais bien dans les airs. Ce vieux gréement, Vincent semblait le contempler avec fascination. Vision aérienne et intrigante. La contemplation était feinte, son esprit vagabondait uniquement au gré des œuvres exposées. Ses yeux surfaient sur une vague invisible, passant de la crête du mât d'artimon de cette maquette au pont d'une autre, celle d'une chaloupe sardinière, pour finir leur course sur la verticalité de l'imposante toile accrochée sur le mur à quelques mètres en face de lui. Couleurs vives du portrait, le personnage arborait une magnifique chevelure. Magie du lieu, aspiration par cette huile anonyme et transport par les notes de musique qui résonnaient en lui avec force. Soudain, Vincent expira et, de sa bouche, un murmure filtra :

— Par troll, tu suggères une créature machiavélique aux pieds crochus.

Hugo esquissa un sourire discret, extrêmement discret, avant de répondre à voix basse à Vincent.

— Non… enfin presque, une internaute malfaisante qui bave sur les forums.

— Quoi qu'il en soit, elle n'est pas venue au rendez-vous.

— Donc, j'avais vu juste, elle m'a tout l'air d'être un troll.

Bien que son français soit parfait, Hugo roulait les « r ». En l'entendant prononcer le terme « troll » avec son accent hispanique, Vincent perçut ce souffle sans poids comme un immatériel bruissement de feuilles. À peine la mélodie automnale s'était-elle envolée, qu'il grimaça.

Dents à peine desserrées, Hugo renchérit sur le ton de la confidence.

— Excuse-moi mais ton histoire est quelque peu glauque. Draguer sur les réseaux sociaux, déclarer sa flamme sur un “chat”, voire s'engager sans jamais avoir même senti l'épiderme de l'élue frémir sous ses doigts… Franchement, je n'adhère pas au concept.

— Moi non plus. Mais avec elle, c'est différent.

— Différent, en quoi ? Je t'écoute, quelles sont tes références ?

— Aucune. Différent, c'est tout.

— Un peu court comme argumentaire.

— Sur le Net, on se parle, on se claque la porte au nez, on revient et on se réconcilie. Comme dans la vraie vie.

— Quelle porte, uniquement un trou de serrure virtuelle et ce « on » mate par ce trou…

— Pas du tout, on…

— On, on… Je te parle de toi et de cette fille.

— Daphné, elle se prénomme Daphné.

— Même son prénom sonne faux. Je flaire la contrefaçon, l'arnaque sur le produit made in Grèce.

— Elle n'est pas un produit.

— Elle agit comme si elle l'était, en faisant monter les enchères affectives. Donc, elle t'a posé un lapin.

— Absolument pas.

— Avoue, tu l'attendais fébrilement dans ce bar et lorsqu'elle en a franchi le seuil, comme elle avait un faciès repoussant, tu t'es lâchement éclipsé pour te planquer aux toilettes.

— Si c'est un interrogatoire, ce n'est pas le lieu… La vérité, elle a eu un empêchement. Cela arrive à tout le monde, un empêchement.

— OK. Inutile de t'emporter. Parle moins fort.

Une femme vêtue intégralement de noir se retourna, foudroyant du regard les deux hommes. Vincent baissa la tête et se mit à fixer le bout de ses chaussures parfaitement cirées. Quelques secondes plus tard, considérant que la musique couvrirait suffisamment ses murmures et lui éviterait les foudres de la femme en noir, il chuchota à Hugo, debout à sa droite.

— Je ne suis pas le genre de type à me complaire dans ma bulle virtuelle. Je ne vais pas tomber amoureux de mon écran tactile.

— Préférable. Quel genre d'empêchement ?

— L'hospitalisation de sa grand-tante. Fracture du fémur.

— Ah… Bête.

— Tu doutes ?

— Et toi ?

— Daphné est très proche de sa famille.

— Quant à toi, tu es trop proche de ton smartphone. Je parierais qu'il t'accompagne jour et nuit, où que tu ailles, quoi que tu fasses.

— Du nomadisme connecté.

— J'avais raison, ta puce te suit partout.

— Chacun trouve son bonheur là où il le peut.

— Fais gaffe aux vibrations, mon ami…

Vincent ne répondit pas. Après une minute de silence, il susurra :

— James m'avait avoué qu'il voulait se faire enterrer avec son smartphone.

— Glauque, je persiste. Donc, tu la vois quand, ta dulcinée ?

— Plus aucune nouvelle depuis huit jours.

— Que diable, un peu de cran, passe-lui sur-le-champ ce coup de fil fatal.

— Tu es dingue, pas ici. En plus, blasphémer en ce lieu…

— Allez, tu n'as qu'une vie. Tout peut si vite basculer.

— Pas tort. Enfin, ça craint un peu.

Vincent retroussa sa lèvre supérieure, affichant le sourire du matou tigré d'Alice au pays des merveilles. La couleur de sa peau, d'un brun métissé, faisait ressortir la blancheur de ses dents. Délicatement, de la poche de son pardessus sur mesure, il sortit l'objet du futur délit puis composa le numéro de Daphné en toute discrétion. La musique cessa enfin. Devant l'autel, le prêtre prit son inspiration, ouvrit la bouche, prêt à débuter son homélie funèbre. Soudain, provenant du cercueil placé dans la travée centrale face à lui, une sonnerie sourde retentit. L'homme de Dieu se figea. Interloqué, il demeura muet. Sur tous les visages qui lui faisaient face, tous, il put lire la consternation. Les neurones de la cinquantaine de personnes massée dans l'église Saint-Nicolas de Sauzon, s'affolèrent, dans un silence religieux. Vincent pressa avec force l'avant-bras d'Hugo. Ce dernier bredouilla :

— Mierda…

II

MATHIAS

Tokyo – Quartier de Roppongi

La tête à l'envers ou plutôt la terre à l'envers, le décalage horaire était-ce cela ? Les aiguilles de son horloge interne tournaient à contresens depuis que Mathias vivait le jour en pleine nuit. Huit jours sans véritable sommeil dans une ville où le jour se confond avec la nuit.

Les rares façades des buildings qui ne s'étaient pas transformées en publicité géante ressemblaient à des écrans plasma orphelins, dépourvus de pixels. Mathias avait réussi à dénicher et même à entrer dans un savoureux immeuble ne vantant rien sur sa façade de verre, un édifice exceptionnel, pour lui qui n'était pas un Tokyoïte avide d'étoiles accrochées aux fenêtres. Assis sur un inconfortable tabouret face à une tablette en acier, il fixait la vitre. Clairement, l'inconfort du lieu signifiait qu'il n'était pas question de rester flâner là. Le temps d'allumer une cigarette, de la griller jusqu'au filtre, d'écraser le mégot dans un cendrier et de regagner la rue. Vite, agir vite pour fuir le délit. Pourtant, le spectacle aurait valu la peine de s'attarder dans la bulle enfumée. Par-delà la baie vitrée du deuxième étage de l'immeuble situé à l'angle d'un croisement, la ville s'agitait dans la nuit, les taxis s'affolaient, les passants se massaient : fourmilière grouillante et colorée où chaque être suivait un fil invisible, connu de lui seul. Aucun choc frontal, tous savaient où aller, comment y aller, comment se comporter. Des règles régentaient parfaitement l'ensemble pour donner une cohérence au monde d'en bas. À Tokyo, il n'était pas simple de griller une cigarette dans la rue. En revanche, les bars de nuit, les restaurants d'after-work accueillaient les fumeurs. Cigarette et alcool pour les hommes à la sortie du travail. Parfois, une masse compacte d'anonymes, tous debout sur le bitume, se pressait sans toutefois se toucher, fumant à l'air libre dans un espace dédié aux fumeurs. Étrange. Souvent, ces fumeurs se regroupaient dans un aquarium.

Des cinq hommes présents dans l'aquarium, Mathias était le seul à contempler le spectacle de la rue. Les autres fixaient l'écran de leur portable. Ailleurs, ils étaient tous ailleurs, mais où ? « James aurait aimé cette ville, ultra-connectée », songea-t-il.

Nerveux, Mathias consulta sa montre. Elle était encore à l'heure française. Seize heures en France et il n'avait pas sommeil ici. De l'autre côté de la terre, quatre coups venaient de sonner au clocher d'une petite église française, probablement que le prêtre baissait la tête, que les fidèles serviteurs de Dieu se signaient. James venait de tirer définitivement sa révérence au monde des vivants.

Mathias sortit son paquet de la poche de sa veste, joua avec son briquet : flamme de la vie, perte d'un ami, ultime hommage. Il regarda le spectacle qui se jouait en bas sans même le voir. Les yeux humides, le regard fixe.

Soudain, il crut reconnaître James au milieu de la foule. Était-ce lui l'homme au chapeau melon, l'être sans visage, celui-là même que Magritte avait peint à l'infini, déclinaison obsessionnelle de monsieur Tout-le-Monde, de l'unique ? Ce ne pouvait pas être James, évidemment.

Une main se posa sur son épaule. Surpris, il se retourna puis, calmement, offrit du feu au Japonais qui hochait la tête. Pas un mot, un hochement du chef pour s'exprimer, pour s'excuser de ne pas avoir de briquet, pour remercier, pour exister face à un étranger perdu dans l'aquarium tout comme lui. Mathias n'alluma pas la cigarette qu'il tenait entre ses doigts. Dans l'expression « mourir d'envie », le verbe mourir le glaçait.

Dans deux heures, Mathias remettrait sa carte d'embarquement à une hôtesse.

Il sortit de la bulle. Des millions de parapluies

transparents s'ouvrirent dans une communion parfaite, protégeant Tokyo de la pluie. Il pleuvait sur la ville, il pleuvait dans son cœur. De l'autre côté de la planète, un ami venait de faire ses adieux.

III

GRETA

Paris 20e – Une semaine plus tard

Le 8 avril au matin, square Édouard-Vaillant, deux pies batifolaient sur le gazon fraîchement tondu. Leurs longues queues caressaient l'herbe vert tendre. Nerveuse, Greta, assise sur un banc, croisa ses jambes puis les décroisa. Par le glissement de son genou droit sur le gauche, elle amplifiait l'effet de brillance du voile de ses bas, suggérant une transparence parfaite. Longuement, elle contempla ses ongles vernis à la couleur grenat avant de tapoter enfin le bras d'Hugo avec une délicatesse extrême.

— Ainsi, dans l'église, personne n'a ouvert le cercueil.

— Pour quoi faire ?

— Pour répondre.

Hugo haussa les épaules.

— Mais qu'est-ce que tu t'imagines, nous étions tous totalement chavirés.

Déçue tout autant qu'irritée, Greta renchérit.

— Tous bouleversés, même celui qui a déposé le portable à côté de la dépouille.

Greta marqua un temps d'arrêt, le terme “dépouille” lui était venu naturellement. Pourtant il sonnait faux dans sa bouche, même s'il tintait juste aux oreilles d'Hugo. Elle se racla légèrement la gorge pour affirmer :

— Enfin, le type aurait pu y songer qu'il pouvait se mettre en branle à tout moment. Le genre mode vibreur, ce n'est pas sorcier.

— Celui ou celle qui a osé introduire l'objet dans la poche de la veste de James n'a pas dû y penser.

— Morbide et étrange, ce coup du téléphone déplacé. Tu le savais, qu'il voulait se faire enterrer avec son portable ?

— Il est fréquent que des proches glissent des petits objets ayant appartenu au défunt près du corps. Je crois me souvenir que James en avait émis le souhait de son vivant.

Greta frissonna.

— Moi, j'ai du mal à parler de ces choses. Incinéré ou pas, enterré ou pas, grignoté par les vers ou pas.

— Passé 40 ans, on se permet d'évoquer le sujet, lui rétorqua Hugo.

N'imaginant même pas que la remarque lui était adressée, Greta questionna :

— Il avait 40 ?

— Quarante-deux.

— Je lui en aurais donné 39. Enfin, je le connaissais à peine.

Hugo esquissa un sourire. Avec effronterie, elle mentait sans vergogne. Elle savait exactement quel était l'âge de James.

— En réalité, vous vous étiez perdus de vue, rétorqua Hugo.

— Tout à fait, preuve en est, je n'ai pas été conviée à son enterrement.

Hugo fut surpris par la remarque. Greta empilait les invitations sur papier glacé : cocktails, vernissages, avant-premières, marques d'attention de galeristes plus ou moins connus. Elle aimait se montrer en public, quelles que soient les sollicitations, pour glorifier une vague relation tout autant que pour conspuer un ami ou même applaudir un ennemi. Narquois, il lui claqua :

— Pas besoin de carton dans de telles circonstances. D'habitude…

— Habituellement, je m'incruste, c'est ce que tu sous-entends. Je vois à ton petit sourire moqueur que tu as une piètre opinion de moi.

Un joggeur s'arrêta dans l'allée à quelques mètres du banc et fit quelques étirements. Avant qu'il ne s'apprête à repartir à petites foulées en direction du kiosque à musique, Greta prit le temps de le toiser de bas en haut puis subitement s'en désintéressa et se tourna vers Hugo.

— Le cercueil, était-il plombé ?

Greta plissa le front, marquant ainsi sa réflexion. Préoccupée, elle se mit à parler avec emportement.

— Déjà que l'on capte mal dans une église, alors dans une caisse plombée… Tu crois qu'il y a du réseau sous terre ? Et la batterie ? Techniquement aberrant. Pourquoi James aurait-il agi de la sorte ? Enfin, pourquoi aurait-il souhaité être enterré avec son portable ?

Étourdi par le foisonnement de questions, Hugo abdiqua.

— Il faut croire qu'il avait ses raisons.

— À mon avis, il souhaitait que personne n'aille fouiller dans sa vie. C'est ça. Les photos, les vidéos, la messagerie, tout ! C'était bien son portable, le sien ?

— J'imagine mais je ne pourrais l'affirmer. C'est compliqué.

— Donc, comme je le supposais, personne n'a eu le culot d'ouvrir le cercueil.

— Détrompe-toi, il a été ouvert mais plus tard.

Sourire aux lèvres, elle semblait attendre qu'un miel malsain sorte de la bouche de son informateur, qui ne se laissait pas aller facilement aux confidences. Elle renchérit.

— Sa vie va être passée à la cribleuse. L'enterrement a été reporté, je suppose.

— Tu n'as toujours pas reçu de carton ? lança ironiquement Hugo.

La jeune femme dodelina de la tête.

— Le portable fait de nous tous des passe-murailles.

— James se plaçait au summum de cet art.

— Je ne sais pas encore si je voudrais finir en cendres et que mes restes soient dispersés dans le jardin du souvenir. Néanmoins, ce que je peux affirmer dès à présent, c'est que mon code PIN, eh bien, je l'emporterais où que j'aille, au septième ciel, en enfer ou au nirvana des nanas. Parce que mes textos, même les plus anodins, les « *koi29* » ou « *kestufé* », eh bien je ne veux pas que mes copines les lisent après ma mort.

Sa myriade de copines rendait Greta pathétique aux yeux d'Hugo. Elle se comportait telle une adolescente avec des secrets de gamines alors qu'elle était en réalité une adulte d'âge mûr refusant de vieillir. Hugo se devait de recentrer les propos de Greta.

— Peut-être que James avait des choses bien moins anodines à cacher. Si tel est le cas, la police le découvrira vite.

— La police ! Pire que les copines, les gendarmes... Quoi que. Mais, pourquoi la police ? Ce n'est pas une affaire d'État que de vouloir passer dans l'au-delà en compagnie de son smartphone.

— Tu n'es pas au courant pour l'autopsie ?

Le nez de Greta se retroussa.

— L'autopsie ?

— Suspicion d'empoisonnement.

Greta écarquilla les yeux. Ses longs cils parfaitement lissés se mirent à battre de façon irrépressible.

— Énormissime ! Raconte.

— Intoxication à l'eau, lui asséna sèchement Hugo.

— Comment cela, un excès de glaçons dans son whisky ?

— La part des anges.

— Quel ange ?

Prenant conscience que la mort de James pouvait ne pas être accidentelle, elle commença à s'agiter sur le banc. Pour clore la conversation, Hugo s'empressa d'annoncer :

— Excuse-moi, je suis overbooké en ce moment, aussi je vais devoir te laisser. Au fait, ton séjour à Tokyo s'est bien passé ?

Comme pour s'étourdir de paroles, elle se mit à s'exprimer avec un débit plus rapide.

— Oui. Deux semaines palpitantes. Je suis arrivée à l'aéroport en pleine nuit, Toshima m'attendait comme prévu mais je n'ai pas pu voir…

En se levant du banc, Hugo coupa court au monologue qui s'annonçait. Il regrettait d'avoir relancé la conversation en questionnant Greta sur son voyage au pays du Soleil levant. Tout autant, il se maudissait de l'avoir croisée dans le square. Évidemment, elle résidait à deux pas de chez lui, ce qui justifiait cette rencontre qui, selon lui, n'avait rien de fortuit. Greta connaissait fort bien ses habitudes et il aurait parié qu'elle l'attendait dans le square depuis une bonne heure. Hugo hésita avant de s'engager dans l'allée, il se retourna et lui sourit, il devait faire preuve d'un minimum d'attention à son égard compte tenu des circonstances. En guise d'adieu, il lui lança :

— Une autre fois, nous prendrons le temps d'en parler plus en détail.

Greta le héla :

— N'oublie pas que nous avons rendez-vous dans trois jours… Mon beau latino !

Hugo ne se retourna pas une seconde fois, il n'était pas près d'oublier ce fameux rendez-vous et elle le savait pertinemment.

IV

CLÉMENCE

Paris – La Défense – Le 8 avril, fin de matinée

Tout comme Greta, son amie et collègue, Clémence n'était pas adepte du "*no make up*". Le naturel marchait pour les jeunes filles mais pas pour cette quadra, aux cheveux blond platine, qui acceptait volontiers de mentir sur son âge. Elle traquait la moindre ride, se maquillait savamment et cultivait l'art de mettre son corps en valeur en choisissant des tenues qui l'avantageaient généreusement. Évasive en ce qui concernait sa date de naissance, elle avouait aisément être hypocondriaque à plein temps, en précisant que là était son seul défaut.

Dans la firme qui l'employait, les bruits de couloir résonnaient contre la tôle de la machine à café. L'espace détente, deux tabourets installés devant un minuscule comptoir, se prêtait à l'échange rapide d'informations, professionnelles parfois et personnelles le plus souvent. Le bout de sa langue vint chercher le filet de mousse à la caféine posé sur sa lèvre supérieure pour le ramener avec délicatesse dans sa bouche.

Elle avala une gorgée tout en dévisageant Vincent, puis se lança enfin.

— Alors, qu'est-ce qu'ils ont découvert ?

— Qu'il souffrait de nomophobie.

— Cette maladie m'est totalement inconnue. D'ailleurs, une phobie n'est pas mortelle. C'est vrai que, la dernière fois que je l'ai vu, il se traînait une tête de déterré et avait perdu quelques kilos. Peut-être faisait-il un régime pour conserver la ligne ? Enfin, comme il me semblait en petite forme… et que je l'ai croisé incidemment quelques jours avant son décès. Ce ne serait pas contagieux, par hasard ?

— Probable, mais nous sommes tous plus ou moins atteints.

Inquiète, Clémence retroussa son nez.

— Donc, la nomo… maladie infectieuse ?

— Étrange infection, en vérité, une peur, la peur incontrôlable d'être séparé de son portable. En moyenne, James le consultait deux cents fois par jour.

Poussant un grand soupir de soulagement, Clémence répondit :

— Je suis rassurée, parce que… Greta m'avait raconté n'importe quoi, une intoxication à l'eau, selon elle.

— Intoxication n'est pas le terme qui convient.

— Comment cela ? Il aurait fait un malaise à la suite de cette intoxication, puis une mauvaise chute. Terrible accident !

— Tu as dû mal comprendre, c'est bien plus sinistre, empoisonnement à l'eau.

— Mince alors, il aurait bu de l'eau croupie, moi qui n'ai pas cru Greta tout à l'heure. Aurais-je mal interprété ses propos ? Je vais lui envoyer un SMS, tout de suite… Eau du robinet ou minérale ? questionna-t-elle, tout en tapotant sur l'écran de son smartphone.

— Pourrais-tu attendre que je sois parti pour contacter Greta ?

— Excuse-moi.

Vincent pesta :

— Des centaines d'amis sur les réseaux sociaux et une cinquantaine de personnes à son enterrement. Déprimant, quand on y songe. En fait, l'amitié ne se résume pas à un clic.

Nerveux, Vincent fouilla dans la poche de sa veste à la recherche d'une pièce de monnaie.

— Tu étais au courant que James avait payé pour participer à un jeu ?

Les yeux de Clémence fixaient son écran.

— Tu disais… Un jeu de piste ?

— Non, plutôt jeu du cirque ! s'exclama Vincent, exaspéré.

— Quel rapport avec son décès, enfin avec cet effarant empoisonnement ?

— Probablement qu'il n'y a pas de lien. Je me fais peut-être des idées.

— Combien lui avait coûté sa participation à ce jeu ?

Une pièce dans la fente et le café se mit à couler dans le gobelet. Vincent récupéra sa boisson fumante.

— Un paquet de monnaie sonnante et trébuchante.

— Le jeu devait en valoir la chandelle pour que James ait accepté de casser sa tirelire. Tu gagnes quoi ?

— Mystère. Pour être dans le secret des dieux, il faut avoir le code à quatre chiffres.

— Comme un code PIN.

Surpris par la remarque, Vincent acquiesça d'un mouvement du menton. Bien que notoirement idiote de son point de vue, Clémence pouvait parfois faire preuve de bon sens. Elle le surprenait par son phrasé naturel cadrant fort peu avec son physique sophistiqué.

Elle l'interloqua lorsqu'elle s'exclama :

— Énormément, il avait énormément d'argent !

— Aucune indécence à cet état.

— Seule indécence dans son cas, lui présenter la note au restaurant.

— D'accord avec toi. Enfin, les bons petits plats, c'est bien fini pour lui.

— James était plutôt haricots verts… Alors, tu m'as bien dit qu'il a été empoisonné, c'est monstrueux. Pour moi, James restera une véritable énigme. Énigmatique jusque dans la mort. Se faire enterrer au pays des pierres qui poussent, c'était déjà étrange…

— En Bretagne, Clémence.

— C'est ça, dans la contrée des pierres dressées. Pas loin de Carnac.

— Si tu veux, à Belle-Île plus précisément. Caveau de famille, ça te parle ?

— OK. Rien que de songer à toute cette eau, j'en ai le mal de mer. Et Hugo, il avait fait le voyage au pays du granit ?

— Nous étions ensemble à l'enterrement et j'aurais préféré qu'il ne m'accompagne pas.

D'un geste maîtrisé, elle jeta son gobelet dans la poubelle. Cette remarque assassine lui plaisait. Elle ne supportait pas Hugo alors qu'elle avait un petit faible pour Vincent. Métis aux allures de dandy, il la fascinait. Plus tard, un jour, elle lui lâcherait la vérité. Ensemble, formeraient-ils un couple d'associés tout autant que d'amants ? Elle deviendrait son double sur lequel il pourrait compter.

Pour le moment, ce grand timide programmait l'amour, surfant sur des applications de rencontre. Le hasard ne lui suffisait pas, il se nourrissait d'amour programmé. Pernicieux logiciel, songea Clémence.

Elle tritura une de ses mèches blondes et demanda sans vraiment réfléchir :

— Le concepteur de ce jeu, est-il connu ?

— Son pseudo l'est. Argy.

V

ARGYNNIS

Banlieue parisienne – Le 11 avril, à l'aube

Argy, diminutif d'Argynnis, avait tout juste 24 ans. Argy, étrangère à son époque, portait toujours ses lunettes “repousse-mec” et ce, dès le lever. Elle ne s'en séparait jamais, hormis lorsque, enfin seule dans son studio, elle effectuait des chorégraphies de danse contemporaine en combinaison blanche, façon peintre en bâtiment promu fortuitement quadrille. Hypnotique jardin secret atteint par la myopie d'un lys sans tutu. Elle exposait du duvet sous ses bras, vocalisait dans sa minuscule salle de bains avec sa brosse à cheveux en guise de micro. Le célibat permettait cela, se perdre physiquement en se négligeant et en oubliant le douloureux glissement de la lame de rasoir sous les aisselles. Quant au décor, il cadrait avec le personnage, épuré à l'extrême ou, mieux, vidé de tout superflu. Rien sur les murs, hormis un portrait en noir et blanc curieusement colorisé à la main. Créature surannée, comme sortie des pages en papier glacé de *Glamour*, aux lèvres pulpeuses soulignées par un trait au feutre carmin, sa mère.

Citadine décalée, son jean pelé comme un oignon laissait passer l'air. Argy était limite anorexique. Le haut de son pantalon s'accrochait à ses hanches, retenu par un doux miracle, en l'occurrence une ceinture en cordage bleu tressé. Sans fesse, tout jean moulant perdait son unique sens, celui de la séduction. Argynnis traînait son corps d'adolescente androgyne tel un mal incurable. En cherchant bien, elle savait qu'il lui aurait été aisé de trouver pire qu'elle, un malade bien plus profondément atteint. À Paris, tout était possible. Il suffisait de se rendre à la supérette la plus proche pour rencontrer d'étranges créatures filiformes vêtues de tenues bigarrées. En banlieue parisienne, les rues de son quartier foisonnaient elles aussi d'êtres singuliers. Mais comme le temps lui était compté, flâner tout en dévisageant le quidam attendrait. Son train ne l'attendrait pas.

Depuis qu'elle était tombée sur une effarante publicité dans la presse, elle crevait de trouille. Cette annonce publicitaire s'adressait à elle à mots couverts. Bientôt, quelqu'un allait remonter jusqu'à elle parce qu'il existait toujours une personne qui serait suffisamment futée, ténue, féroce pour dénouer le sac de nœuds. À l'instant même où elle serait découverte, elle ne donnerait pas cher de sa peau, de son épiderme non épilé. Alors, à l'aube, elle enfila des gants de ménage, nettoya de fond en comble son petit appartement puis jeta son linge de maison dans un sac-poubelle. Elle fit place nette, rangea la photographie de sa mère dans une pochette et claqua la porte de son appartement. Mademoiselle Daphné, la résidente domiciliée au quatrième étage, porte B, disparaissait à jamais. Il était grand temps pour elle de redevenir Argynnis Pencoët ou, mieux, Argy.

En bas de son immeuble, sac de voyage sur l'épaule, Argy croisa Paul, le petit-fils de la concierge. C'était le rayon de soleil qui lui faisait tant défaut en ce moment. Le jeune utilisait son smartphone pour photographier les chevilles des filles, tout en tenant en laisse le chien de sa mamie, un Jack Russel aboyeur. L'adolescent avait un truc à lui, un stratagème de chasse imparable. Il faisait mine de ramasser les crottes du toutou en se pliant en quatre, à fleur de trottoir et des jambes des belles. Ni pitoyable, ni impudique, le gamin assumait sa lubie libidinale, le cliché volé donnant la vedette à un bout de chair, à une fine articulation d'une ineffable beauté. Pas malsain mais différent des autres jeunes de son âge, il s'évertuait à pousser à l'ombre d'un réverbère. Sa vie défilait par séquences et gros plans, des photos de ballerines et des vidéos aux bandes-sons tout juste ponctuées des claquements de talons d'escarpins anonymes. Un jour Argy lui offrirait un Golden Globe, statuette du meilleur acteur du cinéma de son quartier. Dans sa banlieue, il n'y avait que déshérence inavouée, des gens qui décrochaient, accros aux antidépresseurs et aux substances plus ou moins licites. Au moins, ce gamin se raccrochait aux branches d'un arbre magique aux fruits pulpeux en forme de chevilles féminines. Argy portait en elle un sentiment ambivalent, d'amour et de haine pour les habitants de ce quartier qui l'avaient accueillie sans rien lui demander en retour.

Soudain, Argy se sentit perdue et pressa le pas. Ce ne serait pas une sinécure de passer l'épreuve du RER au petit matin, puis de rejoindre la gare pour prendre un train grandes lignes.

Dans la gare, le gaillard la dévisagea. Ensuite, la goutte perla du goulot à la bouche de cet homme. Bouteille de bière à la main, l'inconnu se colla à sa cuisse et lui hurla dans l'oreille « Ben, t'es belle, comme ça. Si tu me filais un coup de botte dans le cul, je finirais porte de Clignancourt ! » Ivre de grands espaces et de liberté, ce type régnait sur cet escalator, arête centrale d'un poisson géant nommé Montparnasse. Argynnis pencha la tête. Ses cuissardes enrobaient la chair de ses cuisses, la protégeaient tout en l'exhibant. L'escalier roulait, le tapis glissait sur les mots crus. Elle ne répondit pas. Hautement préférable. Dans le hall de la gare, le type éméché l'oublia subitement et s'en prit à deux agents de sécurité. Il leur lança « qu'en tant que champion d'échecs reconverti en chef de gare, il leur conseillait d'aller se faire voir au Capitole. » Si les termes déraillaient, le train de Argy était annoncé bien à l'heure. Le monde tournait carré dans un aquarium rond. À Paris, tout un chacun surnageait sans prêter attention à celui qui se noyait juste à ses côtés.

Rentrer à Belle-Île pour retomber en enfance en récupérant sa bouée familiale en forme de canard, là était son seul désir. Là-bas, il lui serait inutile de tricher sur son âge ou sur sa carrière, de se parer de tous les trucs clinquants qui donnent bonne mine. Là-bas, les îliens n'étaient pas bronzés, uniquement burinés, sans passer en cabine et griller sous une lampe tel un toast du brunch dominical. Là-bas, elle redeviendrait Argy, la petite-fille de Marie Pencoët. Pourtant l'idée de ce retour précipité oppressait sa poitrine. C'est l'estomac noué que, devant le comptoir d'une sandwicherie, Argy se positionna dans la file. Elle acheta une cannette de soda, but d'un trait la boisson et introduisit dans la cannette vide la puce de son portable. Ensuite elle jeta le tout dans une poubelle.

Satanés chiffres, maudits nombres, foutus logiciels, songea-t-elle. À 8 h 56, elle s'installa place n° 24 dans le wagon n° 12 du train à grande vitesse, une sucette framboise dans la bouche, face à une demoiselle, addict à l'acide hyaluronique et crèmes de nuit… enfin, accro au blush. Le voyage s'annonçait “make up” et plaisant de ce fait. Dès le tunnel passé, sa voisine se jeta sur son portable, affamée. Elle chuchota « Baby, qu'est-ce que la vie ? Une architecture, une croissance. Alors, le cristal est vivant, matière structurée, tout comme un trou noir en perpétuelle expansion. » Argy dévisagea la planète pensante qui refaisait le monde par ondes interposées, tout en clignant des paupières et en humectant ses lèvres. Argy constata que sa voisine avait de sublimes chevilles, qui auraient totalement affolé Paul. Luciole pastel du wagon, la jeune fille jouait la star et Argy se sentit soudainement grenouille. Elle se leva et ne revint jamais à sa place. Elle termina le voyage au wagon-restaurant, le nez collé à la vitre. La campagne défila à grande vitesse, tel un vieux film muet passé en accéléré, où il ne se passait rien de palpitant. La province débutait ainsi par touches. Les décalcomanies se plaquaient puis défilaient sur un fond de décor verdoyant ou encore brun, des éoliennes ou libellules géantes semblaient masquer l'ombre d'un château d'eau avant d'avaler la courbure d'une vache ou encore la silhouette fuyante posée sur la selle d'un vélo. La foule était restée à la porte de la capitale. Argy se sentit bien mais elle savait pertinemment que ce répit ne serait que de courte durée.

VI

VERS SON ÎLE

Gare d'Auray

En descendant du train, Argy se dit mentalement « Ça va faire mal. » Clairement, sa grand-mère ne la reconnaîtrait pas. En deux ans de vie parisienne, elle avait perdu l'essentiel de ce qui la caractérisait autrefois, sa fraîcheur de rose et sa quinzaine de kilos en trop. Partie le bagage lourd, elle revenait le sac ultra-light. À l'âge où les limites n'existent pas, elle les avait atteintes, grillant toutes ses cartouches, celles de la fille saine et armée pour affronter le pire. Rentrer sans son décolleté ultra-généreux et ses courbes girondes. Argy fleurait la malsaine à plein nez. Sa grand-mère plisserait les yeux, cherchant au-delà du visage émacié le souvenir d'une enfant aux joues pleines et rondes. Argy réitéra, mais cette fois à haute voix « Carrément mal. » Beau avoir mis des couches sur le dos, rien n'y ferait, sa grand-mère verrait tout. Cette cerise noire, juteuse et sucrée, en l'occurrence Grand'mam, contorsionnerait sa bouche gravement puis lui tendrait les bras pour l'avaler toute crue. Desserrant l'étreinte, Argy marmonnerait « Faute à la pollution. » Explication bancale, le coup du CO_2 et des gaz d'échappement. Ses paroles déclencheraient un « Je te fais des crêpes », acéré. Le « des crêpes » – au beurre salé, il s'entend – revêtait la médication provinciale sans ordonnance. Dans son bourg natal, les gens, les braves et les moins braves se soignaient au corps gras. "Magic touch" pour affronter les tempêtes.

Argy s'apprêtait à prendre le bus parce que, là où elle allait, la presqu'île de Quiberon, la ligne ferroviaire ne fonctionnait qu'à la belle saison. En hiver, ils étaient tous ravitaillés par les corbeaux, en été par les mouettes rieuses. Quiberon, étape en vue d'atteindre le bout du monde ou, mieux, le début de son monde perdu – son île natale, son coin de paradis –, elle s'en rapprochait la peur au ventre.

L'autocar s'évanouit dans une brume diffuse tandis qu'un long serpent de silhouettes d'hommes d'âge mûr attendait devant un camion d'outillage. Le ravitaillement en tournevis et ustensiles incroyables se faisait ainsi. Catalogue dans la poche, petite croix notée sur une page devant l'article choisi, puis le Messie arrivait, une fois tous les quinze jours. Merveilleux, ce "non-changement" conceptualisait un phénomène étrange, le lieu de vente éphémère, le sapin de Noël ambulant du bricoleur de 78 ans et plus.

Le brouillard se dissipa peu à peu, l'isthme de Penthièvre se révéla entièrement, l'Océan la submergea. Le nez collé à la vitre de l'autocar, Argy sentit puissamment monter en elle cet appel du large. Puis vint le terminus. Pour une îlienne comme elle, le terminus ne terminait rien, il annonçait uniquement le début d'un autre voyage au-dessus des flots. Près de la gare maritime de Quiberon, l'autocar stationna et Argy se leva de son siège. Elle posa le pied droit sur le macadam du parking puis se risqua à y mettre le gauche. Naturellement, Argy salua un homme, ancien maître d'école à Bangor, d'un lever de la main. Méfiant, il regarda avec insistance les bottes de Argy puis retourna le geste et passa bien vite son chemin. Argy sut qu'il ne la remettait pas. Ce signe sentait « Ça va faire pire que mal. » Pourtant, il était préférable que ni cet instituteur en retraite, ni quiconque ne la reconnaisse. Elle rabattit la capuche de son sweat sur sa tête.

Sur le bateau, elle s'installa en cabine, pont 4, à sa place habituelle. Vouloir perdre ses habitudes en s'éloignant physiquement, les retrouver simplement en s'asseyant côté hublot, elle en était là. Le rituel quasi superstitieux de l'emplacement de choix lors de la traversée en mer lui avait-il manqué à ce point ? Un îlien, dès son plus jeune âge, savait qu'il y avait un monde fait d'eau, de vagues et de houle entre lui et le continent. Elle le savait, elle l'acceptait, elle l'appréciait. Quoi qu'elle fasse, elle resterait toujours une insulaire. Durant la traversée, ceux qui n'étaient pas des îliens, elle les repérait au premier coup d'œil, et elle se trompait rarement.

Placés trois rangées devant son siège, quatre hommes, tous vêtus d'un polo noir à manches longues discutaient entre eux. Palabres, conciliabules, les compères semblaient fomenter un mauvais coup à voix basse. Elle n'arrivait pas à les situer. S'ils venaient d'une île lointaine, elle devait se nommer Planète Rock. Le plus petit se leva soudain, attrapa son blouson et ne prit pas le temps de l'enfiler. Le mal de mer le contraignait à agir en urgence, à sortir au grand air dans l'espoir de ne pas vomir son petit-déjeuner. Argy remarqua que, bien que sujet au mal des transports, il n'avait pas un teint laiteux mais plutôt halé. Des traces blanches tout autour de ses yeux d'un bleu profond et des marques de branches de lunettes donnaient l'impression qu'il avait passé les six derniers mois en plein désert et avait abandonné précipitamment ses protections oculaires. Ce visage à peine entrevu la perturba. Quant aux deux lettres « *WB* » floquées au dos de son polo, elles attisèrent sa curiosité. Brusquement, les trois hommes restés à l'intérieur, se mirent à rire bruyamment, l'un d'eux haussa le ton et dit « Ce soir, ça va péter grave ! » Tous se mirent à taper des pieds, rythme soutenu, roulement de batterie sans baguette, talons claquant sur le plancher d'acier en pleine mer, sons heureusement atténués par le revêtement phonique posé sur le sol. Étrange comportement de ces types en noir, indubitablement des non-insulaires. Argy détourna le regard de ce groupe de rock qui allait probablement se produire en soirée sur une scène à Le Palais. Que les Bellilois aient programmé un festival ne la surprenait pas, d'ailleurs elle s'en contrefichait. Elle n'avait pas la tête à faire la fête.

La traversée prit fin dans le calme, le ferry accosta. La touline jetée à la main par un marin servit de messager pour faire passer l'amarre du bateau au quai. Ensuite Argy retrouva son île. L'immuable beauté du mur d'enceinte de la Citadelle surplombant les eaux lui provoqua un horrible pincement au cœur. Sac sur l'épaule, elle quitta le port pour prendre la direction du bourg, à pied. Les façades colorées des maisons formaient un patchwork vintage. La place du marché était animée. Elle délaissa cette vie pour s'enfoncer dans des ruelles presque vides.

En remontant la rue où résidait sa grand-mère – à Belle-Île, tout se remontait à la sueur –, elle se mit à siffloter pour se donner une contenance. En basse saison touristique, les sons s'amplifiaient et se retournaient contre celui qui les provoquait, le renvoyant à sa condition de seul être vivant dans les alentours. Elle marchait au milieu de la route sans craindre pour sa vie. Incroyable monde. En quelques heures de trajet, elle venait de passer de la terre à la lune ou, mieux, à la face cachée de l'astre. Deux ans auparavant, elle avait pris un billet pour Paris, une tout autre planète bien moins bleue en criant « Je ne vais pas finir enterrée dans ce trou. » À la capitale, elle n'avait pas vu de Martiens, quoique. Elle aurait aimé rentrer sereine dans ce trou parce qu'il était le sien, son terrier, son nid. Mais elle rentrait sur son île natale, contrainte et forcée, car elle devait démêler une affaire qui la glaçait.

VII

MARIE

Belle-Île – Le Palais

Lorsque l'on cesse d'aimer, le monde s'atrophie. La solitude, est-ce cela : le portemanteau qui pleure, désespéré de se sentir inutile, ou la patère qui espère le retour du ciré ? La grand-mère de Argy vivait le veuvage comme une attente teintée d'un secret espoir, celui du retour impossible de l'être aimé. Marie Pencoët détestait cette solitude mais avait appris à l'apprivoiser, tel un dompteur face à une bête sauvage, agissant par touches. Il n'était pas question qu'elle se laisse terrasser par l'animal capable de la griffer, la mordre, la dévorer au moindre signe de faiblesse. Face à l'adversité, elle s'était forgé une carapace, curieusement recouverte de beurre salé.

Attablée dans la cuisine de la maison familiale depuis à peine une petite demi-heure, Argy dévorait déjà une crêpe, hypercalorique, super grasse, divinement bonne. Tablier blanc noué autour de sa taille, Marie Pencoët s'affairait devant sa cuisinière à gaz. Argy détaillait sa grand-mère, une caricature pour réclame culinaire du terroir. Vue par un œil extérieur, elle symbolisait le cliché que l'on imagine créé de toutes pièces par un publicitaire en mal du pays. Pourtant, vue par sa petite-fille, les coudes posés sur la toile cirée de table de la cuisine, Marie, avec son tablier autour des reins, était naturellement vraie. Cuiller en bois à la main, elle se retourna, sourit à Argy et lui dit :

— Ta mère t'a appelée Argynnis Daphné, comme le papillon. Pour ses 15 ans, je lui avais offert un foulard en soie avec des motifs et des tas de noms savants imprimés, *Argynnis aglaia* et aussi *paphia.*

Cent douze fois conté, le récit se savourait toujours autant.

— Elle était très coquette, ta maman. Défaut ou qualité, enfin quoi qu'il en soit, ce petit foulard lui allait à ravir et tous ces papillons semblaient danser autour de son cou. Tu aurais pu te prénommer Vanessa jo ou *Pyrameis cardui*. Daphné fut accepté à l'état civil, *a contrario* d'Argynnis. Pourtant, le jour de ta naissance, naturellement, nous avons décrété que nous ferions peu de cas de ton état civil et avons entonné en chœur un hymne à la petite "Argy"...

Brandissant sa cuiller en bois, Marie claironna :

— Termine ta crêpe à la mûre ! Demain, ce sera riz au lait… Parfaitement, mon ange, dévore et lèche tes doigts. Vois ce que Paris a fait de toi, une sauterelle. Je sais que le jour est mal choisi mais je serais d'avis que tu restes une bonne semaine avec moi pour te refaire une santé. Oui, le jour est mal choisi pour te faire la morale… Ta mère se marie en fin d'après-midi. Je suis si heureuse que tu aies accepté de venir. Les embrouilles gaspillent les cartouches sans atteindre leur but. Maudite guerre qui laisse à terre les vieux !

Bouche close et bouchée avalée de travers, Argy faillit s'étouffer. Ce jour était le sien, celui du retour au pays de la petite enfant prodigue, celui des câlins, des attentions, des douceurs et patatras, sa mère lui volait l'affiche. Pire, Argy n'avait jamais reçu de carton d'invitation. Grosse brouille, aussi forte en épaisseur que Argy l'était en minceur. De surcroît, il n'était pas question que quiconque sache qu'elle venait de rentrer précipitamment sur son île.

— Mam, tu sais, personne hormis toi ne doit savoir que je suis ici. Tu n'en as pas parlé ?

Se retournant, tenant le manche de la poêle à pleine main, Marie s'étonna :

— À qui ?

— Je ne sais pas, à ta fille ou encore à madame Touret ?

— Ma fille se marie pour la troisième fois, une honte. J'irai à reculons à la mairie, tout juste si j'accepte de me porter volontaire pour aller grignoter des petits fours et être présentée à l'heureux élu, que je ne connais pas encore. De plus, il y a une heure, je ne m'imaginais même pas que tu viendrais manger des crêpes à la maison.

— Tu te doutais bien que je n'étais pas sur la liste des convives.

— Le doute laisse une lueur d'espoir. Alors si tu ne viens pas assister au mariage de ta mère, que fais-tu ici précisément aujourd'hui après deux années sans même daigner rendre ne serait-ce qu'une petite visite éclair à ton cordon-bleu de grand-mère ?

Pour ne pas avoir à répondre, Argy avala une crêpe. Marie ne s'avoua pas vaincue.

— Pourquoi tant de mystère ? Tu as des ennuis ? Argy, je te parle. Tu me caches quelque chose, tu as fait des bêtises à Paris. Tu peux tout me raconter. Je suis une tombe quand je veux.

La langue sur le bord de sa lèvre supérieure, Argy se contint pour ne pas pouffer de rire. Sa grand-mère répandait avec une facilité déconcertante la moindre nouvelle du continent.

— Je n'ai rien fait de mal, je ne me drogue pas, je ne bois pas d'alcool, je n'ai pas de mauvaises fréquentations, enfin presque. Je suis conne, c'est tout. La connerie peut vous attirer des ennuis. Je suis dans une merde noire… parce que j'ai eu une foutue bonne idée de merde.

— Eh bien, à la capitale, tu as appris à jurer comme un charretier embourbé.

— Un charretier ?

— Un homme qui tire son char, qui profère des jurons ! Quelle idée ?

— Un putain de jeu, comme dirait ton mec pour faire avancer ses bœufs.

Inquiète, Marie Pencoët défit son tablier, le plia soigneusement puis le rangea sur le dossier d'une chaise en paille avant d'aller s'asseoir à la table, face à Argy.

— Je t'écoute.

— Imagine que tu aies eu une idée qui puisse te rapporter un maximum d'argent. Tu creuses le sillon si profondément que tu penses pouvoir faire pousser des boutons d'or, au sens propre, de l'or, du vrai. Un terreau propice mais pas le matériel pour creuser ou pas les tripes suffisantes pour accepter de te salir les mains. Un autre s'empare de ton idée et se fait un maximum de fric et toi rien, que dalle !

— Vol de la propriété intellectuelle.

— En quelque sorte.

— Quel genre de terreau ?

— De celui que l'on trouve au cimetière.

Plissant ses lèvres, au point de faire entrer ses rides dans sa bouche, Marie bougonna :

— Ah… Tu es venue ici pour te cacher… Tu as fait des bêtises, je le sens.

Plutôt que de répondre, Argy préféra se lever de

table et sortir dans le jardin. Elle en avait déjà trop dit et il n'était pas question d'inquiéter outre mesure sa grand-mère. Sa peur, elle devait se la garder rien que pour elle.

VIII

LE JEU DE ARGY

Le Palais – Début d'après-midi

L'idée, c'est d'avoir l'idée. Pas une, mais bien l'idée, l'unique, qui transformera à jamais votre vie. Parce que cette idée de génie vous permettra de vous faire beaucoup d'argent, non, énormément d'argent.

Debout, le bas du dos calé contre un muret de pierres sèches, Argy sortit ses lunettes de soleil d'un étui puis elle retira ses lunettes à monture improbable pour les ranger dans ce même étui. Un lézard vert se dorait au soleil à ses côtés, déjouant les lois de la pesanteur terrestre. En une fraction de seconde, ce "monte-en-l'air des murailles" fonça la tête la première dans une fissure. Argy appuya à plusieurs reprises sur son ventre, la demi-douzaine de crêpes englouties passait mal. Autrefois elle avait un appétit d'ogre, mais l'eau de la Seine avait coulé sous les ponts depuis. Elle desserra d'un cran sa ceinture en cordage, celle-là même qu'elle portait deux ans auparavant sur un jean qui la moulait généreusement à cette époque. Elle se souvint de ce jour, de celui de son départ pour emménager à Paris… Deux ans déjà.

Sa fameuse idée lui était venue alors qu'elle attendait son embarquement, assise à la terrasse d'un café, au port de Le Palais. Des parieurs, des accros étaient attablés et s'enflammaient littéralement pour un jeu de poker en ligne. Puis elle se remémora la scène et trouva que cette vision, bien qu'exacte, banalisait le concept, le rendant trop commun. Alors elle se persuada que l'idée lui était apparue lors d'une visite des arènes de Nîmes, en imaginant les gladiateurs en pleine action. Ensuite, elle accepta que peu importait le lieu puisque seul le jour où elle avait posé sur son carnet les premières notes avait de l'importance. Ce jour-là, le bateau de Belle-Île symbolisait pour la première fois un rêve d'aventure. Embarquer sur le "Vindilis" avec sa lourde valise affirmait sa volonté d'une nouvelle existence loin de son île, très loin, à Paris. S'éloigner de ses racines devait lui permettre de devenir une autre, cette autre qu'elle supposait bientôt pouvoir façonner à force d'éloignement. Surdouée incomprise, elle se considérait et concevait naturellement être attendue par les affairistes de la capitale. Idyllique envol pour un piètre atterrissage. Ses espoirs s'étaient très vite envolés. Son premier job s'était soldé par un déplorable fiasco et son second emploi l'avait conduite à découvrir le monde du nettoyage industriel avec ses horaires décalés. Stable, bien que peu honorifique et guère rémunérateur, ce travail lui laissait du temps libre en journée. En le cumulant avec un emploi secondaire, elle avait pu arrondir suffisamment ses fins de mois pour subvenir seule à ses besoins.

Nostalgique, elle s'assit sur le mur et vit réapparaître le lézard. Le petit reptile à la robe striée de bandes marron l'épiait. Elle en fit peu de cas, sortit son carnet de sa poche et se mit à relire ses notes.

Un mois après le fameux jour où elle avait griffonné pour la première fois sur son calepin, Argy avait eu l'intuition qu'elle tenait une idée originale mais qu'il lui en faudrait bien plus pour la parfaire. Alors, à peine installée dans sa chambre de bonne à Paris, elle avait déniché une thèse sur l'addiction au jeu pour tout savoir sur la psychologie du joueur, sur ce qui le pousse à aller toujours plus loin et à se retrouver sans le sou dans la rue. Cette thèse s'était vite vue complétée par des monographies de gagnants. Pour améliorer ses recherches, elle s'était lancée dans une expérimentation avec une question simple posée de façon récurrente et innocente à la pause-café, à son entourage, en l'occurrence ses nouveaux collègues, femmes et hommes de ménage. Cet emploi qu'elle venait tout juste de quitter définitivement lui avait fait côtoyer un univers haut en couleur, cosmopolite. La langue de Molière se teintait d'expressions guinéennes, d'exclamations flamboyantes en provenance d'îles lointaines. Les techniciennes de surface posaient instantanément leurs chiffons pour répondre à la question de Argy : « Et toi, tu te paierais quoi si tu décrochais le gros lot ? » De l'espoir de décrocher la martingale à la réalité de se voir empocher la cagnotte, il y avait un monde composé de millions de perdants et de l'unique gagnant. Pourtant toutes et tous s'imaginaient assez facilement dans la peau du quidam, le statistiquement et incommensurablement chanceux, le un sur un million.

Prendre connaissance de ce que l'on sait déjà peut paraître dénué de sens. Elle avait cherché à confirmer des évidences, en se jetant goulûment sur des travaux d'experts. Argy avait rapidement eu la confirmation que tous les joueurs couraient après la même chose, que ce soit à Las Vegas ou dans le café du coin, tous étaient en quête de la super cagnotte pour pouvoir assouvir leurs désirs les plus secrets. Se payer un yacht, une villa de star, une myriade de voitures de collection, une pyramide de produits de consommation de luxe, un diamant, voire du petit personnel – comme s'il y avait du petit et du grand. Selon l'âge, les rêves différaient. Toujours plus pour les uns, comme un voyage en navette spatiale pour toucher les étoiles du bout des doigts, et si peu pour les autres, comme un pavillon de banlieue bien à eux. Quant à la roulette russe, concept évoqué par un de ses collègues de travail qui avait quitté urgemment sa Moldavie natale, cela la dépassait tout en la fascinant. Jouer avec la mort, la sienne ou celle des autres, portait les limites du ludique aux frontières de l'abject, même si les spectateurs dans l'arène ne s'en étaient pas offusqués durant des siècles.

Après s'être penchée sur des travaux de spécialistes et avoir posé sa question récurrente à son entourage professionnel, elle s'était attachée à comprendre ce qui poussait un joueur à entrer dans la partie. À force de réflexion, elle avait réussi à mettre au point les règles d'un jeu original. Mais à quoi bon avoir une excellente idée qui puisse rapporter beaucoup, si elle reste à l'état de concept ? Il lui avait fallu en parler à quelqu'un qui gravite dans un monde qui lui était inaccessible, celui des gens fortunés et ainsi puisse l'aider à passer de l'abstrait au concret.

C'était devant un food-truck en bas de l'immeuble où elle travaillait deux matinées par semaine qu'elle avait fait la connaissance d'un homme qui se vantait d'avoir un réseau relationnel étendu. Ce beau parleur avait des avis sur tout, des amis qui avaient percé en créant une start-up, et travaillait tard le soir pour gravir rapidement les échelons dans la firme qui l'employait. Il aimait par-dessus tout l'argent et donc portait en lui tous les critères pour séduire Argy. De fil en aiguille ou plutôt du sandwich au poulet-curry au double hamburger, Argy avait découvert en cet homme toutes les qualités requises pour devenir son futur associé. Aussi, lui avait-elle expliqué les premières règles de son jeu. Après une écoute attentive et un enthousiasme partagé, elle l'avait mis dans la confidence en sortant son carnet, où les moindres détails étaient notés. L'escroquerie – parce que le jeu cachait en réalité une arnaque – était simple et pouvait leur rapporter gros à tous les deux. Rapidement, il lui avait certifié qu'il était en capacité non seulement de dénicher le joueur qui accepterait de se mettre à la table de jeu en payant pour se voir offrir du rêve, mais encore de se charger de toute la logistique. Ce type s'était bien servi d'elle.

Et voilà comment, désormais, Argy se retrouvait à Belle-Île au fond du jardin de sa grand-mère en compagnie d'un lézard malicieux qui la surveillait du coin de l'œil alors que son soi-disant partenaire restait et resterait à jamais injoignable. Avant de disparaître, il avait pris le concept, conservé son prénom pour nommer le jeu et ne lui avait même pas remis un petit chèque en compensation. Plus de trois mois sans aucune nouvelle de ce maudit jeu, et une surprenante publicité parue dans la presse venait de lui rappeler son existence. Ainsi son associé était bel et bien passé à l'action, faisant d'un rêve une réalité. Fou, dingue ! D'autant plus effrayant qu'il avait modifié un paramètre de taille.

IX

L'ARNAQUE DE ARGY

Le Palais

Une gamine de 24 ans, qui utilise un stylo pour noircir un petit cahier à l'heure du numérique où les jeunes de son âge ne possèdent même plus de crayon, n'envisage pas de devenir riche en créant une start-up. Évidemment parce que Argy trouvait cela bien trop complexe. Elle se contrefichait de ne pas avoir fait de grandes études ; elle se fichait de ne pas collectionner des centaines d'amis sur les réseaux sociaux et n'était pas prête à se lancer dans l'aventure du numérique. Elle voulait simplement devenir riche en claquant des doigts, quitte à flirter avec l'illicite. Pour ce faire, elle avait envisagé de s'attaquer à un client fortuné. Mais convaincre un homme puissant et accro au jeu de participer à un jeu qui n'était qu'un leurre, supposait au préalable de prendre son temps pour ne pas commettre l'erreur de présenter à son client potentiel un produit non abouti. Claquer des doigts ne lui aurait pas suffi.

Argy était assise au fond du jardin de sa grand-mère, la tête penchée, ses souvenirs en tête.

Déjà six mois qu'elle avait explicité les principes de sa création en devenir, de son jeu à son soi-disant associé. Le concept était si simple qu'elle se le remémora facilement. Dans chaque session du jeu, quatre joueurs étaient censés entrer un à un dans la partie. Un ancien joueur, ayant participé à une précédente session et fort de son expérience, prenait contact avec un joueur pressenti pour le convaincre d'investir une coquette somme pour avoir la chance de se positionner à la table de jeu, comme lui l'avait déjà fait par le passé. Pour le persuader d'entrer dans la partie, il lui expliquait être un heureux gagnant et que cette aventure avait totalement bouleversé son existence. Il lui affirmait que, pour gagner, il suffisait de miser gros et que le gain, bien supérieur à la mise de départ, serait au rendez-vous.

Pour Argy, le plus délicat avait été de trouver le complice prêt à arnaquer le joueur puisqu'en réalité, il n'y avait qu'un seul joueur. Si l'escroquerie surfait sur un principe simple, l'appât d'un fabuleux gain, pour un addict au jeu, cet appât restait insuffisant pour qu'il accepte de plonger. Le jeu devait susciter l'envie, celle de jouer en se frottant à trois adversaires de grande valeur. Que la simplicité ne séduise pas un véritable joueur alors que la complexité d'un concept excite son intérêt, de cela elle en avait toujours la certitude et aujourd'hui encore. Aussi avait-elle fixé quelques règles complexes à présenter au futur arnaqué pour donner du piment à son escroquerie : un cercle d'initiés, une partie avec trois partenaires inconnus inscrits sur une liste, un ticket d'entrée, une durée limitée, un lieu parfaitement clos, une discrétion absolue et un gain d'une valeur bien supérieure à la mise.

Qu'il est doux et flatteur de se considérer comme l'élu, celui qui a l'honneur de pouvoir s'asseoir à la table de jeu. Pour s'y asseoir, il suffisait de déposer sur cette table une somme importante. Pour pouvoir entrer dans le cercle des initiés, un code permettait de recevoir le ticket d'entrée, il devait être unique et faire corps avec son propriétaire. D'abord composer un numéro secret, ensuite annoncer le code et se lancer dans l'aventure créée uniquement pour vous, sur mesure mais aussi envisager de se frotter à trois autres compétiteurs capables de vous faire perdre ce que vous aviez durement gagné.

Son associé avait adhéré à l'arnaque sans chercher à savoir comment elle avait mis au point les détails de son escroquerie en puissance. Ce qu'elle n'avait jamais osé lui dire, c'est comment elle avait eu l'idée du principe du code. L'aide involontaire d'une grand-mère n'aurait pas fait sérieux.

C'est sa grand-mère en effet qui lui avait donné le principe du code, sans le vouloir, en lui expliquant son ralliement sur le tard à la planète des connectés. Dès l'instant où Argy avait appris la nouvelle, elle avait su que le monde s'était perdu, celui des autres et même le sien, celui dans lequel sa grand-mère tenait une place de choix. Perdu, depuis que Grand'mam lui avait annoncé au téléphone en gloussant qu'elle avait créé un blog : "Les recettes de Mam'île". Que du salé, lui avait-elle affirmé ; le sucré, je le garde pour ma famille, du moins ce qu'il en reste. Grand'mam avait pris des cours, pas de cuisine mais d'informatique, puis s'était lancée sur la Toile sans en parler à quiconque. À 77 ans, elle ne cherchait plus l'assentiment des autres pour agir. À peine Argy avait-elle emménagé à Paris que sa grand-mère postait déjà des photos de ses réalisations culinaires en prenant soin de bien classer les étapes pour que les filles de la ville, comme son adorable Argy, puissent concocter des petits plats sans commettre d'erreur. Elle notait les quantités, enfin, à sa façon, une grosse cuiller de ci ou une pincée de ça, un bon gros crabe ou encore un chapon dodu. "Bon gros" signifiait qu'il fallait bien serrer les pinces tout contre la carapace et "dodu", bien presser les ailes contre la chair de la volaille charnue, pour que tout ce petit monde prêt à cuire entre dans le plat qui lui était destiné. Inutile d'expliciter la taille du plat. Donc l'absence de chiffres rendait la reproduction de son art culinaire très approximatif et le résultat incertain. Néanmoins, la blogueuse avait ses adeptes.

Le lendemain, remise de ses émotions après avoir digéré le nouveau statut de sa grand-mère, celui de blogueuse, Argy lui avait demandé au téléphone « Pourquoi tu ne donnes pas les quantités ? » Catégorique, la réponse avait fusé sans nulle hésitation. Les chiffres ! « Bientôt la planète sera gouvernée par des algorithmes », lui avait répondu l'indignée. Argy avait analysé la remarque comme une reprise placée à bon escient d'une réflexion du professeur d'informatique, un retraité d'une multinationale qui se retrouvait à enseigner à Le Palais devant un parterre de femmes d'âge mûr, presque toutes folles de lui. Sa grand-mère n'était pas prête à avouer son penchant pour ce bellâtre, mais ressortait néanmoins les remarques de son mentor. À la question « Et si tu avais un nombre à quatre chiffres fétiche ? » sa grand-mère lui avait rétorqué « Pas de fétichisme, du pragmatisme, une date d'anniversaire pour être certaine de m'en souvenir. Même ton numéro de téléphone, je n'arrive pas à m'en souvenir. Oui, ce serait celui de ta date de naissance. Et puis le numéro de Sécurité sociale, il marche bien de la même manière, alors… Bon, tu en as fini avec des questions idiotes ? As-tu essayé de faire mon ragoût de berniques aux échalotes ? » À cette réponse éclairée suivie d'une question décalée, Argy n'avait pu que lui rétorquer « Mam', à Paris, les berniques ne se collent pas au trottoir. Quoi que… »

Ainsi, peu de temps après cette conversation

téléphonique, Argy avait décidé que le joueur harponné devrait composer un numéro de téléphone, constitué de l'indicatif à l'international suivi de dix chiffres. Les huit derniers chiffres n'étaient autres que ceux de la date de naissance de son joueur. Ensuite une personne décrocherait et demanderait le code. Comme tout le monde connaissait la date anniversaire de tout le monde, il fallait sécuriser l'accès en l'agrémentant d'un sésame. Un code personnel à quatre chiffres, un identifiant unique. À la moindre erreur dans l'indication du sésame, le jeu ne débutait pas. Une seconde tentative, si la première s'avérait infructueuse, plaçait le joueur devant un mur. La sonnerie n'aboutirait jamais nulle part. Le numéro de téléphone ne se composait qu'une seule fois. Le code n'était annoncé qu'une seule fois par l'émetteur. Ce principe était risqué mais il donnait de la crédibilité à ce jeu confidentiel. Pour envisager de jouer, le client devait se soumettre à cette règle drastique, celle qui faisait que le récepteur enclenchait une seule fois le jeu et qu'ensuite, plus rien ni personne ne pouvait arrêter la machine.

Si le joueur se mettait à douter, il lui fallait aussi être en capacité de faire taire ses doutes. Il devrait conserver le secret du jeu, chose ardue dans ce monde connecté où la fuite est un sport international, le buzz un saint Graal. Pour forcer l'heureux élu à tenir sa langue suffisamment longtemps, l'assurance de perdre son gain, s'il la déliait, lui serait rétorquée.

Le gain devait être plus qu'alléchant et l'arnaque ne devait être découverte par l'infortuné joueur qu'une fois les encaissements réalisés.

Argy releva la tête. Sa grand-mère était là, face à elle ; son petit sac en cuir noir sous le bras signifiait qu'elle comptait sortir.

— Ma petite, et si nous allions jusqu'à l'entrée de la Citadelle en empruntant la passerelle. Marcher nous fera le plus grand bien.

— Je ne préfère pas que l'on nous voie ensemble, j'ai beau avoir perdu quelques kilos, en ta compagnie, quelqu'un pourrait me reconnaître.

— Tu m'inquiètes, Argy. Franchement, tu te doutais bien qu'une grand-mère qui ne quitte son île qu'une fois par an, pour une consultation chez son ophtalmologiste à Auray, ne se rend pas seule à Paris pour aller voir ce que trafique sa petite-fille.

Marie soupira.

— Le temps passe trop vite pour la jeune fille que tu es devenue et s'écoule si lentement pour la vieille femme que je suis. Égoïstement, j'avais cru que tu n'attendrais pas deux longues années avant de venir enfin manger une de mes délicieuses crêpes. Sincèrement, je ne pouvais imaginer que tu réapparaîtrais avec les traits tirés et affublée d'une capuche pour dissimuler ton visage. Tu m'as manqué, Argy, et aujourd'hui j'ai peur pour toi. La Citadelle, nous allons y aller pour prendre l'air. Si tu ne veux pas que l'on te voie en ma compagnie, tu peux m'y rejoindre discrètement, je pars en éclaireuse en trottant. Eh oui, mon enfant, désormais, je ne marche plus d'un pas alerte, je trottine comme une vieille bête de somme, vieille bête solitaire…

X

L'ENQUÊTE DE ARGY

Le Palais – Près de l'entrée de la Citadelle

Sa grand-mère avait vu juste en craignant que Argy ne se retrouve dans une situation plus que délicate. Est-ce que le joueur venait de trouver la mort ici même à Le Palais ? Si tel était le cas, Argy en était terrifiée. Elle était revenue à Belle-Île pour enquêter sur cette mort suspecte et valider le fait que c'était bien un joueur ayant participé à son jeu sans réelle consistance qui avait été assassiné. L'éventualité de cette confirmation l'effrayait parce qu'elle se trouverait alors en danger puisque conceptrice d'une arnaque qui avait mal tourné. Sa seule et meilleure source d'information n'était autre que sa grand-mère, témoin de l'affaire au moment crucial. Elle s'en voulait de considérer sa grand-mère, celle qui l'avait élevée et chérie, comme une informatrice. Mais si elle en était arrivée là, elle se devait de l'assumer et de se tenir prête à encaisser les remarques justifiées de celle qu'elle appelait Grand'mam, si cette dernière venait à s'en douter.

Pourtant, inconsciemment, cela lui plaisait que sa Grand'mam lui ait proposé de prendre l'air du côté de la Citadelle. Prendre l'air, cette expression portait un sens véritable sur son île : s'oxygéner, s'enivrer d'iode, sentir son souffle coupé par temps venté. Parfois, le grand air se transformait en prétexte à confidences. Lorsqu'elles se retrouvèrent toutes les deux sur un banc, face au bassin à flot situé en contrebas, Argy préféra commencer par parler de la météo, sorte de hors-d'œuvre insipide qui, néanmoins, alimentait généreusement la conversation, puis s'attaqua au plat principal en demandant négligemment.

— Tu te souviens de James. L'affaire James te parle ?

Soudainement, les rides autour de la bouche de Marie se tendirent. Ainsi, c'était cela ; en fait, il n'était plus question d'un jeu et de voleurs de propriété intellectuelle à ses trousses, la petite voulait simplement lui parler de James en toute confidentialité et de vive voix. Elle était rentrée à Belle-Île pour cela. Marie Pencoët se raidit puis, en une fraction de seconde, son visage s'illumina pour donner le change.

— Grand Dieu, oui, le fils d'Éléonore. Son décès m'a fait un choc, un homme si jeune. Par affaire, je suppose que tu veux parler des évènements consécutifs à son enterrement. Il y a de cela onze jours, j'étais aux premières loges dans l'église de Sauzon, installée au premier rang avec mes amies. Consternant. Imagine la scène, ma petite Argy, trois rangées derrière mon dos, deux jeunes blancs-becs qui n'arrêtent pas de jacasser et, soudain, une sonnerie qui retentit, provenant du cercueil. Le prêtre a failli en faire une syncope ; Adrienne Touret en a presque avalé son dentier. Et moi, j'étais pétrifiée, mes rides figées. Tous, nous sommes restés totalement interloqués de longues minutes durant. Ensuite, je ne sais plus qui a suggéré que le mort n'était peut-être pas mort et que, bien vivant, il envoyait un SOS du fond de sa prison capitonnée. Comme une traînée de poudre, l'éventualité de cette résurrection s'est répandue dans l'assistance mais personne n'a levé le petit doigt. Le cercueil est resté à sa place. Nous étions tous bouleversés et incapables de prendre la moindre décision. À la sortie de l'église, Adrienne m'a murmuré à l'oreille, l'homélie… un début prometteur pour une fin ubuesque. Après, je suis rentrée chez moi.

— Et ?

— James était bien décédé et l'autopsie n'a fait que corroborer le tout.

— Qui a demandé l'autopsie ?

— Le cadavre.

— Quoi ?

— Argy, les bras m'en sont tombés quand Éléonore, la mère de James, m'a raconté la suite de la mésaventure ou plutôt de la tragédie. Je ne pourrais t'expliquer comment la police a opéré, mais le message était clair, une sorte de testament oral, un enregistrement de James.

— Je ne comprends pas.

— Eh bien, c'est ce que l'on m'a rapporté et la source est sûre, un conseiller municipal de grande valeur dont je préfère taire le nom. Donc, James aurait passé un coup de fil d'un fixe pour laisser un message sur son mobile, celui-là même qui a été retrouvé à côté de son corps dans le cercueil capitonné.

Marie regarda tout autour d'elle. Constatant qu'aucune oreille indiscrète ne pouvait l'entendre, elle se racla la gorge pour éclaircir sa voix :

— « L'assassin va bientôt passer à l'action, je suis le prochain sur la liste. » Voilà ce qu'il avait dit et c'était le dernier message enregistré.

Argy étouffa un cri. Marie lui attrapa la main.

— Je conçois ta surprise et je la partage encore aujourd'hui. Ensuite, cela n'a pas traîné. Les gendarmes n'ont pas pris à la légère cette effrayante prémonition. Urgemment, le corps a été rapatrié sur le continent et un médecin légiste a procédé à l'autopsie.

— Parce que James disait vrai, il avait bel et bien été assassiné, empoisonné.

— Tu l'as lu dans la presse ou vu sur Internet ? La nouvelle de l'empoisonnement est arrivée jusqu'à Paris.

— La presse, Grand'mam, mais peu de détails.

— Un quotidien régional, j'imagine. La nouvelle n'a pas fait la une des médias nationaux. Enfin, quelle histoire ! Quoi qu'il en soit, ici au cimetière de Sauzon, le caveau familial attend toujours la dépouille. Éléonore va devenir folle s'ils tardent trop à lui rendre le corps de son fils… recousu. Horrible, elle ne réalise pas que cela pourrait être un assassinat et fait une fixation sur l'éviscération, les tripes à l'air de son petit. Elle n'arrête pas de répéter qu'un médecin légiste n'est ni plus ni moins qu'un volailler qui considère l'être humain comme une dinde farcie. Quelle horreur ! Autant t'avouer qu'il n'est plus question pour moi de lui faire l'article de mon blog !

Interloquée par la remarque, Argy écarquilla les yeux. Sa grand-mère ramenait naturellement tout à elle, la douloureuse épreuve de son amie s'apparentait ni plus ni moins qu'à un petit tracas personnel. Probablement qu'elle surfait sur le malheur des autres pour ne pas se faire avaler par la vague mortelle. Argy tourna la tête en direction de l'entrée de la Citadelle, en signe de désapprobation.

Gênée, Marie sortit de sa poche un mouchoir à carreaux, démesurément grand.

Faisait-elle preuve d'une soudaine envie de pleurer pour marquer son affliction ? Nullement, elle se moucha simplement puis poursuivit naturellement son récit.

— Avant que l'autopsie ne confirme l'empoisonnement, tout a été dit. Les mauvaises langues s'en sont donné à cœur joie : un canular d'un goût douteux, un dernier pied de nez à la vie, un suicide maquillé en crime, le rejet de sa maladie sur les autres. Les plus fantaisistes des explications ont été avancées. Oui, en fait, James avait un cancer mais sa fin prochaine ne justifiait pas de raccourcir sa vie en l'assassinant.

Argy grimaça en entendant sa grand-mère annoncer la maladie de James. Marie plissa les lèvres puis bougonna :

— Une bonne hygiène de vie et tu te retrouves néanmoins en chimio. Aucune justice dans ce bas monde.

— Bonne hygiène de vie mais il aimait le jeu.

— Quel rapport ? C'est vrai, interdit de casino, le petit d'Éléonore. Tu penses qu'il aurait eu des dettes de jeu et que son meurtrier serait un créancier ? Alors ce gredin lui aurait fait payer le prix fort. Une liste de mauvais payeurs ?

— Il faut avoir du cran pour s'envoyer ce type de message. Quel calcul de sa part, quelle complicité probable : planquer le téléphone avec le corps et ça, le mort ne pouvait pas le faire. Et ce coup de fil durant la cérémonie, peut-être dû au hasard mais peut-être pas ? Une heure plus tard, le téléphone aurait toujours pu sonner, personne n'aurait rien entendu.

— Muette comme une tombe, l'expression me semble appropriée, mon enfant.

— Pour moi, James se savait en danger de mort et connaissait fort bien son futur assassin. Il n'était pas la première victime puisque censé être le prochain sur une liste macabre. De plus, son secret, il le partageait avec un complice qui s'est fait fort de mettre le téléphone dans le cercueil et de passer un appel au moment opportun.

— Si le nom de ce complice est connu des autorités, son identité n'est pas parvenue jusqu'à moi.

— Une investigation simple à mener. Il suffit de pister tous ceux qui ont approché le cercueil avant sa fermeture. Je parierais qu'il n'y a pas que les empreintes de James sur ce fichu téléphone.

— Détrompe-toi, aucune empreinte. D'ailleurs en quoi cette affaire t'intéresse-t-elle autant ?

— James était un ami d'enfance de Maman.

Marie fronça les sourcils, marquant sa contrariété.

— Effectivement, mais elle n'a pas l'air d'être chagrinée outre mesure par ce décès, cela ne lui a fait en rien repousser la date de son mariage. Je ne pense même pas que James aurait été convié. Ces dernières années, ils s'étaient perdus de vue. Bon, je te l'accorde, s'il n'avait pas été un ami de jeunesse de ta maman et aussi le fils d'Éléonore, et que son décès ne s'était pas produit ici sur notre île, l'affaire serait ahurissante mais moins passionnante. De plus, j'ai été un des témoins privilégiés. Sache que j'ai dû raconter plus d'une dizaine de fois les circonstances à ceux qui n'avaient pas daigné se déplacer pour accompagner ce pauvre James dans sa dernière demeure.

Marie dressa le haut de son corps pour le maintenir bien droit, sourire aux lèvres. Elle semblait apprécier le fait, non pas d'être au cœur de l'affaire mais suffisamment proche pour en tirer un bénéfice médiatique : l'intérêt de sa petite-fille en était la preuve vivante. Rayonnante, Marie se leva prestement du banc pour signifier à sa petite-fille la fin de cet intermède. Il était temps pour elle de se préparer, d'aller enfiler sa plus belle robe et d'en finir au plus vite avec cette conversation malsaine.

— Bon, l'affaire James est close pour ce qui me concerne. Il est mort, les investigations sont en cours et la terre continue à tourner ; notre merveilleuse île s'en remettra. De plus, quelles que soient les bêtises que tu aies pu commettre à Paris, ici tu n'as rien à craindre. Cesse de cacher ton visage sous ta capuche. Cela étant entendu, j'espère que tu as prévu une tenue adéquate… Ce sweat et ce vilain capuchon font mauvais genre. Tes bottes ne me semblent pas plus appropriées.

— Des cuissardes et non des bottes. As-tu conservé les vieux sabots que j'avais rangés dans l'appentis ?

Marie resta ébahie. Argy lui attrapa le bras.

— Je plaisante… à peine. De toute façon, je n'ai pas été conviée au mariage. Ta fille a oublié qu'elle était mère.

— Elle n'accepte pas ta différence, voilà tout.

— Si je m'écoutais, je prendrais le prochain bateau pour être certaine de ne pas la croiser.

— Demain, la sirène du Vindilis retentira au loin et tu seras à mes côtés pour l'écouter. Reste ici avec moi encore quelques jours. Tu m'as tant manqué, Argy.

XI

L'ARRIVÉE DE MATHIAS

En pleine mer, entre Quiberon et Belle-Île

Mathias avait déserté le pont arrière du ferry, le Vindilis, pour venir s'installer à l'intérieur, au calme. Jamais il n'avait été sujet au mal de mer, qualité essentielle pour exercer son activité professionnelle, pourtant il se sentait nauséeux. Un malêtre lui comprimait le thorax. En tête, il n'avait plus qu'une seule idée, comprendre pourquoi James avait été assassiné ? Est-ce que sa participation à un obscur jeu lui avait coûté la vie ? Dans ce cas, puisque lui aussi était un des participants, est-ce que sa propre existence était en danger ?

Plus de deux mois déjà que James lui avait remis l'énigmatique code alors qu'ils étaient attablés dans une brasserie parisienne. Un an auparavant, ils s'étaient rencontrés dans le couloir d'attente d'un hôpital, pas une salle mais bien un couloir où s'alignaient six chaises face à une porte vitrée. Le partage d'un magazine sur les sports nautiques, la découverte d'une passion commune et ils avaient parlé simplement de la mer. L'Océan les avait réunis, la maladie les avait unis. Ainsi, quelques semaines plus tard ils s'étaient revus dans ce couloir sans âme, probablement un signe du destin. Jamais James ne s'était épanché sur sa maladie, pas plus que ne l'avait fait Mathias. Leur présence à tous deux dans le lieu leur suffisait à rendre la situation claire, leur point commun se nommait cancer.

Leur amitié était née simplement, autour d'un premier puis d'un second café pris à la cafétéria de l'hôpital. Le docteur Chung, leur oncologue commun, avec son phrasé saccadé, ses mimiques et ses claquements de doigts inopinés les amusaient. La thérapie par l'humour leur plaisait. Les séances de chimiothérapie, les nausées, les angoisses leur semblaient inutiles à expliciter puisque tous deux vivaient ces notions dans leurs tripes.

James parlait de la vie avec délice, notamment de la gourmandise. Il avançait qu'il s'était bien fait piéger par tout le corps médical en se privant de chocolat noir, de desserts crémeux et de gras, tout cela pour rien. Mathias ne pouvait pas en dire autant, excès de tout, alcool, cigarettes et plats épicés. Seul credo partagé, se revoir pour asseoir les confidences et ne pas se lier pour que ces confidences ne s'envolent pas pour aller tinter aux oreilles de leurs proches. Ainsi, ils avaient pris la décision de se fixer des rendez-vous hebdomadaires dans un restaurant parisien pour échanger sur les dernières nouveautés en matière de nautisme et pour goûter au plaisir de la bonne chère.

Le corps enfoncé dans le moelleux du siège en tissu, bercé par le mouvement des vagues, Mathias ferma les yeux et se souvint, nostalgique, du jour où James lui avait remis le code. Ce jour-là, il s'était senti revivre. Le matin même, ce cher docteur Chung lui avait annoncé « Bon, très bon, analyses bonnes. » Alors, à peine assis dans la brasserie, Mathias avait commandé un château-maucaillou pour fêter l'évènement sans toutefois s'en ouvrir explicitement à James. Inutile de parler de rémission à un ami malade, quand cette douce rémission ne le concerne pas personnellement. D'ailleurs, le palais de James restait hermétique à toute bonne cuvée. Il adorait l'eau minérale et même réussissait à dénicher des eaux directement issues de la fonte des glaciers, puisées à la source de l'origine du monde, à la cime d'un iceberg. Hors de prix, ce caprice interloquait Mathias.

Face à son verre gorgé de minéralité et devant un plat de noix de Saint-Jacques poêlées, James avait consulté une bonne vingtaine de fois son portable puis, nerveux, avait sorti de sa poche une ordonnance chiffonnée puis griffonné au dos un code à quatre chiffres. Il avait remis le feuillet à Mathias, en lui précisant à plusieurs reprises que c'était un précieux cadeau qui allait transformer le reste de son existence. Mathias avait réglé la note pour le remercier, ne sachant ce que ce code signifiait mais sensible à la beauté du geste, beau par l'importance portée par l'offreur. Alors que Mathias s'apprêtait à quitter la brasserie, James avait posé sur sa tête un curieux chapeau melon puis lui avait dit : « Peut-être, un jour, le temps viendra… » Ensuite, il s'était mis à déclamer une singulière tirade sur les affres de la connexion :

« Au commencement, il y eut l'illusion du pouvoir, chacun se targuant de savoir tout sur tout, à tout instant. Puis vint l'aliénation, avec l'arrivée du “on” en remplacement du “je”. Le “on dit sur la Toile” fit figure de vérité. La psychanalyse chercha des explications. Il semblait difficile de regarder le train passer alors que le “on” avait déjà pris place dans un wagon. Train d'enfer pour les uns, train de l'enfer pour les autres. La révolution était en marche et personne ne conduisait la locomotive. Tous, nous étions sur la Toile, ravis d'être englués. Tous, nous étions prêts à vendre notre liberté – illusoire – pour une once de gloire. Enfin, presque tous, quelques réfractaires restaient sur le quai de la gare, conspués par leurs proches, qualifiés de “déconnectés”, “d'in-joignables”, de “dinosaures”. Lorsque le jeu débuta, les Supersaurus étaient en voie d'extinction… Mathias, quand tu te sentiras prêt, tu appelleras pour donner les quatre chiffres ; ensuite, ta partie pourra commencer. »

Au dos de l'ordonnance remise par James, Mathias n'avait vu aucun numéro de téléphone mais uniquement les précieux quatre chiffres notés à la suite de l'intégralité du texte déclamé, ce qui avait rendu la déclaration d'autant plus énigmatique.

À 38 ans, Mathias n'avait plus rien à perdre, hormis la vie, sa vie en sursis, cette existence accrochée au fil des mots prononcés par Chung, « rémission ». Neuf lettres pour lui et désormais quatre chiffres qui devaient, selon James, donner du piment à cette vie. Il n'aurait jamais dû accepter le cadeau, ce jour-là. Deux mois plus tard, il n'aurait jamais dû décrocher quand James l'avait appelé en pleine nuit à Tokyo pour lui apprendre qu'il venait de l'inscrire à ce jeu conçu par un certain Argy. Les yeux encore pleins de sommeil, il n'avait fait qu'acquiescer et accepter sans réel enthousiasme de se voir inscrit sur une liste de joueurs sans en avoir été averti au préalable. Que son existence en serait à jamais bouleversée, avait-il cru entendre au bout du fil. Avant de raccrocher, il avait promis à James de le rencontrer dès son retour à Paris pour en reparler de vive voix. Il n'avait pas pu le faire.

James décédé, Mathias aurait très bien pu ne plus jamais songer à ce jeu. Mais depuis qu'il avait eu incidemment connaissance de l'assassinat de James ainsi que de son message prémonitoire, Mathias vivait dans un état de panique insupportable. Par le hublot, la houle semblait irréelle. Était-il là, sur ce bateau en pleine mer ou ailleurs ? Avait-il pris la bonne décision en envisageant de venir à Belle-Île, là où James avait trouvé la mort ? Dans trente minutes, il le saurait. La femme qui s'apprêtait à venir l'accueillir sur le quai l'aiderait-elle à répondre aux questions qui le tourmentaient ?

XII

LES INVITÉS

Le Palais – Hôtel de la Citadelle Vauban

Tout en franchissant la porte de la salle de restaurant, Clémence consulta l'heure sur l'écran de son portable, elle avait peu de temps devant elle avant de se rendre à son rendez-vous. Vincent, déjà assis à une table, la regardait s'avancer dans sa direction d'une démarche chaloupée. Cette île la faisait-elle tanguer ? Clémence portait une robe noire qui sculptait avantageusement ses formes, des escarpins d'un grand couturier aux semelles en cuir rouge et une étole fauve jetée sur ses épaules. Ainsi, Clémence avait daigné faire le voyage jusqu'au pays des pierres dressées, faisant fi de son mal de mer pour affronter les océans rugissants. Vincent n'en fut pas surpris, elle était une amie proche de Greta, tout comme lui, et elle était tout à fait capable de dépasser ses angoisses si elle s'en donnait un peu la peine. Logée au même hôtel que lui, elle s'apprêtait à prendre un petit encas et à s'installer naturellement à sa table. Souriante, elle l'embrassa puis, comme il lui semblait inutile d'expliciter le pourquoi de leur présence à tous deux à Belle-Île, le mariage de Greta, elle s'assit face à lui pour entrer dans le vif du sujet.

— Greta m'a confirmé la véracité de cette rocambolesque histoire de portable dans le cercueil ainsi que la suspicion d'empoisonnement. Avec tous ces préparatifs de mariage, elle n'a pas eu le loisir de s'étendre. Donc, je t'écoute.

Vincent se sentit piégé mais content de l'être. Clémence ne s'embarrassait pas avec des circonvolutions inutiles. Avec une délectation non feinte, elle s'apprêtait à l'écouter s'épancher, et lui cherchait urgemment une oreille attentive. En ce moment, il perdait pied alors il lui dit :

— J'ai été entendu par la police. Je n'en menais pas large. Figure-toi que le téléphone qui était dans le cercueil, ce n'était pas celui de James, enfin presque mais pas exactement.

— Ah ! C'était celui d'un préposé aux pompes funèbres ?

— Non, piste trop vite écartée à mon avis.

— Pas le tien, tout de même ?

— N'importe quoi.

— Alors, pourquoi te convoquer au commissariat, serais-tu suspecté doublement, de l'empoisonnement de James et d'un appel illicite ?

— Ton humour est de bien mauvais goût. Aucun soupçon ne se porte sur moi ; au contraire, sans mon intervention, rien n'aurait été découvert. J'ai été entendu à propos de ce foutu téléphone. C'était celui de Daphné, une amie. Un truc de fou. Et moi qui, au moment de la cérémonie funéraire, l'appelle. J'ai déclenché un cataclysme sans le vouloir.

Clémence, tout en versant un nuage de lait dans son thé, commenta l'annonce.

— Si tu n'avais pas eu l'envie subite de lui passer justement un appel à ce moment-là, un peu déplacé d'ailleurs, personne n'en aurait jamais rien su. Déplorable erreur, mon ami, quoique tu aies bien fait de la commettre.

— C'est Hugo qui m'en a soufflé l'idée durant la cérémonie funèbre. Mieux, un des gendarmes m'a affirmé qu'il y avait un seul message enregistré et un appel perdu, le mien.

— Évidemment, James n'allait pas décrocher…

— Ton humour macabre est censé détendre l'atmosphère.

— Nullement mon intention. Aucune tension dans l'air. Autour de moi, la salle de restaurant est plutôt accueillante, la terre ferme me plaît au point que j'en arriverais presque à oublier que nous sommes sur une île. De surcroît, le soleil brille et, dans un peu plus d'une heure, nous assisterons à l'union de deux êtres qui nous sont chers, Greta et Hugo. Mieux vaut sourire à la vie et s'amuser de la mort, notamment aujourd'hui.

— Sache que je ne suis pas détendu, tout au contraire.

— Dans ce cas, je suis toute disposée à t'aider pour que tu retrouves le sourire. Je ne veux pas d'un vieux grincheux dans ton genre qui vienne assombrir le mariage de ma meilleure amie.

Clémence avala une gorgée de thé puis elle grignota calmement un biscuit aux amandes. Après en avoir fini, elle s'essuya délicatement la commissure de ses lèvres avec le coin d'une serviette blanche.

— Bon... Avais-tu déjà composé le numéro de cette Daphné, hormis le jour de l'enterrement ?

— Je lui avais parlé au téléphone des dizaines de fois.

— Ainsi, cette femme, Daphné, aurait déposé son portable dans le cercueil.

— Jamais de la vie. Elle ne connaissait pas James.

— Excuse-moi mais je suis quelque peu perplexe.

— Il n'y a pas que toi.

— Donc, cette dénommée Daphné a elle aussi été entendue par la police.

— Elle reste introuvable. Mieux, je suis suspecté de l'avoir inventée de toutes pièces.

— Non ! Ne me dis pas que c'est une de tes connaissances dénichées sur le Net ! Le genre de fille que l'on ne rencontre jamais.

— Je me suis fait avoir en beauté.

— Comment le téléphone de cette créature s'est retrouvé dans la poche de James ?

— Ce n'est pas si simple. Dans sa poche, il y avait bien le téléphone de James, pas le pro mais le perso. James avait enregistré un seul message et jamais ne communiquait à quiconque son numéro personnel qui s'avérait être le même que celui de Daphné.

— Tiré par les cheveux, mon cher. Je conçois que la police doute de la véracité de tes propos.

— Peu importe que l'on me croie. Les faits sont là, j'ai composé le numéro du téléphone que James avait à ses côtés. Ensuite l'engrenage, l'ouverture du cercueil quelques heures plus tard.

— Ce que je ne saisis toujours pas, c'est pourquoi le corps de James a été autopsié ?

Vincent s'apprêtait à évoquer le message glaçant laissé par James mais il n'en eut pas le temps. Clémence se leva de table, signifiant qu'elle était pressée.

— J'ai des millions de choses à faire, retouche maquillage et rendez-vous manucure. Au fait, Greta a privatisé un salon de coiffure, elle va être divinement bien coiffée notre future mariée !

Vincent préféra ne pas lui répondre.

XIII

LA COLÈRE DE GRETA

Le Palais

Naturellement, Greta avait privatisé le salon de coiffure. Assise face au miroir, elle buvait littéralement son reflet. Trop occupée à contempler sa personne, elle ne remarqua même pas que sa mère se tenait immobile sur le trottoir devant la vitrine. Elle hésitait à entrer. Dans la vie, Marie Pencoët avait toujours réussi à ne pas prendre ouvertement parti pour un camp plutôt qu'un autre ; en ce qui concernait sa fille Greta et sa petite-fille Argy, elle agissait pareillement, en louvoyant habilement. Elle pressentait que si Greta ne s'était pas donné la peine de convier son unique enfant à ses noces, elle serait furieuse de savoir que sa progéniture risquait de s'y faire inviter par sa grand-mère. Pourtant, il lui fallait devancer l'orage et pousser la porte de ce salon. Après avoir quitté précipitamment Argy, prétextant une course de dernière minute à faire avant le mariage, elle s'apprêtait à affronter sa fille.

Greta battait des cils, visiblement satisfaite du rendu soyeux des soins prodigués par la coiffeuse, lorsque sa mère fit une entrée remarquée.

— Greta, la petite est ici à Belle-Île !

— Qui ?

— Argy, bien sûr. Tu vas lui passer un coup de fil et t'excuser.

— De quoi ?

— De l'avoir de nouveau laissée sur le bord de la route. Elle n'est pas suffisamment bien pour toi et tes relations parisiennes, c'est ça ?

Greta fit pivoter le siège et se leva d'un bond.

— Cette petite peste ne va pas foutre en l'air mon mariage. Pas question qu'elle pointe son nez ni à la mairie, ni au cocktail !

— Dans ce cas, moi non plus, je n'y ferais pas ne serait-ce qu'une courte apparition ! s'insurgea Marie.

Pour la première fois, Marie venait de trouver le courage de tenir tête à sa fille en se plaçant du côté de Argy. Maintenant, face à la détermination de Greta, elle s'en voulait de son choix, voire de son emportement.

La coiffeuse, bombe de laque en main, s'écarta des deux furies. Gênée, elle se mit à ranger brosse, peigne et sèche-cheveux dans un tiroir. Elle ramassa une pile de magazines. Tout en classant méticuleusement les revues, elle se remémora la dernière fois qu'elle avait croisé Argy, cela datait bien de deux ans. Cette jeune fille rassemblait sur sa petite personne la faune dans ce qu'elle avait de plus laid, les animaux de la basse-cour les plus décalés. Une oie bien grasse, à la démarche pataude ou encore une taupe, atteinte de myopie et affublée de monstrueuses lunettes à écaille. Néanmoins, elle était rusée comme le renard prêt à creuser sous le grillage pour entrer dans la cour afin de dévorer les poules. Demoiselle disgracieuse mais intelligente, probablement trop puisque mise au ban du système éducatif, de ce fait. Adolescente perpétuellement plongée dans ses rêves, tentant d'oublier la dure réalité, en l'occurrence son physique ingrat. En somme, elle ressemblait à son père et n'avait pas le charme de sa mère. Enfin, la coiffeuse le supposait car, de père, Argy n'en avait pas. Elle était la fille du Saint-Esprit, comme disaient les mauvaises langues.

Tandis que la coiffeuse s'évertuait à se rendre invisible, Marie regardait sa fille. Comment avait-elle pu engendrer un tel monstre de cruauté ? Elle devait se ressaisir et affronter la bête aux griffes parfaitement manucurées. Pour ce faire, la seule chose qu'elle trouva à dire, c'est « Je vais tout lui avouer. »

Rageusement, Greta retira la blouse de coton qu'elle portait par-dessus sa robe et la jeta à terre. Elle hurla :

— Quel odieux chantage !

— J'en suis capable. Un quart de siècle que tu lui mens. Tu vas lui passer ce maudit coup de téléphone pour l'inviter à ta petite fête, sinon je lui assène la vérité.

— Elle est venue jusqu'ici pour cela, elle t'a envoyé à moi en éclaireur. D'ailleurs, sache que même si tu lui assènes ta vérité, cela ne me fera ni chaud, ni froid.

— Excellente nouvelle. Sache à ton tour que ta fille se contrefiche que tu collectionnes les amants et même que tu te maries pour la troisième fois.

— Cette gamine est une mauvaise herbe, tout comme toi !

— L'ortie pique. Pourtant la soupe à l'ortie sauvage se révèle être un mets des plus savoureux.

— Madame la blogueuse donneuse de leçon culinaire ferait mieux de retourner à ses fourneaux. Je n'ai nullement besoin de l'assentiment de ma famille pour mener ma vie d'adulte. Je me débrouille très bien toute seule.

— Alors, pourquoi tu ne te maries pas à l'autre bout du monde ? Et pourquoi pas sous les tropiques ? Parce que, ici, c'est chez moi.

— Chez moi aussi !

— Effectivement, l'oiseau migrateur n'oublie pas son nid. Tu persistes à revenir ; à chaque fois, tu ramènes un homme différent et, aujourd'hui, tu décides de frapper un grand coup, de te marier justement ici ! Tu débarques pour te pavaner au bras d'un inconnu et tu oses clamer haut et fort que tu n'as pas besoin de tes proches. Au contraire, tu n'as de cesse de revenir pour nous montrer que tu es une femme qui a réussi. Mais qu'est-ce que tu crois, les railleries, les commérages dans ton dos, voilà ce que tu y gagnes. Et moi, ta mère, je les encaisse pour toi. C'est le numéro combien ? Voilà ce que m'a demandé Adrienne Touret avant-hier. Un numéro, tes ex et ton futur époux sont des numéros, ni plus ni moins. Même pas de nom ; tu collectionnes et tu viens ici pour nous montrer ta collection parce qu'à Paris, c'est toi le numéro, l'anonyme.

Greta fulminait. Elle attrapa une paire de ciseaux et la brandit en direction de sa mère.

— Le père de Argy n'était pas un numéro !

— Plutôt géniteur que père et surtout pas mari. Il n'a pas voulu de toi.

Les ciseaux chutèrent sur le sol, Greta s'effondra dans le fauteuil. Marie en fut extrêmement soulagée. Toutes les vérités n'étaient pas bonnes à dire et elle s'était laissée aller à les dire sous le coup de la colère. Il lui fallait tempérer pour ne pas se voir embrocher par sa fille.

— La petite n'a même pas sourcillé lorsque je lui ai annoncé ton troisième mariage, parce que cela ne l'intéressait pas. Ce qui lui importait c'était James, étonnant, non ! Tu vois, James était comme toi, il avait besoin de revenir aux valeurs vraies, il voulait se faire enterrer ici, sur son île. Un enterrement appelle les cris et les pleurs, un mariage, les rires. Moi, je tiendrai ma langue, plus de vingt ans que je la tiens collée à mon palais. Quant à toi, tu vas l'inviter. Argy ne viendra pas et vraisemblablement te raccrochera au nez mais ce sera toujours un premier pas vers la réconciliation.

Soudain, telle une bombe à retardement, Greta sursauta.

— James ? Pourquoi s'intéresse-t-elle à un mort et pas à sa mère en pleine santé ?

En ramenant tout à elle, en s'imaginant être le centre du monde, Greta faisait de la peine à Marie. L'attitude de son enfant lui renvoyait en pleine face le caractère égocentrique de son unique progéniture mais elle ne se sentait pas le courage de lui faire de nouveau une remarque désobligeante ou plutôt craignait des représailles.

Greta se mit à rire avec cynisme.

— James a gonflé comme un ballon de baudruche en buvant des litres d'eau et il a explosé !

La coiffeuse tendit l'oreille, curieuse, voire interloquée par cette révélation puis se pencha pour récupérer la paire de ciseaux laissée sur le sol. Marie haussa les sourcils, incrédule.

Greta se leva de son siège et les affronta toutes les deux.

— Ainsi, vous ne le saviez pas ? Pire que l'empoisonnement, l'implosion ! Un malade mental, un dégénéré suicidaire qui me vole l'affiche, un buveur d'eau incapable d'apprécier les bulles de la vie, voilà quel était l'homme qui intéresse tant Argy.

Greta attrapa son sac à main, l'ouvrit et en sortit son portefeuille. Il n'était pas question pour elle de ne pas avoir le dernier mot. Aussi déposa-t-elle deux billets de cinquante euros sur le comptoir, tout en annonçant d'un air hautain :

— Mon numéro trois m'attend.

Aussitôt, la coiffeuse se demanda à quoi pouvait bien ressembler le futur marié qualifié de numéro trois. Quel était le genre d'homme capable d'épouser une telle femme au sang bouillonnant ?

XIV

ÉLÉONORE

Le Palais – Quai de l'Acadie

Mathias s'apprêtait à débarquer du bateau, il se pencha légèrement par-dessus le bastingage et eut la curieuse impression de se trouver sur le dos d'une baleine. Le ventre du cétacé s'ouvrit pour laisser sortir un flot de véhicules. Il hésitait à descendre à terre. Est-ce que l'inconnue qui l'attendait sur le quai le reconnaîtrait ? Évidemment, il était le seul à porter un chapeau melon. Mathias avait eu du mal à dénicher chez un chapelier parisien ce chapeau melon à sa taille. Son tour de tête lui avait posé problème. Crâne volumineux, masse de cheveux impressionnante et à peine altérée par la chimiothérapie, le tout coiffé d'un étrange chapeau, il ne passerait pas inaperçu. Ainsi, en sortant du bateau, il portait son *bowler hat* flambant neuf, cet accessoire tant prisé par les Anglais adeptes de la jaquette et du nœud papillon. Conscient du ridicule de son couvre-chef, il fit mine de ne pas remarquer les regards suspicieux des voyageurs et marcha lentement sur la cale, laissant le flot de valises à roulettes le dépasser. Sur le quai était stationnée une camionnette de couleur sombre aux vitres arrière teintées. Le conducteur, au crâne rasé et à la mine patibulaire, portait des lunettes noires. Assis sur le siège passager, un jeune homme de plus petite corpulence affichait une mine grave. Mathias frôla le pare-chocs avant du véhicule en prenant soin de ne pas l'érafler, ces deux types ne lui inspiraient pas confiance. Sur ses gardes, il pressa le pas, maintenant son buste bien droit, puis ralentit progressivement son avancée. Clairement, il souhaitait s'afficher comme le dandy en vacances à la mer, adoptant une attitude décalée, voire lascive parce qu'il était contraint de le faire. Avec son sac sur l'épaule et son signe distinctif sur la tête, elle le reconnaîtrait facilement. Pour la femme qui allait l'accueillir sur l'île, il serait impossible de passer à côté de son invité, le ridicule le trahissait.

En débarquant à Belle-Île, terre si chère au cœur de James, là où son ami avait souhaité se faire enterrer, Mathias suivait son intuition première. Il comptait découvrir au plus vite la vérité sur le jeu auquel James l'avait inscrit et si ce jeu pouvait avoir entraîné la mort de James. Il pressentait être mêlé à une affaire de meurtre bien malgré lui. Cette piste en valait bien une autre. Il y avait bien la fondation dont James lui avait parlé, le jour où ils avaient évoqué ensemble la mort. Attablé dans un restaurant parisien, James avait annoncé qu'il léguerait une partie de sa fortune à la “*Water Blue*”. Cette mystérieuse fondation serait sa prochaine piste, enfin après celle de Belle-Île, s'il n'aboutissait à rien de probant en rencontrant son informatrice.

Lorsqu'elle leva le bras, il sut aussitôt que c'était elle. Nulle présentation, uniquement un hochement de tête de leur part à tous deux. Il l'a suivie sans un mot. Elle progressait dos courbé, mains enfoncées dans les poches de son manteau à petit col de fourrure. Son cou se tendait parfois puis se détendait subitement, la faisant ressembler à une belette aux aguets. Il ne savait que faire, que dire pour la sortir de son mutisme. Alors qu'ils s'enfonçaient dans le bourg, il se rapprocha d'elle et se décida à lui poser une question.

— Est-ce difficile de vivre sur une île ?

Elle s'arrêta de marcher puis lui sourit. Elle le toisa et esquissa de nouveau un timide sourire.

— Délicat, tout au plus. Délicatesse et rudesse. Vivre la saisonnalité comme l'alternance du peu et du trop.

D'un coup d'œil circulaire, elle balaya du regard les façades des maisons.

— Les volets clos, doit-on les accepter, les dénombrer, les combattre ou s'évertuer à maintenir quelques volets ouverts ? Retenir les jeunes serait les priver de liberté par pur égoïsme. Certaines îles sont des privilégiées par leur taille, c'est le cas de Belle-Île. Ce n'est pas un écueil, un récif ou encore un îlot mais bien une terre isolée et cernée par les eaux. Isolement relatif mais réel. Ni pont, ni tombolo pour y accéder, il faut parfois affronter la houle et les vents violents pour avoir le plaisir d'y séjourner. L'important reste les relations qui se nouent avec le continent. Serez-vous un nœud, le lien que j'attends ?

Mathias hésita.

— Je ne sais pas encore.

Peu satisfaite de la réponse, elle se permit de le questionner à son tour.

— Pour vous qui résidez à Paris, qu'est-ce qu'une île ?

Pour Mathias, cette question s'apparentait à un examen de passage. De sa réponse dépendrait probablement la suite, l'acceptation de sa venue ici, les confidences tant attendues. Il se lança.

— L'Australie est un continent, la Grande-Bretagne une nation.

Elle grimaça, jugeant probablement cette entrée en matière bien trop pédagogique et, par là même, n'augurant rien de bon concernant la suite. Mathias recentra son propos.

— Selon moi, un Anglais n'a pas conscience de résider de façon permanente sur une terre ferme émergée dans les eaux d'un océan, alors qu'un insulaire le vit dans ses tripes.

— Ainsi une île se définirait au travers du sentiment d'appartenance de ses habitants à sa terre du bout du monde ?

— Entre autres.

— Votre point de vue me plaît. Monsieur, je vous dirai tout ce que je sais.

Elle se remit en marche et resta silencieuse tout le long du trajet à pied restant.

Devant sa maison, elle sortit une clé de sa poche. Elle ouvrit la porte et une guirlande de clochettes s'agita. Sans même prêter attention au tintement, elle se dirigea vers le salon situé tout au bout du couloir. Mathias lui emboîta le pas. Elle retira son manteau de laine, qu'elle accrocha sur un vieux guidon de vélo qui faisait office de patère puis simplement annonça :

— Posez votre sac à côté de la cheminée et prenez place dans le canapé. Au fait, je me prénomme Éléonore.

Ensuite, elle disparut dans la cuisine, le laissant seul dans la pièce. Dans le salon, Mathias ne savait où donner de la tête tant il y avait à voir, chaque meuble s'apparentant à une création surprenante. Il fixa son attention sur la table basse extrêmement curieuse. Deux tasses en fine porcelaine blanche, un sucrier et deux parts de far dans une assiette étaient positionnés sur une table qui renfermait la vie en son centre. Mathias en fut stupéfait. Un plateau de verre reposait sur six aquariums ronds posés sur un épais socle en acier. Une douzaine de poissons rouges semblaient s'être invités pour le café. Ils nageaient par deux, chaque couple ayant son propre aquarium.

Éléonore revint avec une cafetière à la main puis versa du café dans les tasses et enfin s'installa dans un fauteuil en velours bleu face à Mathias. Le décor était planté, l'heure de l'échange venait de sonner.

— Comment avez-vous connu James ?

Mathias lui en avait dit très peu au téléphone et, avant de s'ouvrir à lui, elle souhaitait en apprendre plus, ce qui était tout à fait normal.

— À l'hôpital. Nous étions suivis par le même cancérologue.

— Vous allez vous en sortir ?

Mathias eut un mouvement de recul, désarçonné par le franc-parler d'Éléonore.

— Je ne sais pas si l'on se sort d'une telle maladie. Je l'apprivoise. En ce moment, elle dort. Un merveilleux sommeil qui m'apaise.

— Vous voulez vivre. Évidemment, vous êtes jeune.

— Votre fils avait mon âge.

Le regard vide, elle ne l'écoutait plus. Mathias but son café, espérant qu'elle reprenne ses esprits. La souffrance se lisait sur le visage de cette femme. Elle replia ses doigts et maintint ses poings serrés un long moment.

— Un enfant n'a pas le droit de partir avant ses parents. Le droit ! Il le savait.

— Éléonore… Il a tout fait pour que ce ne soit pas le cas. Il s'est battu.

— Et mon petit a été assassiné. La maladie ne l'aurait pas terrassé, il était bien trop fort pour cela. Tout, il avait tout pour réussir ; les obstacles dans sa vie, il en avait bousculé bien d'autres. La haine, oui, j'ai la haine et je ferai tout ce qui est en mon pouvoir pour que son meurtrier soit puni. Au téléphone, vous m'avez assurée que vous étiez en capacité de m'aider.

— Disons que je tenterai l'impossible.

Le sentiment que le jeu auquel James jouait n'était pas étranger à son meurtre ne faisait que grandir. Si tel était le cas, après avoir assassiné le fils d'Éléonore, le meurtrier pourrait fort bien s'en prendre à lui pour qu'il se taise à jamais.

Éléonore lut l'inquiétude sur le visage de Mathias. Elle demanda :

— Et cette liste macabre, vous êtes venu me rencontrer parce que vous êtes sur cette liste, à laquelle mon fils a fait allusion sur le message ?

— Je ne pourrais pas vous annoncer le contraire. Il serait préférable que non. Néanmoins, ce message prémonitoire avec l'allusion à cette liste m'a suffisamment perturbé pour que je vienne jusqu'ici aujourd'hui. Tout a débuté il y a de cela deux mois lorsque James m'a remis un code secret, sans me préciser à quoi il pouvait bien servir. Ensuite, juste avant de décéder, il m'a téléphoné en pleine nuit alors que j'étais à Tokyo, pour me reparler de ce jeu, de la procédure à suivre pour y participer et d'une liste de joueurs. Il vous en avait parlé de ce jeu ?

Mathias fixait la bouche d'un poisson rouge qui tentait désespérément de gober un morceau de sucre roux bien trop gros pour lui et surtout inaccessible puisque oublié sur le plateau de verre. Les aquariums et la danse des poissons le fascinaient. Soudain Éléonore attrapa deux morceaux de sucre et les jeta sur la table, comme elle l'aurait fait avec des dés.

— Ainsi, ce serait le jeu qui aurait causé la perte de mon enfant. Je me doutais bien qu'il fréquentait toujours les casinos, il adorait parier gros et, comme cela ne me plaisait pas du tout, il préférait éviter de m'ennuyer avec un sujet qui fâche.

— Ce jeu est différent, il ne se pratique pas en public.

Tandis que les poissons s'agitaient, tentant vainement d'avaler le sucre désormais abondant, elle fit glisser ses doigts le long de la couture du rabat de sa blouse à carreaux.

— Sachez que deux policiers sont venus me voir et m'ont demandé si mon fils avait des ennemis. J'étais dans l'incapacité de leur répondre. Mais, à aucun moment, ils n'ont évoqué un quelconque jeu.

— Ils ne sont pas au courant.

Elle fronça les sourcils.

— Pourquoi vous adresser à moi et ne pas être allé voir la gendarmerie ?

— Difficile à dire. Ne pas en avoir eu l'occasion n'est pas une excuse suffisante. Comme je n'ai pas été convoqué au commissariat, je ne me voyais pas me présenter spontanément dans leur bureau pour évoquer un obscur jeu auquel James et moi aurions participé, de plus sans avoir d'éléments tangibles à leur offrir. Est-ce que les gendarmes sont sur une piste ?

— Si tel est le cas, cette piste ne me convient pas. Je les ai écoutés, j'ai analysé qu'ils étudiaient toutes les hypothèses, cherchant non seulement un meurtrier mais encore un mobile, voire mettant en doute l'intégrité morale de mon enfant. J'en étais effondrée, mon enfant passait volontiers de victime à coupable et, lorsque l'un des deux hommes a prononcé le mot « autopsie », j'ai gémi. J'étais une bête blessée qui gémissait et ils venaient m'achever. Morte de l'intérieur, ils m'ont laissée morte de l'intérieur.

— Ils ne vous ont pas posé les bonnes questions, c'est cela ? Vous savez certaines choses mais vous ne les leur avez pas dites.

— J'aurais dû mais je ne l'ai pas fait. J'avais peur que l'on découvre que mon enfant n'était pas un homme bien… et puis vous m'avez contactée alors j'ai eu une lueur d'espoir. Une contre-enquête m'a même effleuré l'esprit. James avait conscience de votre loyauté, et comme vous portez un chapeau melon…

Elle inspira, expira, cherchant une inspiration.

— D'ailleurs, je ne peux plus garder tout cela pour moi seule. Oui, je sais des choses. Mon enfant est mort et cela ne le ramènera pas à la vie que je raconte tout ce que je sais à la police. Oui, je veux que son ou ses assassins soient punis mais il n'est pas question que ce que mon petit a fait, peut-être même des actes répréhensibles, enfin que toute sa vie privée soit étalée au grand jour. Aidez-moi.

— James était un type bien. S'il s'avère que ce jeu est en lien avec son assassinat, alors il s'est fait piéger et bientôt ce sera mon tour.

Serait-elle sensible à son appel ? Était-elle prête à lui expliquer le secret qui la tenaillait ? Lorsqu'elle frissonna puis ouvrit ses paumes en grand, Mathias en fut soulagé, la sentant prête à parler, ce qu'elle fit.

— Voilà, le jour précédant son enterrement, j'ai reçu un étrange cadeau par voie postale. Mon cœur s'est arrêté de battre lorsque j'ai lu l'adresse du destinataire.

— La vôtre ?

— Mon numéro, ma rue, mon nom de famille mais pas mon prénom, celui de James. Mon petit m'a fait parvenir ce colis, qui est posé sur le sol, en se l'adressant.

Elle tourna la tête et se mit à trembler de nouveau.

— Vous la voyez, la malle en cuir ? Une malle à magnum de champagne créée sur mesure par un malletier, Moynat Krug.

Mathias avait les yeux rivés sur l'objet, d'une excellente facture.

— Le jour suivant, c'est un petit paquet que j'ai reçu.

— Toujours adressé par James à lui-même, ici à Belle-Île, c'est cela ?

— Exactement. J'ai cru devenir folle et je me suis imaginé que James m'avait envoyé des signes, à moi, sa mère, pour que je mène une contre-enquête au cas où il lui arriverait malheur.

— Il aurait semé des indices. D'abord le téléphone dans son cercueil, ensuite le message glaçant et ô combien prémonitoire, maintenant ces envois postaux fort énigmatiques. Il est probable qu'il connaissait le ou les monstres qui avaient l'intention de l'assassiner. Que contenait le second envoi ?

Éléonore sortit de la poche de sa blouse une enveloppe bombée.

— C'est pour vous. James voulait que je vous remette cet objet personnel, sa montre. Il me l'a écrit, avec plein de mots gentils. Alors quand vous avez téléphoné, je vous ai demandé de venir ici au plus vite, vous et votre chapeau melon. James se savait en danger et nous a accordé sa confiance à tous les deux, et ce, à titre posthume.

Elle se leva du fauteuil et se dirigea vers le secrétaire en bois noir. Du premier tiroir, elle sortit un album de famille contenant notamment des photos de James enfant.

XV

QUAND ARGY ÉVOQUE JAMES

Le Palais – Maison de Marie

Argy se tenait immobile devant l'appentis au fond du jardin de sa grand-mère. S'accorder un répit et ne plus penser à la mort de James, Argy voulait oublier la raison qui l'avait contrainte à revenir à Belle-Île, ne serait-ce qu'un court moment. Serait-elle de nouveau capable d'assister avec étonnement au spectacle de l'imposante maquette en volume de Belle-Île posée sur une table en acier aux pieds rouillés ? Alors elle poussa la porte de l'appentis. Aussitôt, elle se sentit bien, constatant avec bonheur que rien n'avait été déplacé en deux ans et surtout que sa maquette trônait toujours fièrement au centre de la pièce. Son atelier d'artiste en herbe l'attendait toujours. Étrange musée où la poussière recouvrait un véritable capharnaüm. Elle fut étonnée puis émue à la vue de ce monceau d'articles hétéroclites posé à même le sol en ciment, de ces trois vieux guidons de vélo, des deux casiers à crevette, du filet de pêche, des outils de menuisier, de la pyramide de sabots et même du tas de bois flotté relégué dans un angle.

Inventive, Argy avait cultivé l'art de la customisation, et ce depuis son plus jeune âge ; elle avait détourné de nombreux objets du quotidien usagés pour leur offrir une seconde vie. Au "Chtal", la ressourcerie de Belle-Île, elle avait acheté tant d'articles au poids pour les détourner de leur usage premier, qu'elle y serait encore considérée comme une cliente de choix si elle y remettait les pieds après plus de deux ans d'absence. Ses créations, elle les avait exposées dans le cocon familial, la propriétaire du lieu ayant donné son assentiment. Ainsi la maison de sa grand-mère renfermait des trésors recyclés. Probablement que le Facteur Cheval aurait vu en Argy un fidèle disciple, tant elle avait fait preuve d'ingéniosité. Fini les rouleaux de papier-toilette qui s'empilaient sur le sol, Argy les avait enfilés sur d'antiques et authentiques clubs de golf. Elle affectionnait tout particulièrement les bois, non pas pour leur qualité première, permettre de frapper de longs coups mais pour leur côté pratique : leurs larges têtes bloquaient les rouleaux. Outre la création de ces curieux chapelets sur les shafts, elle s'était adonnée au washi. À Belle-Île, les plages regorgeaient de bois flotté.

Papiers jaunis et toiles d'araignée cohabitaient dans la remise. Argy retira la pile de journaux qui couvrait la partie droite de son plan-relief de Belle-Île. Customiser des objets, elle adorerait encore s'y adonner, songea-t-elle. À Paris, si son studio ne se prêtait pas à un tel loisir, le souvenir de cette reproduction de son île ne l'avait jamais quittée. D'ailleurs, en ce qui concernait son jeu, n'avait-elle pas décidé de remettre au joueur dès le début de la partie la carte d'une île imaginaire, en réalité une parfaite réplique de Belle-Île, avec une Citadelle, des plages de rêve aux eaux translucides situées à l'aplomb de falaises étourdissantes, des prairies verdoyantes, des villages transformés en royaume et des souterrains secrets. Cette île, une vraie puisque sans pont pour la relier au continent, ce pétale posé sur l'océan ne ressemblait en rien à Manhattan. Dans une vieille série anglaise, *Le Prisonnier*, elle avait puisé en partie son inspiration, le personnage principal se retrouvait retenu sur une île et contraint de suivre des règles qui lui échappaient, tout en gardant l'espoir de pouvoir s'évader un jour. Élevée par ses grands-parents, sa culture cinématographique s'en ressentait et son éducation avait un goût suranné de vintage qu'elle ne désirait pas renier.

Argy, le cœur empli d'émotion, referma la porte de l'appentis et se dirigea vers la maison avec calme. Sa grand-mère ne tarderait pas à rentrer, elle lui avait dit avoir une course urgente à faire. Dans la cuisine, Argy s'attabla et se mit à dessiner avec son doigt son île en se servant de confiture comme marqueur. Elle maintenait son doigt collé sur la toile cirée lorsque Marie passa le seuil de sa maison, encore toute bouleversée de sa conversation au salon de coiffure. Que sa fille ne soit pas ravie de la présence de Argy à Belle-Île n'était pas une surprise, mais que James ait explosé en buvant des litres d'eau, cela constituait un véritable scoop pour Marie. Chantonnant pour se donner une contenance, elle apparut dans l'encadrement de la porte de la cuisine. Argy était installée sur une chaise, les coudes posés sur la table. Elle sursauta.

— Grand'mam, est-ce que le monde se résume en une phrase du genre « Tu n'as pas chargé la dernière application ? »

Marie cessa de fredonner. Bien qu'hermétique à la réflexion de Argy, elle ne sourcilla pas et même questionna innocemment :

— Qu'entends-tu par chargé ?

— Enfin, téléchargé.

— Argy, réfléchis à ce que tu dis. Le verbe « charger » a une signification lourde de sens. On charge la bête ou, mieux, la mule. C'est un poids et on laisse le soin à d'autres de le porter, de le transporter, on missionne parfois. Alors un mot prend soudain un sens que l'on ne soupçonnait pas l'instant précédent, pas parce que celui qui le prononce lui donne une direction absurde.

— Selon son background. Enfin, selon le passé de celui qui parle.

— Si tu le comprends ainsi. Mieux vaut ne pas laisser les mauvais souvenirs de son passé semer la discorde.

Marie songeait à sa fille, aux secrets de famille et eut peur soudainement d'en avoir trop dit. Elle relança savamment par :

— Et puis une application, c'est quoi ? Pour moi, des mathématiques à l'état pur. Question calcul mental, je n'excelle pas. Je compte sur mes doigts. Pire, je dose mal, une pincée de ci et une louche de ça pour agrémenter mes plats. Alors, ton application, je ne sais qu'en penser…

— Une application numérique.

— Tu tritures des chiffres, tu malaxes des nombres, tu les pétris. Tu joues avec les dieux, tu côtoies le quantique ?

— Bravo. Tu as chargé de sens culinaire le quantique.

— Mon enfant, reviens aux fondamentaux. Es-tu heureuse de vivre en ce bas monde sans charger nulle mule, ni appliquer nulle règle ennuyeuse ?

— Je le serais si je n'avais pas créé une monstrueuse chimère. J'ai foiré, simplement. J'ai merdé tout comme ton charretier.

— Cesse de jurer ! Tu n'es pas seule à commettre des erreurs… Bon, je dois t'avouer que j'ai vendu quelques-unes de tes œuvres à des amies. Je m'en veux terriblement. Le portemanteau de cycliste et la table basse qui pèse une tonne ont trouvé preneur.

Argy se mit à rire. Sa grand-mère lui rappelait judicieusement que, pour garder les pieds sur terre, mieux valait sans tenir aux véritables valeurs.

— Eh bien, tu as la bosse du commerce parce que, vendre un guidon de vélo rouillé ou une demi-douzaine d'aquariums, c'est fort, fichtrement fort. Moi qui me suis débattue avec un concept difficilement commercialisable durant des mois !

— Oui, j'ai accepté de la menue monnaie. C'est la mère de James qui fut ma meilleure cliente.

— James ?

— Bon, voilà, je ne voulais plus que nous reparlions de James mais ce que j'ai à te dire dépasse l'entendement. Je viens d'apprendre incidemment qu'il aurait bu de l'eau empoisonnée.

— Je suis au courant.

— Peut-être pas. L'Inquisition, mon enfant. Fini les applications numériques, nous sommes revenus au Moyen Âge, à la cure par l'eau. J'ai su qu'il avait explosé comme un ballon de baudruche !

Argy écarquilla les yeux, terrifiée. Elle attrapa la tablette numérique de sa grand-mère, posée sur le coin de la table et tapa dans la barre du moteur de recherche « *Cure par l'eau.* »

Elle survola les mots, visualisant les actions et se mit à lire à haute voix « *Ligoter la victime sur une planche inclinée ou encore la suspendre par les pieds au-dessus d'une baignoire, l'obliger à avaler une grande quantité d'eau, la supplicier, la noyer.* »

Marie affirma :

— Il ne s'est pas noyé, je suis formelle.

— Possible. En plaçant les poumons plus hauts que la bouche, il n'y a pas noyade. L'angoisse peut entraîner l'asphyxie.

— Et l'excès d'eau. Ils en disent quoi sur le Net ?

Argy reposa la tablette sur la table.

— C'est pire que ce que j'imaginais !

Elle bredouilla.

— Où… où le corps de James a-t-il été retrouvé ?

— Tu ne l'as pas lu dans la presse ?

— Non ! Fait divers laconique, l'enterrement d'un Bellilois et puis le coup du cercueil qui s'anime mais pas l'essentiel. Où a-t-il été retrouvé mort ?

— À la Belle Fontaine.

Aussitôt Argy pensa à son jeu, qui offrait la possibilité au joueur de se positionner sur la carte dans le lieu de son choix et d'y obtenir un bonus. Elle devait éclaircir ce point en urgence.

— Est-ce que James avait un attachement, disons, particulier, à la Belle Fontaine ?

— Je suis perdue. Argy, j'ai vraiment du mal à te suivre, je voudrais tant t'aider. Je ne sais pas… Peut-être que nous pourrions demander à sa mère si James affectionnait particulièrement de se promener sur le sentier côtier menant à Port Larron ou encore prenait plaisir à visiter l'aiguade.

XVI

QUAND ARGY PARLE À ÉLÉONORE

Le Palais

Argy suivait sa grand-mère, qui trottait à vive allure, ne songeant à rien ou peut-être uniquement à ses pieds. Elle volait littéralement en direction de la maison d'Éléonore tandis que Argy ne cessait de penser à l'enfant rebelle qu'elle avait été. Très tôt, Argy avait su que le système éducatif classique ne lui convenait pas. Au collège Lotte, elle s'était rapidement sentie submergée par l'obligation de suivre un emploi du temps calibré par des inconnus. L'élève, qu'il soit collégien ou lycéen, courait dans les couloirs, chronomètre en main, passant d'un cours d'histoire à un autre cours mais, là, de mathématiques. Ce comportement lui avait toujours paru absurde, l'ennui se révélait si bon pour créer, voire forger sa propre éducation. Enfant, elle affectionnait tout particulièrement les moments de solitude : assise sur le sable face à la mer à s'ennuyer tout un dimanche après-midi. Ne pas chercher la compagnie d'amis, savourer l'isolement choisi et se morfondre d'ennui sans aucunement le subir. Tout aussi bon l'était cette heure passée sur le bateau pour rejoindre le continent. Rêvasser, faire le vide, s'évader par la pensée, elle se souvenait avoir excellé, adolescente, en matière d'inaction physique. En revanche, dans sa tête, ses neurones s'étaient toujours affolés, créant une ébullition jouissive. Là encore, ses neurones étaient en pleine ébullition mais teintés de noirceur. Comment pouvait-elle oublier son déplorable jeu ?

Paris était à des années-lumière de son île. Mais c'était à Paris qu'elle avait posé les prémices de ce jeu. Dans son petit appartement en banlieue parisienne, elle s'était trituré les méninges pendant de longues semaines pour être capable de répondre à une question simple que lui poserait son client « Quel serait le gain ? » Alors elle s'était mise en quête. En étudiant les Parisiens, tel un ethnologue, elle en était arrivée à la conclusion que le bien plus précieux que ces citadins pressés convoitaient tous n'était autre que celui qui avait donné des sueurs froides à Einstein. Du temps : en gagner, en perdre, courir après, le gaspiller, le distendre à l'infini, le coller dans une équation magique $E=mc^2$. Ce temps devenait merveilleux lorsqu'il se trouvait associé à un savant cocktail qui variait selon l'individu, composé d'ingrédients variables : argent, pouvoir, santé, amis, famille, sexe, sport, bien matériel, beauté, bien-être, folie des grandeurs. Convenant que le gain serait ce temps, il lui suffisait de trouver la variable associée au joueur qu'elle souhaitait arnaquer. Ainsi, avec la carte de l'île imaginaire, le joueur devait recevoir un chronomètre. Le soir où elle avait imaginé le type de chronomètre à remettre, le plaisir qui lui manquait le plus, c'était celui d'un bon petit plat concocté par sa grand-mère. Deux boîtes de conserve, une de petits pois, l'autre de haricots verts, c'est tout ce qu'elle avait dans son placard ce soir-là, songeait Argy quand sa grand-mère la contraignit à s'arrêter net devant la porte de la maison d'Éléonore.

Marie tourna la poignée. Lorsque la farandole de carillons se mit à s'agiter, Mathias, installé dans le canapé du salon, avec l'album photo sur les genoux, tenait dans une main l'enveloppe bombée contenant la montre de James.

— Qui cela peut bien être ? lui demanda naturellement Éléonore.

La réponse fusa, portée par une voix féminine provenant du couloir.

— Éléonore, tu es là… C'est Marie, je suis venue avec ma petite-fille pour te voir.

Éléonore se leva du fauteuil en velours bleu, perturbée par cette visite imprévue. Elle s'essuya les yeux avec le revers de la manche de sa blouse et annonça à voix haute :

— J'arrive, un instant.

Elle chuchota à Mathias.

— Ne bougez pas d'ici et ne faites aucun bruit.

Mathias resta seul dans le salon tandis qu'Éléonore s'occupait de ses invitées surprise. Elle leur proposa de la suivre dans la cuisine. Elle ne voulait pas qu'elles avancent davantage dans le couloir et aperçoivent Mathias dans le salon. Une fois toutes les trois entrées dans la cuisine, la première parole prononcée fut celle de Marie, pleine de réconfort.

— Tu as pleuré, évidemment. Ma pauvre. C'est une telle épreuve que Dieu t'envoie.

Elle prit Éléonore dans ses bras. Cette dernière desserra l'étreinte tout en douceur, se moucha et dit à voix basse.

— Et toi, Argy, je ne t'aurais pas reconnue si tu n'étais pas venue me voir accompagnée de ta grand-mère. Tu es à Belle-Île pour assister au mariage de ta mère, je suppose.

— Pas exactement. Plutôt pour rendre visite à ma grand-mère. C'est vrai, j'ai perdu un peu de poids. Je parle de moi, mais vous ? Toutes mes condoléances.

— Merci, mon enfant, merci. Oui, moi, je perds un peu la tête et j'aspire au calme. C'est une touchante attention, une grande gentillesse de votre part à toutes les deux d'être venues me saluer. J'apprécie votre visite d'autant plus que votre temps est compté. Vous feriez mieux d'aller vous préparer, de vous faire belles pour la célébration.

Éléonore regarda Argy ou plus précisément se

mit à la détailler de la tête aux pieds. Elle détourna subitement le regard pour le porter sur l'évier en céramique. L'éponge humide sur le bord de la paillasse, le liquide vaisselle, elle examinait de près tous ces détails de son quotidien avec une curiosité feinte. Cet examen muet sous-entendait qu'elle ne souhaitait qu'une chose, c'était de voir les deux femmes s'éclipser au plus vite de sa vue. Humant l'air de la pièce, Marie dit d'un ton badin.

— Ton café sent bon. J'en prendrais bien une tasse, si cela ne te dérange pas, évidemment.

Éléonore se remémora avoir laissé la cafetière dans le salon. Spontanément, elle hurla.

— J'ai tout bu !

Marie comprit aussitôt qu'elle n'était pas la bienvenue, aussi il ne lui était pas utile de tergiverser.

— Éléonore, si je suis venue chez toi, c'est parce que ma petite-fille a une question à te poser à propos de James. Assieds-toi, c'est préférable. Argy, exprime-toi.

Éléonore resta debout, il n'était pas question que ses invitées en profitent par la suite pour se positionner à leur tour autour de la table et ainsi s'incruster. Argy hésita :

— Voilà, il se peut que je sache qui a tué James.

Éléonore s'effondra brusquement sur une chaise, épaules tombantes, bras ballants, bouche bée.

Marie écarquilla les yeux, dévisageant sa petite-fille. L'annonce que venait de faire Argy était si incroyable que toutes les deux attendaient des explications.

— Voici ma question : portait-il une montre au poignet lorsqu'il a été retrouvé mort ?

Marie fut surprise par la question, tout autant que le fut Éléonore. Les deux femmes se regardèrent et se mirent à rire, un rire nerveux, voire de soulagement. Argy pinça les lèvres.

— Je conçois votre étonnement. Mais il est crucial pour moi de savoir s'il avait une montre sur lui au moment de son décès. Voilà, James aurait participé à un jeu qui aurait très bien pu causer sa perte. Il faut que je retrouve la montre de James parce qu'elle pourrait attester de son adhésion à ce jeu et confirmer mes soupçons. Ne me demandez pas sur qui se portent mes soupçons, je ne vous le dirai pas. Mieux vaut que vous en sachiez le moins possible.

Éléonore, abasourdie, attrapa le bras de Marie et le serra avec force.

— Marie, cette petite est bien Argy, elle n'a pas été clonée à Paris ?

— Je te le confirme, c'est ma petite-fille qui a perdu du gras mais pas la tête. Je ne sais pas où elle veut en venir avec cette histoire de montre mais comme cela semble lui tenir à cœur et pourrait l'aider à trouver l'assassin de ton enfant ou plutôt à confirmer ses soupçons… Bon, alors est-ce que tu aurais éventuellement récupéré cette montre avant que James ne soit mis en bière ?

Éléonore frissonna, hésita puis décida de se fier à Marie tout en ravalant sa colère. Elle dit posément en s'adressant à Argy :

— La montre de mon fils est ici. Mon enfant, il faut que tu rencontres quelqu'un. Suis-moi, je vais te présenter un dénommé Mathias, un ami de James qui, selon ses dires, aurait joué lui aussi au même jeu que mon pauvre James.

Éléonore se leva, prit la main de Argy et la conduisit dans le salon comme s'il s'était agi d'une petite fille perdue. Argy obtempéra.

En pénétrant dans le salon, Argy vit deux tasses de café posées sur la table basse, sa création, uniquement les deux tasses. Le prénommé Mathias avait disparu.

XVII

QUAND ARGY RENCONTRE MATHIAS

Le Palais

Mathias traversa la rue et faillit se faire renverser par une camionnette de livraison. La tête ailleurs, il songeait à ce qu'il venait d'entendre. La mère de James avait parlé à une certaine Argy ! Lorsqu'il s'était approché de la cuisine pour écouter la conversation sans être vu, il avait bien entendu « Argy ». Effarant, le concepteur du jeu était non seulement une femme, le prénom étant féminin, mais encore une relation d'Éléonore. Que cette Argy soit présente sur l'île le dépassait. C'est au moment où cette dénommée Argy avait parlé de la montre de James que Mathias avait pris la décision de disparaître, en empruntant la porte de derrière pour ne pas faire tinter le carillon de l'entrée principale.

Bien décidé à avoir une conversation musclée avec cette Argy, Mathias n'en voulait pas moins échanger en face à face, seul avec elle. De combien de temps disposait-il avant que la jeune femme sorte de la maison d'Éléonore et disparaisse de sa vue en montant dans un véhicule ? Trop peu pour aller louer une voiture. Il ne voyait qu'une seule solution, en emprunter une. Il n'eut pas besoin de forcer la portière de la camionnette, elle était restée ouverte et la clé était sur le contact. Sur une île, un voleur de voiture ne pouvait s'échapper.

Lorsque Argy et sa grand-mère sortirent de la maison d'Éléonore, Mathias les suivit à distance, roulant à petite vitesse. À première vue, la dénommée Argy n'était qu'une gamine, ce qui le surprit. Elles marchèrent sur quelques centaines de mètres et pénétrèrent dans une maison située dans une ruelle derrière le port. Leur domicile, supposa-t-il. Mathias se gara à proximité de chez elles et attendit, de son poste d'observation. Indécis quant à la conduite à tenir, il patienta, le pare-soleil baissé pour dissimuler le haut de son visage, conscient que son vol pouvait lui attirer des ennuis.

Quand, enfin, dix minutes plus tard, la plus vieille des femmes passa seule le seuil de son domicile, portant une nouvelle tenue, bien plus apprêtée que la précédente, il pensa à s'introduire dans la maison pour interroger cette Argy. Ce ne pouvait pas être une coïncidence : se prénommer Argy comme le concepteur – voire conceptrice – du jeu et demander à récupérer la montre de James. Forcément, cette jeune fille était impliquée dans l'affaire. Il lui fallait se ressaisir et vite. La tête reposant sur le volant, James imagina tous les scénarios possibles, voire les plus improbables. La kidnapper, la bâillonner, la ligoter, et puis non, la forcer à le suivre en la menaçant de lui donner un coup de cric, la faire parler.

Un coup porté sur la vitre lui fit précipitamment relever la tête. La portière s'ouvrit du côté passager. Elle s'assit et lui dit simplement :

— Je suis Argy et vous Mathias, je suppose ?

Déconcerté, il hésita avant de répondre un « oui » catégorique.

— Vous avez récupéré la montre ?

— Effectivement, j'ai en ma possession une montre qui n'est pas à moi, annonça Mathias sur la défensive.

— Parfait. Démarrez, un petit tour du côté de la plage de Donnant, ça vous dirait ? Cette plage m'apaise et, en ce moment, j'ai sacrément besoin d'apaisement. N'ayez aucune crainte… Je vais vous guider. On va passer par Bangor.

— Vous vous prenez pour qui pour me donner des ordres de la sorte ?

Argy haussa les épaules et tapota sur la boîte à gants.

— Merde, piquer la voiture du poissonnier, c'est vraiment con ! Je n'aimerais pas être à votre place lorsqu'il vous retrouvera. J'intercéderai en votre faveur, si vous me restituez la montre…

Restituer signifiait que cette montre lui aurait appartenu et n'aurait pas été celle de James ? Perplexe, Mathias mit le contact et suivit la direction indiquée. Sa passagère n'était pas bien épaisse et ne faisait preuve d'aucun signe d'agressivité. Uniquement, elle tournait la tête, prenant plaisir à redécouvrir le verdoyant des champs, à peine l'enceinte urbaine passée. Elle parla, comme si de rien n'était.

— Vous faites quoi dans la vie ?

Les évènements prenaient une tournure si inattendue qu'il ne savait quoi répondre à cette jeune fille. Il opta pour la vérité.

— Je suis nissologue, un expert en insularité.

Généralement, l'annonce de sa profession, surtout pour un îlien, suscitait de la curiosité. Mathias n'était absolument pas disposé à expliciter en quelques mots en quoi consistait la science des îles. Argy ne lui en laissa pas l'occasion, elle lui dit négligemment :

— Curieux job. Certainement fort peu lucratif. Vous l'avez rencontré comment, James ?

Les mains de Mathias pressèrent avec force le volant. Elle entrait dans le vif du sujet par cette question, confirmant qu'elle connaissait James. Il lui fallait jouer finement.

— À Paris, nous étions suivis par le même médecin.

Argy fut surprise du lien qui unissait James à cet homme. Elle n'en fit rien paraître.

— Vous avez de l'argent ? Fortune familiale, j'imagine ?

— Vous comptez demander une rançon ?

— Je ne vous ai pas kidnappé. Vous inversez les rôles. C'est vous qui étiez prêt à me saucissonner et à me mettre dans le coffre au beau milieu des caisses de maquereaux !

Mathias était surpris. Avait-elle lu dans ses pensées ?

D'un ton péremptoire, elle affirma :

— Cela aurait été une énorme erreur. Si vous tenez à la vie, il va falloir que nous nous alliions. Je crois que vous êtes l'un des joueurs. Je me trompe ?

Mathias ne comptait pas se laisser mener par le bout du nez par cette gamine et inversa le cours des choses.

— Combien de joueurs, en tout ?

— Quatre, vous ne le saviez pas ?

— Hormis le fait que c'est un certain Argy qui a conçu le jeu auquel James m'a inscrit, je ne suis au courant que de peu.

— Je suis Argy, diminutif d'Argynnis. Quant à ce jeu auquel vous auriez participé, il est sorti tout droit de ma petite caboche mais un paramètre a été changé. Moi, je n'ai jamais envisagé d'assassiner l'un des joueurs.

— Rassurant de savoir que ma passagère n'est pas une meurtrière. Qui aurait modifié cette donne ?

— J'ai ma petite idée et je suis ici pour en avoir le cœur net. Eh oui, j'ai besoin de vous pour arrêter le meurtrier de James.

— Besoin de moi ? s'étonna-t-il.

— De vous. À moins que vous ne soyez l'assassin.

XVIII

LES COQUILLAGES

Route de Bangor

Les roues crissèrent et la camionnette termina sa course au bord d'un fossé enherbé. Mathias arrêta le véhicule en tirant sèchement sur le levier du frein à main. Énervé, il sortit de la poche intérieure de sa veste son passeport et le colla sous le nez de Argy. Bien qu'il vienne de lui fournir la preuve de son identité, la jeune femme ne savait toujours pas qui était Mathias. Avait-il participé à l'arnaque et s'était-il fait remettre la montre de James par Éléonore afin de subtiliser la preuve de son forfait ? S'était-elle jetée dans la gueule du loup en montant dans cette fourgonnette ? Indécise, voire inquiète, elle avait du mal à positionner ce dénommé Mathias. Il lui fallait en savoir plus sur ses intentions pour juger.

— Bon, puisque vous indiquez être l'un des joueurs, où en êtes-vous dans le jeu ? Vous avez téléphoné et remis le code à quatre chiffres, c'est ça ?

Mathias redémarra le véhicule en évitant l'ornière.

Il n'était pas disposé à accorder sa confiance à cette fille. Mais comme elle se disait la conceptrice du jeu, il lui fallait aller dans son sens, sans toutefois trop lui en dévoiler.

— James m'a remis un code, il y a de cela un peu plus de deux mois. Nous déjeunions dans une brasserie parisienne ce jour-là. Je n'avais aucune idée de ce à quoi ces quatre chiffres allaient me servir mais je les ai conservés parce que cela lui tenait à cœur que je le fasse. Peu de temps avant de décéder, il m'a contacté alors que j'étais en déplacement au Japon pour me communiquer un numéro de téléphone.

— Vous l'avez composé.

— Effectivement.

— Dommage. Et ensuite, on vous a annoncé que vous étiez guéri parce que vous aviez consulté tous les blogs sur votre fichue maladie. Votre aventure conçue pour vous a démarré sous les meilleurs auspices qui soient.

Mathias donna un léger coup de volant et la camionnette fit un zigzag sur la petite route.

— Comment êtes-vous au courant pour ma rémission ?

— Et pourquoi pas guérison ?

Ahuri, Mathias fixait la route. Argy perçut son désarroi, elle-même était totalement troublée. L'annonce par cet homme de son état de malade en rémission la bouleversait.

— C'est incroyable que ce soit James qui vous ait remis le code. Vous avez déboursé combien ?

— Mais je n'ai rien déboursé !

Argy se sentit perdue ; s'il avait été l'homme à arnaquer, il aurait dû payer. Est-ce qu'il disait la vérité ? Elle préféra éluder.

— On s'en contrefiche, la partie a de toute façon démarré. Bon, et votre lieu, celui qui vous fait kiffer à mort, votre coin de paradis sur cette île ?

— Quel paradis ? Vous vous fichez de moi !

— Vous avez eu accès à la carte.

— Quelle carte ?

— Étonnamment surprenant, vous êtes pourtant sur l'échiquier.

— Je suis désormais un pion ! Qui pousse les pions ?

— C'est vous qui faites avancer votre cheval ou, mieux, cette camionnette de livraison. Vous êtes acteur, je suis uniquement spectatrice.

— Et les autres joueurs, ils entrent quand en scène ?

Soit cet homme jouait merveilleusement la comédie, soit il n'était absolument pas au courant de l'arnaque et du fait que le jeu n'existait pas. Argy se contenta de faire la moue. Mathias s'emporta :

— Vous allez me cracher le nom des deux autres joueurs ! James est mort, moi je suis peut-être en danger parce que j'ai été inscrit à un jeu débile sans l'avoir demandé. Qui sont les deux autres pauvres bougres ?

— Effectivement, il y a une liste de joueurs. Lorsque j'ai conçu le jeu, il n'était pas question d'élimination physique.

— C'est cela, vous l'avez conçu mais mademoiselle n'a pas eu le cran de passer du concept à la réalisation. Trop compliqué ! J'imagine qu'un malhonnête vous a piqué votre idée et l'a salée à souhait en l'agrémentant d'une touche personnelle et morbide. Il se pourrait que reste en vie celui qui gagne la partie. Franchement, si James n'était pas mort, je vous prendrais pour une adolescente en mal de jeu de rôle débile !

— Exactement, si James n'était pas mort, assassiné ! Il faut absolument que vous me fassiez voir la montre.

Mathias prit conscience qu'il détenait une carte maîtresse.

— Pas question. Comment on arrête le jeu de massacre ?

À la question cruciale que Mathias venait de lui poser, Argy n'avait pas la réponse. Y aurait-il d'autres meurtres ? Elle ne parla pas tout le reste du chemin, elle lui fit uniquement deux fois des signes de la main pour lui signifier la direction à prendre. Il stationna la voiture sur un parking presque vide à côté d'un pick-up, elle en sortit, il la suivit sur le sentier qui menait à l'anse de Donnant.

Ils croisèrent deux surfeurs en combinaison néoprène, pressant chacun leur surf sous le bras. Ils conversaient en utilisant un langage particulier, une langue internationale éloignée de l'espéranto et ponctuée de termes anglais, probablement comprise par tous les habitants de la planète surf. Mathias tendit l'oreille pour tenter d'interpréter leurs propos, il entendit « Direction du swell, spot, pure style session pour demain, shore break nul, houle d'ouest, dégoûté. » Les deux jeunes à la carrure imposante progressaient dans une bulle et Mathias eut la certitude que ces derniers ne les avaient même pas remarqués. Lorsque Mathias vit enfin le rivage, il comprit que si les vagues n'étaient pas au rendez-vous ce jour-là, l'île renfermait néanmoins un trésor, voire des trésors le long de son littoral, des kilomètres de façade maritime où se succédaient falaises et plages de sable fin façonnées depuis des millénaires par les coups de boutoir des déferlantes et du vent. Bien que le point de vue soit à couper le souffle, Mathias n'avait pas l'intention de laisser aller son esprit à une contemplation béate.

En haut de la plage déserte, Argy s'assit. Il en fit de même. Elle était totalement perdue ; cet homme à ses côtés lui semblait tout autant qu'elle ne l'était. S'il disait vrai, James l'aurait fait participer à son jeu qui n'en était pas un, ne lui remettant aucune des règles. Elle dessina la carte de Belle-Île sur le sable, attrapa quatre coquillages et en conserva deux dans sa main. Elle positionna un premier coquillage de couleur sombre sur la droite de sa carte et dit enfin :

— Le principe du jeu, c'est que le premier joueur en début de partie se voie remettre un bonus, la chose dont il rêve le plus. En cuisine, ma grand-mère le qualifierait de mise en bouche. Ensuite, il a l'obligation de se positionner sur une carte dans un lieu de son choix. Je place James à proximité de la Belle Fontaine parce que c'est là que son corps a été retrouvé. Je ne sais pas encore ce qu'il venait y faire. C'était forcément d'une importance capitale pour lui. Maintenant vous, je dois vous aussi vous placer sur l'échiquier.

Elle se mit à rire, d'un rire nerveux qui sonnait faux.

— Vous êtes le coquillage gris. Pas le noir, pas le blanc, le gris parce que j'ai du mal à vous donner une teinte dominante.

Elle l'agaçait, l'exaspérait, se permettait de le juger, de le classer dans un monde minéral. Elle perçut son agacement.

— OK, je vous tape sur les nerfs. J'ai vingt ans de moins que vous et je mène la danse. Sachez que c'est involontaire. Insupportable pour vous mais il va falloir vous y faire. C'est quoi, votre maladie ?

— Cela ne vous regarde pas.

— Je m'en fiche de toute façon, vous êtes en sursis. Le principe, c'est d'offrir au joueur, dès le début de la partie, ce qu'il souhaite le plus au monde. James était probablement guéri parce que c'était son souhait le plus cher. Ensuite, il s'est rendu à la Belle Fontaine là où son second bonus l'attendait. Et vous, c'est quoi, ce qui vous fait chialer d'envie, trépigner d'impatience ? Moi, c'est la bouffe. Boulimie, anorexie, même combat.

— Vous êtes un sac d'os ! rétorqua excédé Mathias.

— Actuellement, je suis en mode anorexie. Il faudrait deux coquillages pour me qualifier, une coque de palourde bien ronde et un tout en longueur, un couteau par exemple. Mais voilà, dans mon cas, pas besoin de coquillage. Je me situe en dehors du jeu. Choisir Belle-Île... Curieux, dégueulasse, à vomir son quatre-heures ! Me faire ça, mon île !

— Cessez de me balader. Si vous avez conçu ce maudit jeu aux règles improbables, alors expliquez-moi comment on l'arrête.

Face à cette question récurrente et justifiée, Argy ne put que capituler.

— Aucune idée... La seule chose que je commence à comprendre c'est que James a dû filer un paquet de fric pour faire entrer deux joueurs, lui et vous.

— James était riche, vous me l'apprenez !

— Fortune familiale mais pas du côté maternel. Éléonore, sa mère, que vous avez rencontrée, ne vit pas dans l'opulence comme vous avez pu le constater. Elle est une femme cultivée qui a eu son heure de gloire sans en tirer un véritable profit. Aujourd'hui, elle ne roule pas sur l'or mais son ex-mari, c'est du lourd ! Le père de James vit aux États-Unis et se déplace en fauteuil roulant. Con, avoir tout ce fric et finir dans un fauteuil roulant.

— Je ne connaissais rien à la vie de James. Une amitié singulière basée sur une peur commune, celle de la mort. Plus simple de parler avec quelqu'un qui vit comme vous dans ses tripes l'angoisse de décéder prématurément. Cette amitié n'en était pas une, alors qu'il verse une somme importante pour moi, inenvisageable !

— Moi non plus, je ne comprends pas quel est votre rôle dans toute cette affaire.

— Pourquoi diable voulez-vous récupérer sa montre ?

— Le temps… Le joueur reçoit la carte d'une île pour qu'il se positionne sur un lieu de son choix et un chronomètre s'enclenche pour indiquer la durée de la partie. C'est un compte à rebours.

Il se leva et s'éloigna d'elle. Il sortit la montre de sa poche et, lorsqu'il vit les aiguilles, il fronça les sourcils.

Argy, restée seule, contempla l'Océan, songeant à sa mère qui, de l'autre côté de l'île, allait épouser son troisième mari. Elle s'attaquait aux hommes avec une énergie inouïe, comparable à celle d'un paquet de mer à l'assaut du littoral.

XIX

LE MARIAGE

Le Palais – La mairie

Greta consulta son smartphone. Sixième consultation. Aucun message. Elle fulminait. Son visage s'empourprait, prenant la couleur des murs de la salle des mariages. La cocarde, elle la fixait avec une telle détermination que l'adjoint au maire prit brusquement peur. Cette tigresse allait lui sauter au cou, le tenant pour coupable de cette interminable attente. L'homme fit mine de s'occuper, déplaçant le vase contenant un bouquet de fleurs naturelles sur la droite de l'imposante table puis le ramenant sur la gauche, faisant pivoter légèrement son torse pour détailler le portrait du président de la République placé au-dessus de la cheminée. Il agissait tout en évitant de croiser le regard de la future mariée et surtout en prenant soin de ne jamais regarder le majestueux fauteuil en bois, désespérément vide, placé à côté de celui de la fiancée.

Soudain Greta souleva ses lèvres pulpeuses, telle une lionne retroussant ses babines. Elle songeait à sa nuque. La coiffeuse n'avait pas eu le temps de lui tendre le miroir pour qu'elle découvre sa délicieuse nuque. Sa mère était assise au premier rang dans son dos et avait une vue plongeante sur sa nuque, cela lui était insupportable.

Les invités en rangée sur quatre lignes, positionnés devant des chaises de velours rouge, attendaient un dénouement heureux à cette farce qui s'éternisait. À la droite de Marie se tenaient Vincent et Clémence. Discrètement, Vincent sortit de sa poche son portable ; il s'apprêtait à composer un numéro quand Clémence lui intima de ne pas le faire en lui donnant un coup de coude dans les côtes. Pour justifier son geste déplacé, il chuchota :

— Qu'est-ce que fiche Hugo ?

— Il est en retard, murmura Clémence, dents serrées.

Délicatement, Vincent rangea son portable dans la poche de sa veste, tout en réfléchissant à la situation. C'était la seconde fois qu'il venait sur cette île et les catastrophes semblaient s'être attachées à le suivre. Il aurait dû rester à Paris et convaincre son ami Hugo d'en faire autant, de ne jamais remettre les pieds à Belle-Île. Si l'enterrement de James avait été ubuesque, ce mariage commençait à ressembler à une pitoyable mascarade. Le futur marié avait probablement fui avant de se faire passer la corde au cou. La nuque de Greta intriguait Vincent. Des cheveux de la jeune femme relevés en chignon, une mèche dépassait, formant une curieuse petite queue. Une souris semblait avoir trouvé refuge dans le chignon laqué et se voyait trahie par son appendice révélé. Si le critique de la situation ne l'avait contraint au sérieux, il aurait ri aux dépens de Greta. Il songea alors à ce couple improbable. Clairement, Hugo n'avait jamais aimé Greta mais comme Hugo Petrowsky aurait tout fait pour acquérir la nationalité française, voire se marier avec Vampirella, il avait accepté le deal. Cette magnifique diablesse de Greta se repaissait du sang de ses victimes, de ses maris pris dans ses filets. Vincent jubilait intérieurement. Greta ne s'appellerait jamais madame Petrowsky, ne porterait jamais le titre de comtesse. Ce dont elle se croyait capable, de s'acheter un titre en garantissant au vendeur de ne pas se faire expulser, elle ne l'était pas. Elle avait perdu la partie et Vincent en était soulagé. Hugo retournerait vivre à Buenos Aires et il se ferait un plaisir d'aller le voir là-bas pour lui rappeler qu'il avait bien fait de ne pas se marier. Si Hugo avait dû comprendre que le jeu n'en valait pas la chandelle, le découvrir le jour du mariage intriguait néanmoins Vincent, voire l'inquiétait.

Clémence, quant à elle, comptait sur ses doigts. Trois, Greta en était à son troisième mariage. Son premier mari était un producteur de cinéma qui n'avait jamais rien produit, son deuxième époux un gérant de boîte de nuit qui avait pour résidence diurne une salle de musculation et le troisième semblait avoir pris la poudre d'escampette avant même de lui avoir passé la bague au doigt. La comédie avait suffisamment duré. Sa meilleure amie devait cesser de collectionner les plans foireux. Peut-être qu'elle aimait cela par pur masochisme mais son acharnement la décrédibilisait aux yeux de tous. La mère de Greta, la pauvre femme, était probablement au bord de la crise de nerfs à force de subir les frasques de sa fille. Clémence se mit à rêver de l'homme qui se tenait à sa gauche, le sublissime métis en costume trois-pièces. Quand Vincent la demanderait en mariage, parce que cela devrait arriver sans nul doute, elle accepterait volontiers en posant néanmoins ses conditions. Coupe ton portable avant de me rejoindre sous les draps, lui chuchoterait-elle tendrement. Elle lui achèterait un réveil, pour qu'après une nuit torride passée dans ses bras, épuisé, rincé, il n'oublie pas de se lever pour se rendre au travail. Elle lui ferait oublier toutes les Daphné du monde, toutes ces perfides punaises évoluant dans un monde virtuel. Elle le savait, il n'était pas insensible à son charme. Clémence mangerait Vincent tout cru et il prendrait plaisir à découvrir la dévoreuse d'hommes qu'elle était. Pour passer de la réflexion à l'action, négligemment, elle se décala sur la gauche pour que sa cuisse vienne frotter le tissu du pantalon de Vincent. Surpris mais dans l'incapacité d'agir, Vincent ne bougea pas. S'il tentait de s'écarter de Clémence qui, visiblement, avait jeté son dévolu sur lui, il se retrouverait collé tout contre la mère de Greta. La situation était critique, risible, effroyablement cocasse.

L'adjoint au maire capitula et finit par craquer, il se pencha en avant pour demander à voix basse à Greta.

— Madame, que comptez-vous faire dans l'éventualité où…

— Où quoi ? hurla Greta.

L'homme à la cocarde se redressa et se mit de nouveau à déplacer le vase. Cette créature devrait se rendre à l'évidence, l'homme de ses rêves avait fui, même si elle se drapait derrière des éventualités telles qu'un imprévu, un contretemps, un accident.

Greta explosa :

— Vous, le représentant de la loi, vous ne bougez pas d'un pouce. Mon futur époux, je vais aller le chercher !

« Par la peau des fesses », crut entendre Vincent. Il avait bien entendu une gamine dans son dos qui venait de dire « par la peau des fesses. » Il pinça les lèvres pour ne pas rire.

Greta se retourna et toisa l'assistance. Elle repositionna sa capeline en zibeline sur ses épaules et s'avança dans la travée d'un pas décidé. Personne n'osa bouger.

À peine avait-elle passé la porte de la salle des

mariages que l'adjoint au maire demanda à l'assemblée :

— Qui dans l'assistance aurait le numéro de téléphone de monsieur Hugo Petrowsky ?

Vincent leva son bras bien haut. La vingtaine de personnes présentes dans l'assemblée resta suspendue à ses lèvres.

— Moi, je vais l'appeler.

Tout juste Vincent avait-il eu le temps d'appuyer sur une touche qu'une sonnerie retentit, provenant de derrière l'imposante porte en bois, celle-là même que venait de franchir Greta en prenant soin de la refermer derrière elle.

XX

QUAND MATHIAS RECONSIDÈRE LE MONDE

Plage de Donnant

Loin de se douter qu'une tragédie se jouait dans la salle des mariages de l'autre côté de l'île, Mathias réfléchissait, tenant la montre de James dans la paume de sa main droite et ses chaussures dans sa main gauche. Il s'arrêta de marcher et son regard trouva ses pieds, nus sur ce sable fin à la couleur dorée. Les laisses de mer formaient des chapelets de minuscules et ridicules chapeaux melon reliés les uns aux autres. Algues sombres, boursouflures réelles tout autant qu'imaginaires. James et son curieux chapeau melon lui manquaient. James aimait la vie. Pour guérir, il aurait fait n'importe quoi, Mathias n'en doutait pas. Tout comme lui, James aurait pu avoir recours à la médecine occidentale tout en multipliant ses chances de guérison en se tournant vers d'autres types de pratiques moins conventionnelles. S'en remettre à Dieu – quel que soit ce Dieu – ou encore faire des incantations se concevaient. Mathias se souvenait avoir allumé un cierge dans la cathédrale Sainte-Marie à Tokyo puis, dans l'heure qui avait suivie, reproduit l'action dans un petit temple bouddhiste. Le jeu, James le portait en lui comme étant le remède à tous les maux. Que James ait cru pouvoir obtenir sa guérison en participant un jeu, cela pouvait s'entendre. Qu'il ait payé une petite fortune dans l'espoir de lui offrir une rémission, à lui qui n'était qu'une relation de circonstance, ne tenait pas la route.

Mathias n'était certain que d'une chose, il voulait vivre. Il avait envie de retenir le temps présent pour sentir ce sable humide pénétrer en lui par la plante de ses pieds. Il prenait soudainement conscience que depuis plus de huit ans, il n'avait fait que courir le monde sans prendre le temps de s'arrêter. Seule sa maladie l'avait contraint à ralentir le rythme soutenu de sa fuite en avant. S'étourdir pour ne plus penser avait été son credo. Se poser pour regarder enfin ce monde serait-il son avenir ? C'était la première fois que Mathias mettait les pieds sur cette plage. N'avoir jamais pris le temps de venir à Belle-Île alors qu'il étudiait la science des îles, la nissologie, était-ce un comble ? Probablement que mettre des milliers de kilomètres entre lui et la France dissimulait son besoin de fuir son passé en se noyant dans d'autres cultures. Ses travaux en cours portaient sur la surinsularité, concept connu depuis des millénaires des Japonais. Ils avaient construit un vocabulaire spécifique pour expliciter les différentes formes d'insularité. La surinsularité s'apparentait aux îles de la Mer Intérieure du Japon parce que celles-ci n'étaient ni continentales, ni prélittorales, ni océaniques mais situées entre trois des quatre îles japonaises. Passionnants travaux et pourtant cela ne changerait en rien la face de l'Univers qu'il les mène à leurs termes. N'aurait-il pas mieux fait de s'attacher à étudier les îles françaises ? Pourquoi avait-il disséqué les îles aux quatre coins de la planète sans jamais venir à Belle-Île ? Sur le ferry, il avait feuilleté un guide touristique et découvert le passé incroyable de cette île aux mille facettes, de son pouvoir d'attraction sur des peuplades venues d'ailleurs. Romaine, on l'appelait alors Vindilis. Calonesus en grec, Bella Insula en latin. Les Bretons la qualifiaient de Gwezel, Guedel ou encore Guerveur. Elle avait été l'objet de toutes les convoitises. Ses habitants, au fil des siècles, avaient vécu dans la crainte perpétuelle d'une invasion, subissant l'occupation et acceptant de voir leur île baptisée puis débaptisée selon le bon vouloir de l'occupant. Aux envahisseurs normands avaient succédé les Celtes venus de Basse-Bretagne. Tant de peuples différents avaient foulé cette plage de leurs empreintes de pas. Et lui, l'expert, n'avait pas même daigné venir de son plein gré pour contempler *de visu* ce petit joyau français. Alors tout autour de lui se révélèrent les couleurs, coquille d'œuf du sable, gris soutenu des éboulis de pierres, bleu intense de l'Océan. La magie s'effaça soudainement. Argy venait de le rejoindre.

— Bon, vous prenez racine ? Maintenant que vous avez détaillé la montre sous toutes les coutures, vous vous interrogez, à moins que les aiguilles ne fassent que confirmer ce que vous saviez déjà.

Mathias avait bien remarqué que les aiguilles tournaient en sens inverse et cela le laissait perplexe ; pourtant, cette montre, il en avait même oublié jusqu'à son existence l'espace d'un instant, hors du temps. Mais cette fille le ramenait à la réalité avec violence, elle s'avérait capable de briser tous les rêves parce qu'elle était ici chez elle. Cette plage était la sienne. Mathias prit subitement conscience qu'il ne faisait qu'étudier les îles dans un laboratoire, même s'il avait parcouru les océans. Elle le heurtait parce qu'elle était ce qu'il ne serait jamais, un insulaire. Redoutable, sa jeunesse lui permettait non seulement de tacler de façon incisive mais plus encore de percuter d'un direct du gauche. Il s'apprêtait à lui proposer de clarifier le rôle de cette montre, lorsque Argy lui claqua :

— Filez-moi cette montre !

— La voilà ! hurla Mathias en la jetant en l'air.

Argy l'attrapa au vol et la pressa avec force dans sa main. Elle ouvrit sa paume et ses doigts se mirent à trembler. Désormais, entre ses mains, elle tenait la preuve que James était bien le joueur. Quant au rôle de Mathias, il restait un mystère. Elle lui dit :

— Allez, maintenant, je veux voir votre portable.

— Stop, vous ordonnez, vous vous prenez pour qui ?

— Argy. Rien que mon prénom vous donne des sueurs froides… Votre portable.

— Non !

— Monsieur fait de la résistance. Eh bien, je peux vous dire que lorsque vous tapez la lettre C dans le moteur de recherche sur l'écran de votre fichu portable, s'affiche quoi… Je vous le donne en mille.

Mathias la foudroya sur place.

— Cancer, c'est ce que vous vouliez entendre.

Elle blêmit.

— Évidemment, je m'en doutais. Pour moi, à la lettre C s'associe le mot Carte, de Belle-Île, il s'entend. Pour la fille du standard qui travaillait avec moi pour arrondir ses fins de mois, c'était Bonnet C. Passer toutes les lettres de l'alphabet en revue, consultez l'historique de vos dernières recherches, allez, amusez-vous comme ils se sont amusés avec vous. Le Big Data sait tout de vous, que vous rêvez de chirurgie esthétique et de vous pavaner avec de gros seins dans un bar branché de la capitale ou encore crevez d'envie d'aller consulter un vaudou au pays des kangourous.

— Vous délirez avec votre Big Data. Qu'est-ce que vous en avez à faire que je sois malade ou en bonne santé ? D'ailleurs qui se soucierait de savoir que je me connecte jour et nuit sur des blogs médicaux ? J'ai eu la malchance de me voir embarqué dans cette histoire de dingues parce que James m'a inscrit à un jeu débile. J'ai du mal à admettre que quelqu'un ait réussi à soutirer du fric à James en lui faisant croire qu'il allait décrocher la lune.

— La lune… Super concept, j'adore mais ma petite démonstration n'est pas finie. En traquant les objets connectés, c'est encore plus cool : à quelle heure tu passes l'aspirateur, tu branches ton grille-pain, tu mets en route le radiateur de ta salle de bains et précisément quand tu tires la chasse d'eau ! Au Japon, même la cuvette des toilettes est connectée, discrète musique d'ambiance pour le petit pipi, lunette chauffante pour le confort de son postérieur. Tu m'as dit être allé au Japon, bon alors, je ne mens pas ?

— Exact, où voulez-vous en venir au juste ?

— Au top de l'indiscrétion, l'infiltration via tes cartes de fidélité. Tu ne te souviens même plus si tu bois du Chivas de plus de douze ans d'âge ou du whisky de second choix, tu fais mine de l'oublier. Qu'à cela ne tienne, je vais t'offrir un bon de réduction pour carrément payer moins cher ton excellent Chivas, celui qui te fait saliver. Tu vois, il suffit de suivre tes applications préférées, tes photos de famille ou les vidéos que tu as mises en ligne. En quelques consultations, tu débusques le voyeur ou encore le joueur. Penchants sexuels, petites manies, gros secrets. Les followers, ces suiveurs sont de vrais chiens de chasse.

— OK, nous sommes tous traqués tel du gibier et alors, vous voulez en arriver où exactement avec vos explications d'une platitude confondante ? Le rapport avec James ?

— Sous l'article de presse « *Fait divers croustillant d'un homme connecté jusque dans son cercueil* », il y avait ce maudit encart publicitaire ! Une nouvelle application ludique qui allait bientôt être mise sur le marché. Accroche diabolique qui m'a littéralement tétanisée… « *Lorsque le jeu mortel débuta, les Supersaurus étaient en voie d'extinction aux portes du Palais.* »

Mathias eut un mouvement de recul. Sur l'ordonnance, James avait écrit non seulement les quatre chiffres du code mais aussi « *Tous, nous étions prêts à vendre notre liberté – illusoire – pour une once de gloire. Enfin, presque tous, quelques réfractaires restaient sur le quai de la gare, conspués par leurs proches, qualifiés de "déconnectés", "d'injoignables", de "dinosaures". Lorsque le jeu débuta, les Supersaurus étaient en voie d'extinction…* » Mathias préféra ne pas lui en parler et la laisser avancer ses pions.

— Ainsi, vous auriez été alertée par cette publicité et seriez venue à Belle-Île, précisément aux portes du Palais, parce qu'elle aurait été rédigée à votre intention ?

— Exactement, quelqu'un m'a mise sur la piste. C'est une publicité mensongère, aucune application ne va être développée. Du vent ! L'annonceur a payé rubis sur l'ongle et laissé une fausse adresse. Le Supersaurus a une signification que moi seule étais en capacité d'appréhender. Une sorte de dinosaure qui hait tout type de connexion, une pure invention.

— Ce ne peut pas être l'assassin qui a fait publier l'annonce, car le principe même de celui qui commet un forfait, surtout un meurtre, c'est de ne mettre personne sur aucune piste. Mais vous demandez néanmoins si ce n'est pas lui alors pour en avoir le cœur net, vous venez vous jeter dans la gueule du loup.

— Vous aussi êtes là.

— Si votre jeu est en lien avec l'assassinat de James et que vous n'êtes coupable en rien, qui sont les autres infortunés joueurs ?

— James et vous, fort certainement. Quant aux deux autres, je n'ai pas leur identité. Je ne suis pas certaine que vous soyez un joueur “averti”. Franchement, il ne vaudrait mieux pas. Vous m'êtes sympathique.

— Écoutez-vous parler !

Elle recula de deux pas.

— N'essaie même pas. N'y songe même pas à me filer une baffe.

— Une fessée !

— OK, Papi. Sache que je suis celle qui pourrait te sauver la mise parce que le meurtrier court toujours. Mieux vaut me traiter avec égard. Le jeu, il a bien été mis en place. Le fric de James, ils lui ont bien piqué et, maintenant, ils iront jusqu'au bout de ton enfer à moins que tu ne sois un diablotin, complice de tout ce micmac !

— Et toi, le petit génie à la langue bien pendue, tu en sais trop. Ces « ils » qui vont prétendument me faire la peau, il se pourrait bien qu'ils s'en prennent à la tienne.

— Pas tort, j'y ai songé. C'est pourquoi je suis ici. Ma petite peau de nana anorexique, j'y tiens. Actuellement, c'est toi mon meilleur cheval, difficile à jauger mais cheval néanmoins. Qu'est-ce que tu fais dans la vie en dehors de disséquer les espèces endémiques ?

Mathias songea instantanément au narcisse des Glénan, plante protégée sur l'archipel.

Cette pensée le rassura parce qu'elle lui rappelait ce qu'il était encore tout au fond de lui, un scientifique capable de se passionner pour une plante vulnérable.

Elle le perturba tout autant parce qu'elle mettait l'accent sur son point faible : s'attacher au monde végétal lui permettait d'occulter le monde des êtres vivants. Avec franchise, il osa lui répondre.

— Je voyage…

— Moi, je n'ai jamais pris l'avion. En revanche, le bateau… J'ai quelques heures de vol au-dessus des vagues. Ainsi, tu voyages…

La technique de la reformulation ne lui était pas étrangère, songea Mathias. Il lui fallait revenir à ce qui l'avait amené sur cette île, la mort de James. Il allait plonger sans mentir pour qu'elle plonge à son tour.

— L'an dernier, je suis parti du cap Horn vers les îles de la Géorgie du Sud. J'ai vogué vers les îles Sandwich puis les îles Shetland du Sud. J'ai filé vers le détroit de Bransfield pour atteindre le cercle polaire antarctique.

Argy siffla.

— Cool, c'est tout. Et l'île Royale en Nouvelle-Écosse ?

— Rebaptisée l'île du Cap-Breton, je ne l'ai pas encore visitée mais, il y a trois ans, j'ai parcouru l'océan Glacial Arctique. Partir des îles de l'Institut arctique, monter plus nord pour atteindre l'île Solitude et bien plus nord encore vers l'île de la Révolution d'Octobre pour enfin voir l'île Pionnier et souffler.

Honnête, Argy songea que ce Mathias avait tout de l'honnête homme, à moins qu'il ne soit un acteur hors pair. Elle renchérit.

— Tu en as vu du pays, que des îles.

— C'est cela, mon job. Et puis cessez de me tutoyer.

— Tu peux me tutoyer, moi, cela ne me gêne pas. Bon, on se casse.

Il regarda l'Océan.

— Tu m'avais demandé quel était le lieu qui me faisait le plus vibrer, une plage de sable blanc.

Argy lui attrapa le bras.

— Incroyable. Tu es en train de me dire que tu es non seulement un joueur mais que, de surcroît, tu es positionné à Belle-Île, ici, à l'endroit qui te fait précisément le plus kiffer ! Ça craint.

XXI

QUAND ARGY SE CONFIE À MATHIAS

Plage de Donnant

À en juger à ses bottes de sept lieues, cette fille se complaisait à vagabonder dans les contes de Perrault en adoptant les costumes de ses héros. Un monde peuplé de fées affublées des longs becs des courlis cendrés, des royaumes imaginaires où erraient des lutins portant des cuissardes de ville et des dragons aux griffes de vélociraptor. Mathias avait du mal à la cerner : paumée, possédée, mythomane ou réellement dépassée par un jeu qu'elle avait effectivement imaginé et qu'elle ne maîtrisait plus. Alors qu'ils remontaient en direction du parking, Argy affirma :

— James mort et vous entrant fortuitement en lice. Quant à la carte de l'île avec toutes ses falaises étourdissantes…

Qu'est-ce qu'elle lui racontait ? Dans quel monde peuplé de chimères évoluait-elle ?

— Avec vos règles impossibles, personne ne jouerait à un jeu pareil. Trop compliqué. Peut-être même que vous avez poussé le vice fort loin. Probablement que c'est lorsque la partie est finie que l'on en a saisi les règles.

Elle fit un pas de géant.

— Vous phosphorez gravement. Le principe est d'avancer, uniquement aller de l'avant. Prenons le cas de James, il joue, il obtient son bonus, en l'occurrence sa guérison. Ensuite, il doit poursuivre sa progression en se rendant dans un lieu qu'il considère comme magique, la Belle Fontaine, selon lui. Il n'a pas hésité à foncer sous l'effet de l'adrénaline, boosté par son fabuleux bonus, sa florissante santé retrouvée.

Mathias ralentit le pas. Il n'adhérait en rien aux règles annoncées et dit ironiquement :

— Et s'il était resté dans son lit, au lieu de foncer ?

— Impossible, son bonus lui aurait été retiré.

Il courut sur quelques mètres pour revenir à la hauteur de Argy.

— De nouveau malade, franchement du grand n'importe quoi. S'il était guéri comme vous semblez le croire, cela ne l'a pas empêché de mourir.

— Un assassinat et pas une mort naturelle. Énorme ! Et vous, votre récompense, vous l'avez aussi obtenue !

— Rien d'original, la guérison tout comme James, c'est ce à quoi vous pensez !

— Justement, là ça coince, parce que la logique de mon jeu se perd. Les joueurs n'étaient pas censés se connaître et surtout ne pas avoir le même profil. Et maintenant, vous vous retrouvez à Belle-Île, précisément sur une plage de sable blanc, lieu qui vous fait totalement fantasmer.

Le cœur de Mathias s'emballa.

— Et si j'étais resté à Paris, je me serais vu retirer ma gratification, de nouveau malade. Vous délirez. Pure coïncidence que mes analyses soient excellentes. Elles n'ont pas pu être falsifiées.

Elle s'arrêta net et fronça les sourcils.

— Vous vous sentez comment ? Souffrant ?

— Non. Mais par acquit de conscience, dès que je rentre à Paris, je file au laboratoire d'analyses. Enfin, si je rentre un jour…

— Ne me dites pas que vous vous trouvez bien ici. Mon île, elle vous plaît gravement.

— Votre île. Vous ne possédez rien. Quitter Belle-Île en vie, c'est mon seul objectif.

Mathias sentit le sol se dérober sous ses pieds. Vertige, prémices d'un malaise qu'il devait combattre.

— On ne pourrait pas s'asseoir sur le talus, ce serait plus pratique, proposa-t-il.

Argy compatit. Elle lui devait bien cela, il se croyait guéri alors qu'il ne l'était certainement pas. Il lui fallait dédramatiser.

— OK pour la petite pause bucolique. À Paris, je cours toujours, je balade mes cuisses de sauterelle d'arrondissement en arrondissement, alors que quand je vivais ici, je faisais des kilomètres à pied dans la lande pour aérer mes cuisses de grenouille bien grasses. Je n'aime pas l'activité physique mais pour dénicher des lieux magiques, des plages difficilement accessibles ou des cordons dunaires, il faut se donner de la peine. Vous avez vraisemblablement des mollets bien moins endurcis que les miens.

— Vous ne me tutoyez plus.

— Non, j'ai changé d'avis.

Elle s'assit en tailleur sur le talus et lui s'accroupit à la japonaise.

— Remontons le temps, proposa Argy. James toujours en lice se rend là où il doit se rendre. Il se positionne sur la carte de l'île. Je n'avais pas prévu que c'était Belle-Île… Il se rend à la citerne près de la petite anse de Port Guen et il y est retrouvé mort. Normalement, c'était le paradis, il devait recevoir ce qui lui aurait fait le plus plaisir, son deuxième gros lot. Pas la peine qu'il le crie sur les toits, grâce au Big Data, il était possible de lire dans les pensées de James comme à livre ouvert.

Au point où il en était, Mathias ne voyait qu'une issue, aller dans son sens, alimenter son délire pour la piéger.

— L'eau, il adorait l'eau, en consommait en excès, en abusait. Il en était fou, une obsession.

— Il n'aurait pas été empoisonné, il aurait bu de l'eau jusqu'à la mort. La cure à l'eau… Ce qui explique pourquoi il a été retrouvé à proximité de la citerne.

— Et si James avait été un type accro au sexe, il aurait été découvert dans un lit, victime d'une overdose de sexe, décocha ironiquement Mathias.

— Un président a bien été retrouvé mort dans les bras d'une catin.

Ce qui lui passait par la tête, elle l'annonçait. Argy parlait sans réfléchir et il devait de nouveau la recadrer et surtout éviter de la relancer sur l'affaire de Félix Faure.

— Si je suis le même chemin que James, je me trouve sur une pente raide. J'ai obtenu ma mise en bouche, ma rémission, et je viens de me positionner à Belle-Île sur une merveilleuse plage, le lieu qui me fait le plus rêver. C'est vous qui m'y avez entraîné.

— Avez-vous joui ?

Mathias la regarda, interloqué.

— Pas à ce point.

— Donc, vous n'êtes pas mort. Je rigole, je n'en sais rien. J'aurais pu vous entraîner n'importe où pourvu que nous ayons été seuls. Un lieu tranquille uniquement, l'anse de Donnant, j'ai tapé dans le mille. Effectivement, ce n'est pas très encourageant pour la suite.

— Après m'avoir fait miroiter le bonheur, me faire comprendre que je risque une élimination physique, c'est extrême.

— Moi, je n'avais pas envisagé cela comme cela. Les types ultra-connectés payaient pour atteindre leur nirvana et, en guise de sortie de jeu, ils ne se faisaient pas assassiner !

— À la fin, on gagne quoi ?

— Merde ! Vous avez gagné, vous êtes en bonne santé.

— Je n'en suis pas certain.

— Je ne sais pas quelle est votre position dans le jeu et elle est primordiale pour votre avenir. À la fin, il n'y a qu'un seul gagnant, celui qui a éliminé les trois autres joueurs. Pour moi, sortir du jeu ne se concevait pas les pieds devant.

— Quatre joueurs, et l'un d'eux a été assassiné. Il se pourrait que d'autres l'aient été aussi.

— Il faut suivre les cadavres. Ceux de la liste des joueurs !

— Mais je suis sur cette liste !

— Vous avez l'air de croire ce que je vous raconte, c'est bon signe. Avouez, vous pensiez que j'affabulais.

— Et je le pense toujours. Vous savez pertinemment qui distribue les cartes. Celui qui a empoché l'argent de James et de combien d'autres.

— Ce type est bien plus fort que moi. Il maîtrise le Big Data.

Mathias aurait voulu crier au complot planétaire ourdi par des superviseurs de *datacenters* mais se retint.

— Et même semble avoir des remèdes miracle.

Ne relevant pas la remarque, Argy grimaça.

— Retrouvons les deux autres joueurs. Je parierais qu'ils ont composé le numéro de téléphone, fourni le code, reçu leur premier bonus. Peut-être que l'un d'eux s'est déjà placé dans le lieu de ses rêves, ici même à Belle-Île et a franchi le stade supérieur.

Que les joueurs soient tous à Belle-Île, encore une nouvelle règle, songea Mathias. Est-ce qu'elle ne venait pas de l'inventer ? Est-ce que ces deux autres joueurs n'étaient-ils pas eux aussi une pure invention ?

Mathias plissa les yeux.

— Et si James avait payé non seulement pour lui mais aussi pour les trois autres joueurs ?

— Hypothèse fort intéressante qui mériterait d'être creusée.

— Il a fait parvenir à sa mère une malle contenant un magnum de champagne et cinq flûtes.

La bouche de Argy s'ouvrit ; enfin, son informateur se mettait à table et elle la maintint ainsi grande ouverte un long moment avant de la clore enfin.

— Décidément, ce type était un timbré. Cela ne m'étonne pas que ma mère ait tenté une approche disons physique, enfin cela date. Mais les types barrés, elle les aime toujours autant. Elle s'est toujours considérée comme étant une femme désirable et jamais comme une mère aimante. Incapable d'assumer ce rôle, elle a laissé le soin à ma grand-mère de m'élever. D'ailleurs, par moments, je parle en utilisant son vocabulaire ; au fond, je suis ni plus ni moins qu'une petite vieille pleine de bonne éducation chrétienne qui a mal tourné au fil du temps. Pour échapper à cette bienséance désuète, j'ai fait mon sac et quitté mon île. Durant ces deux dernières années passées à Paris, j'y ai appris à jurer et à me foutre du qu'en-dira-t-on.

Elle se mit à rire :

— Le qu'en-dira-t-on, j'adore cette expression, probablement parce que ma délicieuse mère l'utilise parfois. Je l'imagine en ce moment, coupe de champagne en main !

XXII

LA RÉCEPTION

La Citadelle Vauban – Salle de réception

Greta avait disparu et Vincent se rongeait les sangs face à un buffet qui lui donnait la nausée. Maudit, il se considéra comme maudit parce que cyberdépendant. Au plus vite, il devait en finir avec son addiction pour contrecarrer le mauvais sort. Vincent se jura qu'il allait urgemment broyer, exploser, éclater son damné smartphone pour en terminer définitivement avec cet objet intrusif. Fin de la géolocalisation. Plus de coup de fil pour joindre une Daphné qui vivait peut-être à l'autre bout du monde ou pour entendre une sonnerie aboutir dans un cercueil, plus d'appel pour tenter de faire sortir un futur marié du sous-bois. Il éteignit son smartphone, le rangea dans sa poche et attrapa une coupe de champagne. Physiquement et mentalement libéré, verre en main, il regarda les invités. La fête était singulière.

Une demi-heure auparavant, lorsque avait retenti

la sonnerie d'un portable déposé en bas des marches de l'escalier de la mairie, ils étaient précisément vingt à l'écouter sonner, grands, petits, jeunes, vieux, tous vêtus de leurs plus beaux atours. Chapeaux à large bord, toilettes sorties de la naphtaline pour la circonstance, nœuds papillons, escarpins de grand couturier, le tableau était toiletté et les oreilles levées. Tous massés en haut de l'escalier, les petits entre les jambes des grands, les moins de un mètre soixante sur la pointe des pieds. Masse compacte composée d'incrédules qui s'était interrogés d'une même voix. Était-ce le portable du futur marié qui sonnait ? Certains se demandaient où se trouvait Hugo, d'autres où était partie Greta. Cette dernière arpentait-elle les ruelles de Le Palais, voire courait-elle après son prince charmant ou, mieux, son déserteur de numéro trois ? Clémence, elle, avait préféré agir plutôt que de penser, faisant un pas, deux et plus, venant se positionner sur la dernière marche à côté du téléphone. Elle avait penché la tête puis l'avait relevée. Bouche ouverte face à l'assemblée perchée, elle avait cherché du regard le coupable et enfin hurlé « Vincent, c'est ton numéro qui s'affiche ! »

Voilà, désormais, ils étaient tous réunis devant un buffet. Troublant tableau, succulente comédie tragicomique. De savoureux canapés s'exposaient, des bouteilles de champagne trépignaient d'impatience dans des seaux à glace, du tulle papillonnait autour des invités et pas de mariés. C'est Clémence qui avait eu la curieuse et non moins excellente idée de les inviter à venir prendre une coupe pour fêter un mariage avorté à la salle de réception réservée pour l'occasion.

D'un trait, Vincent but le verre de champagne puis demanda au serveur de lui servir une seconde coupe. Au plus vite, il fallait qu'il tire au clair un détail de taille. Qui avait croisé Hugo pour la dernière fois ?

Il s'approcha de Clémence qui semblait, tout comme lui, disposée à noyer sa déconvenue dans l'alcool.

— Quand avons-nous vu Hugo pour la dernière fois ? lui demanda-t-il.

— Pour ma part, il y a de cela plusieurs semaines. Mon amie, c'est Greta. Avec Hugo, je n'ai pas d'affinités particulières. Et toi ?

— Une dizaine de jours. Le jour de l'enterrement de James, le 1er avril. Nous avons quitté Belle-Île ensemble pour rentrer à Paris. Je ne l'ai même pas eu au téléphone depuis, je lui ai laissé des messages uniquement. Étrange, voire inquiétant. Et s'il n'avait jamais pris le bateau ?

— Fort peu probable, son portable était abandonné sur les marches de l'escalier à la mairie. Selon moi, il était bien ici à Belle-Île et, au dernier moment, il a pris la fuite, incapable de s'engager. Imagine la scène, il est là, prêt à envoyer un SMS à Greta pour lui annoncer qu'il renonce et il la voit débouler en furie. Voilà, ça s'est passé comme cela, il a pris ses jambes à son cou, laissant tomber son portable en bas des marches.

Elle supputait mais au moins avait un avis. Vincent cherchait des faits.

— Hier, il m'a laissé un SMS pour que je n'oublie pas de passer prendre les alliances.

— Ce n'est pas une preuve de sa présence ici, à Le Palais, uniquement un indice.

— Pas idiot mais dans ce cas, ton scénario bat de l'aile. Et Greta, tu as discuté avec elle aujourd'hui ?

— Maintenant que tu abordes le sujet… J'ai été surprise de la voir seule ce matin à l'hôtel. Au petit-déjeuner, elle a parlé de break, c'est plutôt pour les vieux couples, un break ! Ensuite, elle s'est rétractée, considérant m'en avoir trop dit. Elle a avalé son café d'un trait, excitée comme une puce, elle s'est mise à me raconter comment, il y a de cela trois jours, elle avait roucoulé avec Hugo dans leur square favori, là où ils s'étaient rencontrés pour la première fois.

— De cela trois jours.

— Effectivement, soixante-douze heures, sacré break pour des tourtereaux s'apprêtant à convoler en justes noces. Toi qui connais Hugo bien mieux que moi, aurait-il eu l'outrecuidance de lui faire un coup pareil ?

— Sincèrement, j'ai du mal à pencher pour la thèse de l'accident ou celle du contretemps.

— Tu n'as pas contacté l'hôpital local ? lui asséna Clémence.

— Exactement, ni toi, ni moi, ni personne d'ailleurs n'y a songé. Bon, nous pourrions interroger les autres invités ?

— Tous du côté de Greta. Elle est chez elle ici, lui, il est originaire de Buenos Aires. Il n'y a que toi et moi qui le connaissons.

Vincent fit la moue.

— Pas sûr, il était ici le 1er avril, à l'enterrement avec moi. Il a longuement parlé avec la mère de James, avant que nous n'entrions dans l'église.

— Ils se sont dit quoi ?

— Rien de précis, des condoléances. Enfin, je crois aussi qu'il voulait clarifier les circonstances exactes de la mort de James, ensuite il m'a dit en savoir un peu plus sur l'heure de la mort et le lieu où avait été retrouvé le corps.

— Et au retour sur le bateau, il t'a donné des explications ?

— Non. Curieux. Tu ne peux pas imaginer dans quel état il était en rentrant de Belle-Île ?

— Bouleversé, j'imagine.

— Non, transformé. Le roi du monde, comme s'il avait fait la meilleure action qui soit en venant sur cette île. Pas comme moi, je n'en menais pas large ; d'ailleurs, par la suite j'ai été entendu par la police comme je te l'ai déjà expliqué.

— Et James, quelle a été la cause véritable de son décès ?

— Empoisonnement, intoxication. Seule certitude, l'eau aurait causé sa perte.

— Tu doutes qu'il ait été empoisonné ?

— Non, c'est la version officielle.

Vincent se mit à réfléchir, à se remémorer le comportement d'Hugo lorsqu'ils avaient débarqué du bateau au port, le jour de l'enterrement. Son ami semblait connaître les lieux et, avec une assurance certaine, avait su se rendre directement à l'entreprise de location de véhicules. Ce comportement, qui lui avait échappé alors, confortait son idée qu'Hugo était déjà venu à Belle-Île, en se gardant bien de le lui dire.

Vincent s'excusa auprès de Clémence ; au plus vite, il lui fallait trouver parmi les convives une personne capable d'étayer sa thèse. Il fit un tour rapide de l'assistance et songea soudain que la mère de James devait être suffisamment proche de la mère de Greta parce qu'à l'église, elles étaient placées quelques rangs devant lui, côte à côte. Cette dernière s'était assise, dans un coin retiré de la salle de réception. Il décida d'aller la voir.

Renfrognée, Marie serrait son petit sac en cuir tout contre sa poitrine avec une telle force que Vincent se demanda s'il ne contenait pas un lingot d'or. Clairement, l'heure n'était pas aux mondanités pour cette femme au bord de l'implosion, l'approche ne serait pas aisée. Sourire aux lèvres, il s'approcha d'elle puis lui dit.

— Madame, je suis un ami d'Hugo et vous êtes la mère de Greta, si je ne m'abuse.

— Oui, lui répondit sèchement Marie.

Elle était folle d'inquiétude, ne sachant ce que faisait Argy à ce moment précis. Avant qu'elle ne se rende à la mairie, sa petite-fille n'avait pas voulu se confier à elle. Cette histoire de montre et le fait que Argy ait des soupçons sur l'identité de l'assassin de James la paniquaient. Si elle tentait de faire bonne figure et se trouvait dans l'assistance, c'était uniquement pour que ses amis ne fassent pas des gorges chaudes en la qualifiant de mauvaise mère, abandonnant sa fille au pire moment. Pour une fois, il lui fallait seconder Greta en espérant que sa petite-fille ne se soit pas avisée de se lancer dans une mésaventure pendant son absence. Vincent se permit d'insister.

— Je comprends votre embarras et je suis tout aussi ennuyé que vous par la disparition du futur marié. Vous aviez été présentée à Hugo, j'imagine ?

— Jamais. Pensez-vous qu'il lui soit arrivé quelque chose de grave ? Un accident ?

— Sincèrement, je ne pencherais pas pour la thèse d'un accident. Je préfère être franc avec vous,

Hugo aurait très bien pu changer d'avis au dernier moment. En fait, il souhaitait acquérir la nationalité française.

— Un étranger ? Avec un nom pareil… Un mariage blanc. Il n'aimait pas ma fille.

— Ne vous méprenez pas ; enfin, la situation était compliquée.

Marie pinça les lèvres.

— Greta doit être morte de honte. Je pense qu'elle ne réapparaîtra pas de sitôt. Je me demande ce que nous faisons là, à boire et manger, à célébrer un mariage sans mariés. En fait, même pas de mariage. Greta va devoir tirer définitivement un trait sur Belle-Île.

— Le qu'en-dira-t-on.

— Exactement, c'est l'expression préférée de ma petite-fille, la fille de Greta.

— Il ne me semble pas que votre petite-fille soit présente, enfin, je le suppose, je n'ai jamais eu le plaisir de la rencontrer. Elle n'a pas pu se libérer, je présume. Vraisemblablement mieux qu'il en soit ainsi.

Marie resta de marbre. Vincent, surpris, n'en laissa rien paraître. Après cette entrée en matière d'usage, bien que la glace ne soit pas brisée, il se lança.

— Madame, j'aimerais pouvoir retrouver Hugo pour lui faire entendre raison ou tout du moins le forcer à venir jusqu'ici pour qu'il ait une conversation d'adulte avec Greta. Comme il était déjà venu à Belle-Île avant aujourd'hui, il se peut qu'il y ait noué quelques relations. D'ailleurs, le 1er avril dernier, Hugo était avec moi ici même à Belle-Île.

Marie eut un flash, les deux jacasseurs dans l'église de Sauzon, c'étaient eux, son futur gendre et ce blanc-bec. Elle le foudroya sur place. Vincent ne put que confirmer ses doutes sur son identité.

— Oui, c'est bien moi qui ai déclenché le cataclysme, l'ouverture du cercueil, avoua-t-il.

— L'appel, c'était vous ! Comment se fait-il que vous et ce Hugo étiez présents à l'enterrement de James ?

— James travaillait dans la même entreprise que moi, tout comme Hugo et Clémence, la jeune femme en robe noire qui boit un verre, à gauche du buffet.

Marie avait effectivement remarqué cette femme, une élégante sujette à l'alcoolisme mondain puisqu'elle en était déjà à déguster un quatrième verre. Les relations de sa fille ne l'intéressaient pas, tant qu'elles restaient sur le continent mais lui importaient quand elles se déplaçaient sur ses terres. Vincent se racla légèrement la gorge pour que Marie détache son regard de Clémence.

— Madame, c'est un peu avant la cérémonie funèbre sur le parvis de l'église qu'Hugo s'est entretenu avec la mère de James.

— Avec Éléonore ?

— Hugo ne connaît personne ici, enfin je le suppose mais je pourrais me tromper. De plus, il n'est pas descendu dans le même hôtel que nous, moi, Clémence et Greta, alors je me demandais…

Au moment même où Vincent rapporta que Greta logeait à l'hôtel, il analysa que soit cette femme habitait une toute petite maison, soit Greta ne devait pas être en bons termes avec sa mère, en tout cas pas suffisamment pour qu'elle pose ses valises chez elle. Il osa :

— Ce pourrait-il que le futur marié ait logé chez Éléonore, voire se soit réfugié chez elle ?

— Cet Hugo, serait-il ami avec un certain Mathias ?

XXIII

QUAND ARGY S'ALLIE À MATHIAS

Près de l'aérodrome de Belle-Île

Mathias conduisait, le regard dans le vague. Argy tourna la tête, elle était assise côté passager dans la camionnette, sereine. Mathias avait décidé d'adopter une conduite prudente pour ralentir le rythme par trop soutenu de cette aventure. D'ailleurs, accélérer aurait-il eu un sens ? Pour aller où ? Une île n'était-elle pas un caillou jeté à la mer, qui avait pris la sage décision de ne pas s'enfoncer dans l'eau ? Est, ouest, sud ou nord, quelle que soit la direction prise, il se retrouverait face à un mur liquide. L'insularité surfait sur le principe du rond dans l'eau, comme la cour de prison ou le piège en eaux troubles. Ils arrivaient à proximité de l'aérodrome, au milieu de l'île, et un quadriplace venait tout juste de décoller lorsque Argy ouvrit la bouche.

— À cette heure-ci, ma mère est mariée pour la troisième fois à un type que je ne connais même pas et les convives se régalent en dévorant de succulents petits fours à Le Palais. Vous n'auriez pas la dalle, par hasard ?

Mathias craignait pour sa vie et elle lui proposait de s'incruster à un cocktail pour être présenté à toute la famille. D'un rapide coup d'œil, il la détailla, jean usé, cuissardes fatiguées, caban au col élimé, son accoutrement allait détonner. Argy le remarqua.

— OK, je ne suis pas stylée, pas maquillée, pas apprêtée et vous n'êtes pas le cavalier idéal, vous avez vingt ans de plus que moi.

— Quel âge avez-vous ?

— Vingt-quatre.

— J'ai 38 ans.

— Pas si vieux, les tempes grisonnantes, c'est toujours trompeur. Vous avez une masse de cheveux qui m'impressionne et des yeux d'un bleu !

Elle se mit à rire.

— En fait, vous êtes plutôt pas mal mais… Je n'aime pas les fumeurs.

Étonné, Mathias lâcha le volant et mit sa main devant sa bouche, tentant discrètement de sentir son haleine. Il n'avait pas allumé une seule cigarette en sa présence. Elle pointa son index en direction de la veste de Mathias.

— Là, vous voyez, renflement léger dans votre poche droite, un paquet de cigarettes, je présume. J'observe tout mais je ne me contente pas d'examiner. Je dis haut et fort ce que je pense.

Allait-elle le faire passer d'un statut de victime du mauvais sort à celui de coupable d'avoir bien cherché et trouvé ce pitoyable sort ? S'apprêtait-elle à lui asséner que les fumeurs cancéreux n'avaient qu'à s'en prendre à eux-mêmes ? Alors qu'il serrait les dents, ajustant sa riposte, elle écarta les bras. Sa main gauche vint heurter le rétroviseur.

— J'avoue tout. Je ne sais pas cuisiner, j'adore grignoter entre les repas, je voudrais enfin monter dans un avion et, si vous vous en sortez vivant, cela me plairait assez que vous me preniez à l'essai. Je n'ai même plus de toit pour m'abriter !

Mathias était ahuri. Jamais on ne lui avait fait une telle proposition, surtout en moins de quatre secondes. De nouveau, elle se mit à rire.

— Je déconne. Je plagie ma mère !

A priori, elle n'avait pas été invitée au mariage de sa propre mère, qu'elle considérait d'ailleurs comme une croqueuse d'hommes. Néanmoins, elle était fort capable de venir mettre la zizanie dans une fête sans y être conviée. Imprévisible, ingérable, intelligente, fantasque, songea Mathias. Il aurait pu la laisser en plan et fuir à tout jamais cette île mais elle était la clé de toute sa mésaventure et il se devait de la suivre où qu'elle aille. Pour qu'elle lui en dévoile un peu plus, il lui demanda, l'air de rien :

— La montre de James indique quelle heure ?

Argy la sortit de la poche de son caban et la regarda, fascinée.

— Les aiguilles tournent en sens inverse. On remonte le temps. Surprenante montre. Ce qui confirme que James participait bien à mon jeu, c'est la présence de ce petit chronomètre à droite du cadran. James avait reçu un message et mis en route ce chronomètre sur sa montre, il l'avait calé sur un compte à rebours mais je ne sais pas lequel, soit vingt-quatre heures, soit seize, soit huit. Dans deux heures, nous serons fixés car le décompte sera terminé et le chronomètre se réinitialisera de lui-même.

Quelle nouvelle règle allait-elle lui sortir du chapeau ? spécula Mathias. Elle poursuivit.

— Petite explication : dès que les quatre joueurs ont remis leur code, alors la compétition s'engage vraiment. Chaque joueur reçoit aussitôt sur son portable un message d'alerte pour le lui indiquer. Un chronomètre se met en route, avec un compte à rebours de vingt-quatre heures. Dès que le premier concurrent sort de la partie par élimination, les trois autres en sont avertis rapidement parce que le chronomètre, une fois arrivé à zéro, se réenclenche mais pour ne plus afficher que seize heures. Si un deuxième concurrent est éliminé, alors s'affiche un compte à rebours de huit heures pour les deux compétiteurs restants. Si un troisième concurrent est éliminé, le chronomètre s'arrête, la partie est gagnée pour celui qui reste en lice. On remonte le temps. J'aime ce concept : un jour, ou plutôt vingt-quatre heures, qu'il convient de diviser en trois tranches de huit heures. Dans la journée qui a suivi la sortie du joueur, en l'occurrence James, le chronomètre a dû être réinitialisé. Mais voilà, James décédé, il n'a pas pu reporter le compte à rebours sur son cadran. Sa montre est restée en l'état depuis sa mort.

— Une sortie radicale !

— Inutile de me le rappeler. Bon, le chronomètre de la montre de James continue de tourner. Il reste deux heures avant qu'il ne se réinitialise. Là, nous aurons une information sur le nombre de joueurs qui étaient encore en compétition au moment du décès de James.

— Pourquoi deux heures ?

— Vous n'avez rien suivi de ce que je vous ai raconté.

Les bras lui en seraient tombés si ses mains n'avaient pas été agrippées au volant. Peut-être s'était-il fourvoyé ? Peut-être qu'elle maîtrisait réellement les règles mais que lui les découvrait. Lui fallait-il lire dans les pensées de cette demoiselle pour sauver sa peau ?

Elle pencha la tête pour la rapprocher du pare-brise et regarda le soleil décliner.

— Deux misérables heures… Mais il nous faut rester positifs, vous n'êtes pas encore mort.

— Merci pour ce message réconfortant. Je tiendrai bon. Alors, si dans cent vingt minutes s'affiche un nouveau compte à rebours de vingt-quatre heures au cadran de la montre de James, cela voudrait dire que nous serions encore au maximum trois en lice.

— Bravo, vous avez tout compris.

— Je résisterai encore. À minuit, je serai peut-être devant l'église de Locmaria, à écouter le son mélodieux des cloches, la peur au ventre.

Brusquement, il eut une révélation.

— La partie peut être longue ! James est décédé il y a plus de deux semaines !

— Sacrément ! Le temps défile mais à tout moment, un joueur peut sortir du jeu. N'importe quand, dans trente minutes ou dans un mois.

— Ainsi, si un joueur avait été éliminé, un message d'alerte serait arrivé sur le portable de James et il aurait mis à jour le chronomètre de sa montre. Mais voilà, le portable de James est entre les mains de la police.

— Il ne nous reste plus que cette bonne vieille montre au bracelet chromé.

— Peut-être pas, vous m'avez rebattu les oreilles avec vos objets connectés et si cette montre était directement connectée ? Peut-être que, dans deux heures, nous apprendrons qu'il ne reste plus que deux compétiteurs… si après le zéro se réenclenche un chrono de huit heures.

Elle applaudit à tout rompre. Elle fit semblant de jubiler, comme si elle pressentait s'être fait un nouvel adepte. Cette possibilité de connexion lui avait totalement échappé mais pouvait s'entendre.

— Lorsque je lui ai parlé du chrono, il était aussi excité que moi.

Mathias souffla profondément. Enfin, elle évoquait avec lui celui qui lui avait volé le concept et avait probablement tué James après l'avoir arnaqué. Pour Mathias, l'escroquerie ne faisait plus aucun doute.

— Qui est-il ?

— Mon associé.

— Et votre associé vous a suivie dans votre délire ? Franchement, un truc cloche. Pourquoi un type riche paierait une fortune pour entrer dans ce jeu et gagner des biens – même la santé – qu'il aurait pu se payer tout seul ? L'argent ne fait pas le bonheur mais fait avancer la recherche, voire permet de se payer les meilleurs professeurs.

— Je n'imaginais même pas ce type de bonus ; pour moi, il était inaccessible. Ma cible, les types blasés de tout, les ultra-connectés désabusés et extrêmement riches. Ils veulent être surpris, que leur vie prenne le tournant souhaité sans avoir rien demandé. Je pense pour eux, je satisfais leurs moindres désirs, même ceux qu'ils n'ont pas encore imaginés. Je les bouscule. Je leur offre une montée d'adrénaline, un second souffle, une nouvelle jeunesse.

— Vous n'offrez rien.

— Je me suis fait piquer l'idée !

— Par une multinationale pharmaceutique ?

— Quel humour.

— Macabre… Argy.

À l'annonce de son prénom, elle esquissa un sourire. Mathias frissonna. Se pouvait-il qu'un autre homme soit décédé à Belle-Île, un autre que James ?

— Même si j'ai composé ce fichu numéro de téléphone et donné le code, je n'ai pas eu accès à mon vœu le plus cher. Quel que soit celui qui mène la danse, il a fait erreur. Parce que jamais ce ne sera possible à moins que vous ou votre associé n'ayez des accointances avec Dieu.

L'alliance qu'il portait au doigt le trahissait. Argy soupira.

— Le temps, en gagner, le distendre mais pas question de revenir en ailleurs, de recréer un monde perdu, de goûter encore et encore à sa madeleine de Proust. Le passé restera là où il est, dans les limbes des souvenirs. Il est inenvisageable, et d'ailleurs impossible, de faire revenir l'être aimé de l'au-delà. Quand est-elle morte ?

— Huit ans, trois mois, sept jours, et votre maudit jeu ne me la rendra pas.

XXIV

LA FÊTE

La Citadelle – Salle de réception

Vincent ne savait pas qui était ce Mathias évoqué par la mère de James, et s'intéresser à cet inconnu n'était pas dans ses priorités. Retrouver Hugo était son urgence du moment. Il s'apprêtait à quitter la réception pour se rendre chez Éléonore lorsque Clémence l'interpella. Manifestement elle avait un peu trop bu.

— Toi, c'est toujours toi le coupable ! Toi et tes coups de fil qui déclenchent des cataclysmes. Toi, l'entremetteur qui a présenté Greta à Hugo ! Tu aurais pu t'abstenir, tu aurais dû ! On n'en serait pas là aujourd'hui. Dire que cette comédie a débuté par un rendez-vous arrangé devant un bac à sable ! Pathétique pour des adultes !

— Au square Édouard-Vaillant, simple mais efficace, bien plus que les réseaux sociaux. D'ailleurs Hugo a tout de suite plu à Greta.

— Pour quel résultat !

— Déplorable, je te l'accorde.

Clignant des yeux, Clémence semblait réfléchir. Ses battements de cils cessèrent. Elle pinça les lèvres pour reprendre ses esprits.

— Et James, tu l'as connu comment ?

— Comment j'ai connu James ? Par notre firme, il y travaillait comme toi, moi et Greta.

— Tu me prends pour une idiote ?

Clémence fit la révérence et le champagne faillit s'échapper de sa coupe.

— Les présentations, la rencontre entre le beau black et le fortuné Mister James ?

— Tu ferais mieux d'arrêter de boire, lui asséna sèchement Vincent.

— Ce que je veux, je fais ce que je veux. Je bois aux mariés !

Clémence souffla pour dégager une mèche blonde qui lui masquait la vue. Elle souffla à plusieurs reprises, en vain. Ses cheveux mi-longs lui vampirisaient la moitié du visage.

— OK, le qualificatif de « beau black », je retire. Enfin, tu es quand même bel homme. Alors, les présentations avec James ?

Tel un moulin à vent, Clémence battait les airs de sa main libre puis finit par repositionner sa mèche de cheveux rebelle derrière son oreille. Vincent fit quelque pas pour se rapprocher du buffet, Clémence le pista aussitôt, faisant claquer ses talons sur le sol. Quelques invités se retournèrent pour regarder ce couple qui détonnait par son comportement déplacé.

Négligemment, Vincent prit un toast au foie gras et n'en fit qu'une bouchée. Attrapant Clémence par le bras, il la força à le suivre dans un coin de la salle.

— Greta ne te l'a pas raconté ? Je vous croyais les meilleures amies du monde.

— Détrompe-toi, elle ne me dit pas tout.

— C'est Greta qui me l'a présenté, il y a environ un an. James venait d'intégrer la boîte où nous travaillons mais, comme il n'était pas basé au siège, je ne l'avais jamais croisé. Tu te souviens du cocktail pour le départ du DRH ?

— Absolument pas… J'étais à Los Angeles, je l'ai loupé. Un temps de chien, de cela je m'en souviens fort bien. Une semaine à LA, huit jours de pluie. Dégoûtée !

— Je n'ai aucun souvenir du temps qu'il faisait à Paris, ça date un peu. En revanche, du cocktail, oui. Greta adore déambuler, une flûte à la main.

— Tout comme moi.

Préférant ne pas relever la remarque pleine de clairvoyance, Vincent choisit de s'en tenir à la suite de son histoire.

— Et, comme à son habitude, ce jour-là, Greta évoluait comme un poisson dans l'eau. En voyant James venir dans notre direction, elle m'a murmuré « Que le monde est petit. »

— Effectivement, toute petite planète. Tous les deux originaires de Belle-Île, vous étiez à ce cocktail organisé par notre firme à Paris.

— James venait d'être recruté dans une de nos agences, celle de l'Est parisien. Greta et moi étions basés à la Défense.

— Moi aussi, je te le ferais remarquer, je grenouille à la Défense.

Curieuse de connaître la suite, Clémence relança par un « Alors ? »

— À ce qu'elle m'en a dit, cela faisait des années qu'ils ne s'étaient pas vus et je crois que Greta ne tenait pas plus que cela à retisser les liens. Durant le cocktail, elle est restée froide, distante, voire agacée d'apprendre que James intégrait la firme. Quant à moi, ce type qu'elle venait de me présenter par obligation, je l'ai rapidement revu. D'abord pour des raisons professionnelles, ensuite nous nous sommes liés d'amitié. Un jour que nous déjeunions ensemble, Hugo m'a téléphoné. Il était dans le quartier et je lui ai indiqué être avec un collègue et qu'il pouvait venir nous rejoindre. Hugo venait de débarquer de Buenos Aires et ne connaissait pas grand monde dans la capitale. Entre Hugo et James, le courant est tout de suite passé. Voilà comment, par la suite, tous les trois, nous nous retrouvions de temps en temps pour prendre un verre, on refaisait le monde entre potes… Étrange maillage, Greta me présente James, je présente James à Hugo. En somme, James et Hugo et moi avions un point commun : Greta. Pourtant, de Greta, nous ne parlions jamais.

— Pourquoi ?

— Plus jeune, James avait eu une aventure avec Greta. Pas utile qu'il m'explicite que leur relation amoureuse s'était soldée par un échec. Greta broie les mecs, une véritable mante religieuse.

— N'oublie pas qu'elle est mon amie.

Clémence pointa son index et même l'enfonça dans le plexus de Vincent.

— Et toi, elle ne t'a pas mis dans son lit ?

Sans vraiment en prendre conscience, Clémence venait de suggérer la question qui lui brûlait les lèvres depuis trop longtemps. Vincent avait-il eu une relation avec Greta ?

— Non. James et Hugo, c'est déjà suffisant !

— Hugo Petrowsky, le couard ! Ce beau parleur à l'accent ravageur était sur le fil du rasoir. Ce réfugié politique ou quelque chose dans le genre, il lui fallait trouver rapidement une solution pour rester en France. Alors, toi le bon Samaritain, tu lui as présenté Greta.

— Je n'avais pas imaginé que cela allait réellement matcher entre eux.

— Et finir par un mariage blanc !

— Avorté mais bel et bien consommé. Greta est une consommatrice. Hugo l'a demandé en mariage sans lui cacher la véritable raison. Une carte de séjour qui allait expirer, un avenir professionnel compromis. Pas d'amour, un peu de sexe.

— Raison sans sentiment. Je me demande encore pourquoi Greta a accepté le deal.

— Trop flattée qu'il ait jeté son dévolu sur elle !

— Cesse de le porter aux nues, ce mec, ce soi-disant aristocrate déchu. Greta a tous les types qu'elle veut à ses pieds. Elle s'est fait avoir en beauté et aurait dû annuler le mariage quand il était encore temps. Parce que ces dernières semaines, leurs relations étaient plus que tendues, preuve en est ce soi-disant break qu'elle a évoqué ce matin.

— Pas étonnant. Hugo était à cran. Il allait devoir emménager chez Greta, lâcher son appartement et se soumettre aux caprices de sa furie de dulcinée. Il n'était pas prêt à abandonner sa vie de célibataire, mais comme il n'avait pas d'autre issue…

— Tu m'as tout l'air d'avoir choisi ton camp. En tout cas, il ne changeait pas de quartier.

Clémence se mit à rire.

— Ainsi, de ses états d'âme, ton merveilleux copain Hugo t'en avait parlé.

— Pas besoin. J'ai senti qu'il avait des scrupules. Et puis il y a eu le décès de James, un choc. Tu vois, on faisait les fiers-à-bras mais voir un ami mourir, cela te renvoie en pleine face l'éventualité de ta propre mort.

— Égoïste comme raisonnement.

— Non, humain. Pour l'enterrement, Hugo est venu à Belle-Île au pays de James et de Greta. La boucle était bouclée. Il le savait, qu'il reviendrait là dix jours plus tard pour se marier. C'était comme une répétition, l'affaire devenait concrète.

— Bien plus délicat que de rencontrer la belle famille, le test de l'île natale ! Un vrai panier de crabes, ici ! Rentrons à Paris par le premier bateau. Moi, toi, Hugo et James, nous évoluons dans un autre monde, nous œuvrons pour une firme internationale.

Clémence bomba le torse, faisant ressortir sa superbe poitrine. Fierté du paon qui se pavane dans une basse-cour, elle était pathétique à se prétendre VIP parce qu'une multinationale l'avait recrutée. Subitement, elle fit le dos rond, comme abattue.

— Enfin, James n'y travaille plus, un de mort.

— Oui et Hugo a disparu.

— Et un de moins sur l'échiquier du bonheur programmé !

Clémence tourna les talons, laissant apparaître ses semelles en cuir rouge. Elle venait enfin de lâcher prise ou, mieux, de constater que sa coupe était vide.

Vincent fut soulagé de la voir s'éloigner seule vers le bar. Lui suggérer de cesser de boire aurait été préférable mais l'urgence n'était pas là. Il se devait d'aller chez Éléonore, la mère de James pour voir si Hugo ne s'y trouvait pas. Il voulait régler seul le problème et ne pas s'encombrer de Clémence qui était capable du pire.

Le jour de l'enterrement de James, Hugo lui avait dit, pour l'inciter à téléphoner à Daphné « Allez, tu n'as qu'une vie. Tout peut si vite basculer. » Peut-être qu'Hugo venait de reprendre son existence en main, de dire adieu à son rêve le plus cher, celui de rester vivre en France. Greta s'en remettrait, les invités aussi mais dans quel état était Hugo ? Vincent eut l'étrange sentiment d'une catastrophe imminente s'il n'agissait pas vite.

En songeant à Hugo, un sentiment ambivalent de peur, tout autant que de défiance, le gagna. Hugo l'avait forcé en jouant finement à passer ce coup de fil à Daphné et savait que le numéro composé aboutirait dans le cercueil. Vincent en arriva à l'ultime conclusion logique « Hugo le savait parce que c'était lui qui avait déposé le téléphone dans le cercueil. » Il lui fallait absolument quitter la Citadelle pour aller chez Éléonore. Peut-être pourrait-elle l'aider à retrouver Hugo ?

XXV

RÉVÉLATIONS

Le Palais

La camionnette se dirigeait vers l'enceinte urbaine. Mathias ralentit, non parce que la route était dangereuse compte tenu de la faible visibilité à l'approche du tunnel mais plus parce qu'il ne savait quelle direction prendre une fois le tunnel franchi. Argy perçut son hésitation et lui lança.

— Après la porte Vauban, prochaine étape, la Citadelle, là où ma chère mère fête dignement son nouveau statut. Vous allez vous garer sur la place du marché, on fera le reste du chemin à pied.

Mathias se sentit mené par le bout du nez. Il détestait mais ne se voyait pas abandonner cette fille avant qu'elle ne lui ait donné le nom de l'assassin de James, ce *serial killer*. Arrivé place de la République, il se gara, coupa le contact et lui demanda.

— J'ai besoin que vous me donniez une preuve concrète de votre bonne foi. Si c'est vous qui avez conçu le jeu, alors vous devez connaître le numéro de téléphone que j'ai composé pour entrer dans la partie ?

Énervée, Argy se tourna vers lui.

— OK. Un indicatif international suivi de dix chiffres. Les deux premiers sont aléatoires, les suivants correspondent à votre date de naissance.

Mathias acquiesça d'un mouvement de la tête.

— Satisfait ? À mon tour de vous poser une question. Comme j'ai conçu le jeu mais je ne l'ai pas mis en pratique, j'aimerais savoir, voix féminine ou masculine ? En français ou en anglais ?

— Une voix suave de femme m'a demandé en anglais de lui indiquer le code. Je lui ai remis les quatre chiffres offerts par James. Et la réponse ne fut pas « Lorsque le jeu mortel débuta, les Supersaurus étaient en voie d'extinction » mais « Supersaurus, *game over* ».

Argy éclata d'un rire nerveux. Le voleur de son concept ne s'était même pas donné la peine de changer le mot de passe et cela la perturbait. Plus elle riait, plus Mathias sentait la colère monter en lui. Elle ne fit que s'amplifier lorsque Argy lui demanda :

— Avouez-le, vous avez tenté de rappeler ?

Mathias resta muet.

— Allez, nous sommes dans le même bateau, enfin la même galère, lui dit calmement Argy.

— Fiasco, c'est ce que vous vouliez entendre ? Ligne interrompue. Impossible de localiser mon interlocutrice.

— Beau travail, enfin techniquement. Le reste, c'est ma création.

— Le coup de la date de naissance, c'est vous ? Le fait que le numéro composé corresponde à ma date de naissance m'a franchement dérangé.

— C'est un leurre. Un clin d'œil, une individualisation pour pimenter l'aventure. Vous entrez dans la partie en ayant le sentiment que vous étiez attendu, vous et pas un autre.

— Tout cela pour me mettre en condition.

— Uniquement une personnalisation. James a payé pour avoir deux tickets d'entrée, pour lui et pour vous. Énorme ! Pourtant vous n'avez même pas reçu la carte de l'île, ni aucun message avec un quelconque chronomètre. James avait du cran, un mental d'acier mais ce fin stratège a pris peur lorsqu'il a compris dans quoi il s'était engagé.

Mathias eut soudain la confirmation que tout cela n'était qu'une arnaque. Les règles complexes étaient censées appâter le client, lui faire croire que ce jeu avait un sens alors qu'en réalité, l'idée était de soutirer de l'argent à ce fameux client, crédule ou du moins aux abois. Pour guérir, un homme malade aurait payé n'importe quoi, aurait cru n'importe qui. Il s'abstint de parler et écouta Argy.

— James a laissé des indices incroyables en faisant preuve d'une grande maîtrise. Il a passé un appel sur son téléphone pour enregistrer un message « L'assassin va bientôt passer à l'action, je suis le prochain sur la liste. » C'est ma grand-mère qui m'en a donné les termes exacts. Dans mon esprit, le joueur ne dévoilait jamais rien à personne. Il tenait au maximum sa langue, par crainte de tout perdre s'il caftait mais… une fois mort, à quoi sert de garder un secret ?

Mathias siffla.

— En tout cas, lorsqu'il était en vie, James a su se faire discret. La police est loin de se douter qu'un jeu a causé sa mort. Quant à sa mère, même elle n'était pas au courant.

— Au fait, comment avez-vous pris contact avec elle ?

Se fiant à son intuition qui lui dictait de dire la vérité, il annonça :

— Un simple coup de fil. Il fallait absolument que je la rencontre. Je lui ai dit que j'étais un ami de son fils et que ce serait facile de me reconnaître à la sortie du bateau. Un chapeau melon, James portait ce type de chapeau. Ce détail l'a mis en confiance. Je lui ai aussi affirmé que, de notre entrevue, ma vie dépendait, voire que je pouvais l'aider à trouver le coupable de l'assassinat de son fils. Pour qu'elle accepte de me rencontrer, j'ai usé de ce stratagème.

Argy prit conscience qu'en venant à Belle-Île, Mathias s'était fait piéger, se jetant dans la gueule du loup. En fait, tous les deux avaient suivi leur unique piste, James. Mathias ne jouait pas un rôle, n'était pas impliqué dans l'arnaque, sa vie était simplement en danger parce que James avait cru dur comme fer en sa guérison. Il avait payé pour que Mathias puisse bénéficier à son tour de cette même guérison. Argy se demanda alors si le cancérologue de Mathias n'était pas un médecin véreux.

Un passant, l'air suspicieux, s'arrêta devant le véhicule garé en bas de la place du marché. Clairement, il reconnaissait la camionnette mais pas les occupants. Par deux fois, l'homme, bonnet de laine enfoncé sur la tête, fit le tour de la fourgonnette puis s'en alla enfin. Argy souffla pour exprimer son soulagement.

— Chaud. Dans dix minutes, tout Belle-Île sera au courant que la camionnette volée est de retour. Le poissonnier ne va pas tarder à se pointer et il ne viendra pas seul. Avant de sortir, j'ai encore quelques points à vous expliquer. Sachez que le plus délicat, c'est de trouver la cible, celui auquel on proposera le deal. Avec vous, il n'y a pas eu d'explications préalables. James vous a remis le cadeau tout emballé. Vous n'aviez qu'à composer un numéro et remettre le code. Évidemment, il faut prendre un premier contact pour expliciter les règles. Trouver le joueur, le séduire. La cible, un accro au jeu qui a énormément d'argent.

— James était la cible parfaite.

— De ce point de vue, oui. Mais ce n'est pas moi qui ai fait ce choix. Jamais je n'aurais eu l'idée de contacter James, même s'il portait en lui tous les critères. Joueur invétéré, voire interdit de casino. Un type connecté et riche. Fortune personnelle lui venant de son père. Je me demande encore pourquoi il travaillait, de l'occupation vraisemblablement parce que le lien social est une raison qui ne me convainc pas. Peu importe, sa vie manquait cruellement de saveur. Il remplissait les critères, c'était un homme fortuné, joueur et brillant.

— Brillant, exactement. Je ne l'aurais pas cru crédule à ce point !

Voilà, Mathias avait compris. Désormais, Argy devait lui poser la question qui lui brûlait les lèvres pour découvrir de quel côté il se plaçait, celui du piégé ou celui du piégeur.

Elle lui demanda :

— Et si l'on vous proposait un paquet de fric pour jouer un rôle, vous accepteriez ?

— Non et surtout pas pour tremper dans une arnaque. James, je le connaissais à peine et néanmoins, j'ai désormais l'intime conviction qu'il s'est fait avoir et m'a remis le code en toute bonne foi, imaginant que moi aussi, sans rien avoir à débourser, je pourrais profiter d'une guérison miraculeuse. Il devait mourir, c'était écrit. Je vais mourir parce que je ne suis qu'un misérable grain de sable qui risque de faire voler en éclats le pot aux roses !

— Ma malhonnêteté vous choque ?

— Non, vous n'êtes pas passée à l'action.

— J'ai eu l'idée, j'ai conçu des règles complexes pour donner du piment à mon jeu qui n'en était pas un. Piéger un homme riche en lui faisant miroiter qu'il allait gagner du temps et prolonger son espérance de vie de quelques années, c'est abject.

— Concept abstrait, un client que vous n'auriez jamais vu. Vous pouvez douter que je ne sois pas un des complices de cette méprisable arnaque mais, moi, je suis disposé à croire que vous dites vrai. Je vous crois, non pas parce que vous me considérez comme innocent et prêt à tout pour sauver ma misérable vie mais bien plus parce que vous n'avez rien d'une tueuse. En revanche, celui qui a repris votre idée de jeu l'est.

Argy se mit à trembler. Si simple de soutirer de l'argent à un homme malade d'autant plus si on ne le connaît pas ! Mathias était là, face à elle, avec son cancer qui le rongeait de l'intérieur de nouveau. Il avait raison, elle avait fait abstraction des sentiments de son client, cherchant à se déculpabiliser en songeant que ce client aurait un peu d'espoir, un ignominieux faux espoir. Elle se sentait monstrueuse et devait tout tenter pour se racheter et poursuivre l'enquête.

— Le coup était imparable. Un joueur fortuné qui se fait piéger ne le clame pas sur les toits. Il encaisse, ravale sa haine et conserve sa honte bien au fond de la gorge. L'honneur a davantage de valeur que quelques centaines de milliers d'euros.

Mathias s'exclama :

— Vous visiez gros !

— Peut-être un peu moins. En tout cas, il ne devait rien se passer. Celui qui a mis en scène mon escroquerie ne s'est pas conformé aux règles que j'avais fixées. Après s'être fait harponner, le joueur, en l'occurrence James, aurait dû téléphoner, donner le code, recevoir son bonus, sa miraculeuse guérison puis une carte de l'île et un compte à rebours ainsi que les règles du jeu pour envisager de poursuivre la partie. Dès qu'il avait payé, c'était fini pour lui. Fin de l'histoire. Il se retrouvait face à un mur. Les trois autres joueurs qu'il attendait pour poursuivre la partie ne faisaient pas surface, évidemment. Il regardait son putain de compte à rebours et se maudissait d'avoir payé…

— Tout devient clair. James participe à ce jeu et veut même m'en faire bénéficier. Puis il se met à douter, prend conscience qu'il s'est fait avoir et que sa rémission n'est qu'un leurre. Escroqué et soudain lucide, il se prend à imaginer que la seule façon de le faire taire serait de le tuer. Effarant, il avait envisagé son assassinat comme une issue possible à toute cette mésaventure. Il avait anticipé cette éventualité en laissant des indices pour que l'on retrouve son assassin au cas où celui qui l'avait outrageusement spolié passe à l'action. Ahurissant, il avait enregistré un message sur son téléphone mais il avait aussi fait expédier à sa mère une malle contenant un magnum de champagne et cinq flûtes. James s'était séparé de la fameuse montre avec le chronomètre qui tournait toujours, il l'avait mise dans une enveloppe pour la faire parvenir à sa mère. Il a bel et bien laissé des indices. Probable que James avait un ami proche auquel il avait avoué tout ou partie de l'histoire. Il lui avait demandé de composer un numéro de téléphone, si jamais il venait à mourir, de passer ce coup de fil précisément lors de l'enterrement.

— Évidemment, ensuite, cela n'aurait servi à rien. Il voulait que son cercueil soit ouvert et son corps autopsié. Un calcul terrible, anticiper son autopsie, voire la provoquer.

— Il faut retrouver celui qui a passé l'appel dans l'église, proposa Mathias.

— Exact. Ce ne peut pas être mon associé.

— Ah, votre associé ! Celui qui a mis tout en place, le roi de la logistique, le champion de la plateforme téléphonique !

— Moi aussi, je me suis fait avoir en beauté. Une gamine qui récure les toilettes n'aurait jamais eu la possibilité de trouver le joueur. Que je ne sois pas une commerciale dans l'âme, je n'en ai jamais douté. J'ai dû prendre un associé et, désormais, je pense que c'est lui qui a assassiné James et il se pourrait qu'il continue le massacre pour ne pas être découvert.

— Comment comptiez-vous faire avec votre acolyte pour piéger le joueur ?

— OK. Avant de concevoir un produit, il faut bien sûr analyser son marché. Mes clients, il faut bien les évoquer.

— Vos clients ! Votre marché !

— Abus de langage. Je n'ai eu que l'idée. Donc à chaque session, il y avait un client, ma cible. Pour que cette cible, un accro au jeu, très fortuné, accepte de payer un gros paquet de fric, encore faut-il lui donner quelques explications. Pour qu'il casse sa tirelire, pas suffisant de lui claironner « Téléphonez à un numéro personnel et secret, donnez un code à quatre chiffres et attendez. » Il faut être persuasif, lui faire rencontrer l'heureux gagnant d'une session précédente. Ensuite, il convient de lui offrir un avant-goût, une sorte de coup d'essai qui le bluffe. Une fois ferré, le poisson ne lâchera pas la ligne. Il en redemandera encore et encore. Le coup d'essai pour James, sa rémission. Ensuite, il devait suivre l'instruction suivante « Sur l'île, vous choisissez un lieu de votre choix et ouvrez les yeux pour la première fois. »

— Il aurait choisi de se rendre à la Belle Fontaine.

Mathias avait besoin de visualiser la carte de l'île. Il ferma les yeux et vit James se positionner près d'une citerne, y mourir et sortir du jeu. Il imagina un second joueur entrant dans la partie et se vit, arrivant sur la plage de Donnant, une plage de sable blanc, vision idyllique qui le faisait chavirer. Soudain, il frémit en songeant qu'il était le prochain sur cette maudite liste. Il ouvrit les yeux parce qu'il était perdu et incapable de réfléchir. Tout cela n'avait aucun sens. Argy poursuivit son raisonnement sans même lui laisser le temps de souffler.

— Un joueur adore la compétition. Alors lorsqu'il sait qu'il n'est pas seul mais que trois autres types, accros au jeu et tout aussi riches que lui, vont venir le rejoindre, là, l'affaire se pimente et prend une tournure qui le fait kiffer à mort.

— Je dirais plutôt jusqu'à la mort, rectifia Mathias.

Argy récupéra une lampe torche dans la boîte à gants et ouvrit la portière. Devant la camionnette, elle fit les cent pas. Son compagnon d'infortune était-il réellement un être pur, tout comme les étendues arctiques qui le passionnaient tant ? En réalité, peu importait à Argy qu'il ait mené jusqu'alors une existence de saint ou une vie de bâton de chaise ; à cet instant précis, il suintait la sincérité par tous ses pores. Il était fort probable qu'il avait été manipulé par James.

Mathias vint la rejoindre.

— Vous disiez que nous n'avions pas de temps à perdre et maintenant vous faites des allers-retours. En plus, je n'ai pas envie d'attendre ici que le poissonnier se pointe, la bave aux lèvres et un cric dans la main.

Elle s'arrêta de marcher.

— Et si nous faisions tous les deux fausse route ? James n'était pas réellement votre ami, même si vous semblez le croire. De plus, payer pour deux, ce n'était pas dans ses habitudes.

— Quelle serait votre version ?

— Et si James, avant de comprendre qu'il s'était fait arnaquer, avait joué à un double jeu ? Il aurait pu vouloir gagner et, pour ce faire, adopter une stratégie surprenante, faire entrer dans la partie un homme de paille, une marionnette, vous, Mathias. Il vous contrôlait. Il s'est bien gardé de vous avertir de quoi que ce soit. Vous ne saviez rien.

— Faux. Je connaissais le nom du concepteur du jeu.

— Cela vous a servi à quoi ? À tenter de me kidnapper. Un pur hasard que vous soyez tombé sur moi si vite. Argy, un prénom qui alerte, hors du commun. Je suis ni plus ni moins qu'un papillon.

— Papillon, non un cobra. Incroyable raisonnement que le vôtre. James aurait eu l'intention d'éliminer un des joueurs en lice, celui qu'il avait pris soin de choisir à l'avance. En plus, ce serait moi. Pas vraiment honnête comme procédé.

— Qu'est-ce que vous me chantez avec votre honnêteté ? OK, il aurait triché et alors ? Si vous aviez étudié comme moi la psychologie de véritables joueurs, vous sauriez qu'ils sont capables de faire preuve de tous les coups bas pour gagner. Peut-être que James ne vous a jamais considéré comme un ami, un jouet tout au plus. Une taupe placée sur un échiquier. Il pensait qu'il y aurait quatre joueurs en lice et il en mettait un dans sa poche. Ne restaient plus que deux compétiteurs, selon lui.

Exaspéré, Mathias hurla :

— Et si tout cela n'était qu'un crime crapuleux !

— Mais cela l'est, un mort ne vient pas hurler qu'il s'est fait avoir !

— Non, je ne l'envisageais pas comme cela. Et si tout simplement votre jeu n'avait rien à voir avec son décès ? S'il avait été empoisonné pour récupérer sa fortune. Un héritier, enfin je ne pourrais le certifier. James ne m'a jamais parlé de sa famille. C'est seulement après sa mort que j'ai appris que sa mère vivait à Belle-Île. James et moi avions établi une sorte de pacte. La maladie nous avait rapprochés mais nous ne parlions pas de nos vies privées. Je ne savais pas s'il avait des enfants, s'il était marié. Rien, uniquement qu'il aimait la mer, la littérature et les peintures marines.

Mathias resta muet puis se mit à réfléchir à voix haute.

— Non, fausse piste. En tout cas, rien à y gagner du côté héritage. James m'avait affirmé tout vouloir léguer à la Water Blue, une mystérieuse fondation. Quoique, il n'a peut-être pas eu le temps de rédiger un testament en ce sens. Est-ce qu'il avait des enfants ? questionna-t-il en se tournant vers Argy.

— Oui, une fille un peu timbrée, une manipulatrice capable du pire. Il ne l'a même pas reconnue. Il a filé comme un lâche avant que la petite ne vienne au monde. Il a quitté Belle-Île et est parti se réfugier de l'autre côté de l'Atlantique dans les jupes de son père. Enfin, si je puis m'exprimer ainsi.

— La vengeance et l'héritage, de bons mobiles. Qui est-elle ?

Argy se mit de nouveau à rire tout en tendant les bras joints.

— Allez-y, mettez-moi les menottes. James était mon père.

Mathias eut un mouvement de recul mais se ressaisit rapidement.

— Désormais, je suis certain que vous êtes innocente. Jamais, vous n'auriez eu l'idée de piéger votre propre père même si *a priori* vous ne portiez pas James dans votre cœur.

XXVI

MAGNUM

Le Palais – Maison d'Éléonore

La nuit enveloppait le bourg. À quelques centaines de mètres de la place du marché, là où se trouvaient Argy et Mathias, un homme se tenait, indécis, devant la façade bicolore d'une maison. Lorsqu'il frappa à la porte, il n'était pas certain d'être à la bonne adresse. En quittant la réception, Vincent avait pris des renseignements auprès d'un des invités à la fête qui fumait une cigarette sur la terrasse, un Bellillois qui semblait formel sur la localisation de la maison d'Éléonore. Une seconde fois, il toqua puis, le verrou n'étant pas poussé, il se permit de pénétrer en annonçant :

— Il y a quelqu'un ?

Avec le tintamarre provoqué par la guirlande de clochettes, la mère de James ne pouvait pas ne pas l'avoir entendu entrer. Pourtant le calme régnait dans la maisonnée. Le vestibule était faiblement éclairé et un manteau de laine pendait, suspendu à une étrange patère. Pour ne pas effrayer la propriétaire, Vincent aurait dû renouveler son appel, mais c'est à pas de loup qu'il progressa jusqu'au salon. Soudain, conscient du ridicule de son attitude, il se racla la gorge à plusieurs reprises pour signifier sa présence. Provenant de derrière son dos, un léger craquement le fit sursauter. Aussitôt, il fit volte-face. Éléonore, rouleau à pâtisserie en main se mit à hurler.

— Sortez de chez moi !

Dans un geste non prémédité, Vincent leva les paumes en l'air. Allait-il crier à son tour et entonner un improbable « Ne tirez pas ! » Il n'en fit rien, restant aphone. Éléonore brandissait toujours son arme, les yeux exorbités, affrontant l'intrus, dentier en avant et lèvres retroussées. Un arrêt sur image dont Vincent ne voyait pas comment s'extirper. Il baissa les bras lentement et murmura :

— N'ayez pas peur. Je suis un ami d'Hugo, l'homme qui devait se marier avec Greta, la fille de votre amie Marie.

— Jeune homme, je sais fort bien qui est Greta. Qu'est-ce que vous me voulez ?

— Discuter.

— Trop, c'est trop. Ne pourrait-on me laisser tranquille ? C'est Marie qui vous envoie ici, qu'est-ce qu'elle me veut encore ? Sa petite-fille et maintenant vous. Elle a décidé de m'envoyer la cavalerie. Fin des condoléances, il se fait tard.

Soudain Éléonore plissa les yeux, elle venait de

le reconnaître. Elle avança d'un pas, prête à le frapper. Tout en reculant, Vincent se pressa d'avouer :

— Oui, c'est bien moi qui ai passé ce coup de fil indélicat dans l'église. Cent fois pardon, mille excuses. La police m'a cru, une méprise, croyez-moi vous aussi.

Éléonore ravala sa frayeur et sa rage. Tout ce qui pouvait se rapporter au meurtre de James méritait une explication. Elle fronça les sourcils et lui ordonna.

— Allez vous asseoir au salon.

Une fois tous deux installés, Éléonore eut la sensation de revivre une scène déjà vécue. Son invité s'était positionné dans le canapé et elle était assise dans le fauteuil en velours. Son rouleau à pâtisserie bien en vue sur les genoux, elle le questionna :

— Pourquoi êtes-vous là ?

— Hugo a mystérieusement disparu. Comme le 1er avril il était avec moi à l'enterrement de James et que je vous ai vu échanger avec lui sur le parvis de l'église de Sauzon, je pensais le trouver ici.

— Le marié ?

— Pas de marié, plus de mariage qui soit.

— Ainsi l'union n'a pas eu lieu. Vous aviez vu juste, votre ami est effectivement passé me voir en fin de matinée.

Le visage de Vincent s'éclaira. Finalement, Hugo était bien présent à Belle-Île ce matin. Il tendit la main pour se présenter.

— Vincent Rouvier.

Éléonore ne bougea pas, laissant Vincent le dos courbé, les fesses décollées des coussins du canapé et la main en suspens dans le vide. Gêné, il se rassit.

— Qu'est-ce que vous me voulez ? questionna sèchement Éléonore.

— Votre aide pour retrouver Hugo.

— Mon aide, un véritable défilé pour obtenir mon aide.

— Qui d'autre que moi vous a sollicitée ? demanda Vincent.

— Votre ami Hugo a ouvert le bal ce matin, un certain Mathias a suivi puis prit la poudre d'escampette pendant que Marie et sa petite-fille Argy s'incrustaient.

Vincent fronça les sourcils, c'était la seconde fois qu'il entendait parler de ce Mathias. Éléonore explosa :

— Vous aussi vous voulez peut-être déguster un café, à croire que je devrais ouvrir un salon de thé ! Bon alors, que me vaut votre intrusion en catimini chez moi ?

Vincent tendit l'oreille. La maison était silencieuse et rien n'indiquait qu'Hugo se trouvait encore dans la place.

— Ainsi Hugo est venu vous rendre visite ce matin. Peut-être souhaitait-il évoquer avec vous ce déplorable incident… Celui qui s'est produit le jour de l'enterrement de votre fils ?

Le qualificatif d'incident déplut fortement à Éléonore, son regard s'assombrit. Visiblement, elle se tenait sur la défensive et l'entrée en matière de Vincent avait été déplorable. Au plus vite, il devait mettre cartes sur table pour la pousser à parler.

— Madame, je pense qu'Hugo aurait pu déposer le téléphone dans le cercueil de James.

— Vous l'avez vu le déposer, il vous l'a dit ?

— Absolument pas. À ma connaissance, il ne s'est pas rendu au funérarium mais si je me trompais… Nous avons débarqué ensemble du bateau à Le Palais pour nous rendre à la cérémonie funéraire qui avait lieu quelques heures plus tard à Sauzon. Nous avions projeté de nous rendre uniquement à l'église. Pourtant…

— Pourtant, qu'entendez-vous par là ?

— À bien y réfléchir, Hugo m'a un peu forcé la main, en me poussant à passer ce coup de fil déplacé. Soit il a lui-même déposé le portable dans le cercueil, d'une façon que j'aurais du mal à expliquer, soit il était au courant que l'objet s'y trouvait. J'étais censé appeler une amie et j'aurais pu attendre d'être sorti de l'église pour le faire mais il m'a lancé un défi alors que le lieu ne s'y prêtait pas.

— Aucun respect. Votre copain vous a joué un sacré tour de cochon !

Vincent aurait été amusé par l'expression si elle n'avait tinté curieusement dans la bouche de son interlocutrice. Il poursuivit.

— Si vous le dites. Quoi qu'il en soit, ce soir, après la disparition inexpliquée d'Hugo, j'ai été subitement pris de panique. Votre fils James a été empoisonné et il se pourrait qu'il y ait d'autres meurtres.

Éléonore ne sourcilla pas à l'annonce et murmura uniquement « la liste ». Vincent frissonna.

Il ne pouvait détacher ses yeux du magnum de champagne et des cinq flûtes posées sur la table basse. Il aurait été inopportun de demander à cette femme ce qu'elle fêtait et avec qui elle le fêtait. Il y avait aussi deux tasses à café qui avaient manifestement été utilisées récemment. La scène était d'autant plus étrange que des poissons rouges évoluaient calmement dans des aquariums, sous le socle de cette table basse. Éléonore ne voyait plus les poissons car ils faisaient partie de son environnement. Elle repoussa une flûte sur le bord de la table, attrapa à deux mains le magnum et remplit deux verres. Vincent fut surpris en découvrant le breuvage qui s'écoulait, incolore et dépourvu de bulles. Éléonore reposa la bouteille et lui offrit une remarque censée l'apaiser.

— Ne vous faites pas de fausse idée. Je n'ai pas plus ouvert un bar clandestin que je ne noie mon chagrin dans l'alcool. Je fête les morts !

Vincent eut un mouvement de recul. Son corps s'enfonça littéralement dans le moelleux du canapé.

— Les morts et les vivants ! Un verre ? proposa Éléonore.

— Sans façon. J'ai déjà bu plus que de raison, ce soir.

— À la Citadelle, vous avez festoyé. Plus de marié mais cela n'a pas empêché les invités de s'enivrer.

Elle agissait étrangement, jouant la moralisatrice. Vincent devait rentrer dans le vif du sujet.

— Que vous a dit Hugo ?

— Pas dit, fait. Il m'a fait des aveux.

— Des aveux ! Vous ne savez pas où il pourrait être actuellement ?

— Je le sais… peut-être.

Éléonore prit une flûte dans sa main et la tendit à Vincent.

— Buvez, dit-elle d'un ton péremptoire avec une lueur sadique dans les yeux.

Vincent accepta le verre sans toutefois se décider à le porter à ses lèvres. Il le reposa, inquiet, voire dérangé. En quittant la réception de mariage, il avait eu le sentiment d'une catastrophe imminente. S'il n'agissait pas vite, à cet instant précis, il eut le pressentiment d'une mort imminente en acceptant de tremper ses lèvres pour goûter à ce curieux breuvage. Il eut une révélation : cette femme avait empoisonné son fils mais aussi Hugo et s'apprêtait à lui faire subir le même sort. Cette idée, bien qu'absurde, l'obséda à un point tel qu'il se leva d'un bond.

— Cette petite comédie a suffisamment duré ! Où est Hugo ?

— Il se repose au premier étage, lui dit posément Éléonore, après avoir porté à ses lèvres la flûte pleine.

Elle but d'un trait la boisson et lui sourit à pleines dents. Elle ne bava pas, ne tituba pas mais uniquement annonça :

— De l'eau minérale, excellent cru, et je m'y connais.

XXVII

ARGY ÉVOQUE SON PÈRE

Le Palais – En direction de la Citadelle

La lune éclairait la surface du bassin à flot ainsi que la maison des éclusiers. Argy emprunta la passerelle pour piétons ; elle marchait à quelques mètres devant Mathias. Le jeune homme se remémorait ce qu'elle lui avait dit concernant James. Elle l'avait appelé tantôt par son prénom, tantôt par son statut, celui de joueur. Jusqu'à ce qu'elle lui révèle leur lien de parenté, rien dans ses propos ne pouvait donner à penser que James était son père. Il en arrivait à la conclusion qu'elle haïssait son père parce qu'il ne l'avait pas reconnue, mais convenait toutefois de son intelligence. Que James ait cru au jeu de Argy et ait eu l'idée, digne de Machiavel, de faire rentrer un homme de paille dans ce prétendu jeu, en l'occurrence lui, faisait vibrer Argy. Qu'une fois convaincu de s'être fait avoir et, dans l'éventualité de son meurtre, que James ait osé laisser des indices pour que l'on retrouve son assassin après son décès fascinait la jeune fille. Mathias se demandait si Argy ne découvrait pas qui était réellement son père au-delà de sa mort ?

Elle ralentit le pas et se mit à parler, à raconter simplement. Désormais, Mathias se tenait à ses côtés. Cela aurait pu être lui ou un autre, peu semblait lui importer. Elle se parlait à elle-même. Argy raconta son histoire.

— Je suis un secret de famille. J'ai appris qui était mon père par hasard. Je venais de fêter mes 12 ans. À cette époque, ma mère résidait déjà à Paris et était revenue sur l'île pour passer quelques jours de vacances. Mes grands-parents s'occupaient bien de moi, un peu trop ; ils me gavaient telle une oie, ils me dorlotaient et me passaient tous mes caprices. Je vivais comme une sauvageonne, toujours les cheveux en bataille, le jean maculé de boue, un maillot de bain trop petit sur le corps, une serviette de plage autour du cou et, dans mon sac à dos, un gros quatre-heures, des tartines de pain au beurre salé et des carrés de chocolat enveloppés dans une serviette à carreaux. Je ne faisais pas partie d'une bande, j'étais une bande à moi toute seule. Je me déplaçais à vélo, de Bangor à Locmaria, de Sauzon à Le Palais. Mon grand-père s'amusait de mon comportement en me ressassant que, bientôt, je serais prête pour le Tour de France. « À Belle-Île, il y a de sacrées côtes, alors le col du Tourmalet, la petite n'en fera qu'une bouchée », disait-il pour se moquer de moi. Je ne lâchais le guidon de mon vélo que pour courir jusqu'à la plage de Donnant ; je nageais de Pâques à la Toussaint. Enrobée de saindoux, avec les mollets d'acier et le ventre rebondi, je plongeais dans les eaux turquoise pour me sentir légère. Petite fille grassouillette, gamine disgracieuse et ma mère aurait voulu que je porte des robes et des chouchous roses dans les cheveux ! Elle aurait voulu mais avait-elle son mot à dire ? Lorsqu'une mère apparaît dans l'embrasure de la porte tous les quatre mois, elle n'est qu'une image, une photographie. Autant la punaiser sur un mur, pointer son doigt sur le papier glacé et crâner fièrement « C'est elle, ma maman. » Pas de câlins, pas d'histoire racontée pour m'endormir, pas même de voix. Une photographie est muette.

Alors qu'ils traversaient l'esplanade des Frères-Moizant, Argy se rapprocha un peu plus de Mathias, comme si elle cherchait une protection masculine.

— Je venais de fêter mes 12 ans et je me trouvais derrière la porte du salon. Ce jour-là, ma mère a haussé la voix face à mon grand-père. Elle lui a hurlé que son petit copain de l'époque n'était qu'un gosse tout comme elle, que c'était pour cela qu'il n'avait pas reconnu la petite, et aussi que ce gosse se prénommait James. Si ma grand-mère avait toujours su qui était mon père, son mari l'apprenait tout comme moi, ce matin-là. Moi, je n'ai pas pleuré, j'ai regagné ma chambre sans faire de bruit. J'étais libérée, mon père avait un prénom, il existait vraiment. Dès lors, j'ai eu une véritable famille. J'ai deux grands-mères, Éléonore et Marie. Elles sont amies, différentes mais toutes les deux charmantes. En fait, de sacrés caractères. J'avais deux grands-pères, l'un est décédé et l'autre vit toujours à l'autre bout du monde, il se prénomme Charlie, un océan nous sépare. Je voudrais prendre l'avion, rien que pour lui. Je suis un arbre, j'ai des racines ancrées profondément sur deux continents et un tronc qui vacille au-dessus des vagues. L'eau, la grande histoire d'amour de ma vie, l'eau et le sel, les embruns et les déferlantes, les milliards de mètres cubes d'eau.

Argy soupira profondément.

— J'avais 20 ans lorsque j'ai croisé mon père pour la première fois, enfin je l'avais déjà croisé à Belle-Île mais, là, c'était différent, la proximité physique change la perception des choses. Nous étions assis l'un à côté de l'autre sur les gradins, dans la salle Arletty. Une chance ou une pure coïncidence. Durant le spectacle, je n'ai cessé de fixer ses chaussures, elles étaient belles. Lorsqu'il s'est levé, j'ai vu qu'il avait mes yeux. Peut-être qu'il le savait fort bien que, deux heures durant, sa fille se tenait à ses côtés, il ne me l'a pas dit. Je n'ai pas entendu le son de sa voix. Les voix portent, vous transportent. Les mots vous font souffrir. Inutile de les prononcer, de déverser sa colère, sa rage, son mal de vivre. Inutile. Il suffit de se souvenir d'une chaussure cirée pour que votre cœur s'emballe. James était un flambeur ; sa fille a potassé toutes les études se rapportant à la psychologie du joueur. Ce qu'elle sait du jeu, c'est qu'il ne faut pas qu'il vous coupe du monde réel. Un joueur vit dans une bulle, l'adrénaline lui tient lieu de famille. Elle voulait se rapprocher de lui, de son père.

Mathias eut soudain peur parce que Argy parlait d'elle à la troisième personne. Il lui donna une petite tape sur l'épaule.

— Argy, nous sommes arrivés à la porte de la Citadelle.

Elle s'éloigna de lui puis se retourna.

— N'ayez crainte. Je suis bien là. Elle, c'est moi, c'est toutes les petites filles qui n'ont pas eu de papa. Je vais bien. Vous avez certainement partagé de bons moments avec lui. Je ne suis pas certaine qu'il vous ait traité comme un homme de paille. Une supposition uniquement.

— Franchement, aucune importance. James était un type surprenant. Il adorait l'eau minérale, il regrettait de ne pas avoir plus profité de la vie, de ne pas s'être goinfré de sucreries. Il adorait la mer et tout ce qui s'y rapportait. J'aurais dû me douter qu'il était un îlien. Je ne lui ai jamais dit qu'elle était ma profession. C'est étrange parce que, généralement, c'est la première chose que j'annonce pour me présenter. Par un « je suis nissologue », je veux que l'on m'accorde de l'importance. J'enfile un costume d'aventurier et me donne de faux airs de grand reporter. Avec lui, je n'en ai pas éprouvé le besoin. La vie était précieuse à ses côtés. J'ai pris conscience à son contact que le travail n'est pas une valeur. Qui, face à la mort, avoue regretter son travail ? Personne. Mieux vaut regretter ses proches. Regretter de ne pas avoir pris le temps de leur dire qu'on les aimait. Pas le travail, non. Déplorer ne pas avoir su apprécier à leur juste valeur les plages de sable blanc. Regretter de ne pas avoir embrassé cette fille qui vous sourit.

Argy se planta face à lui puis se mit sur la pointe des pieds et ferma les yeux.

— Mathias, embrassez-moi.

Mathias resta quelques instants à la regarder, à contempler ses yeux clos, à sentir son souffle, à retenir l'instant. Le retenir mais aussi le vivre. Alors il l'embrassa simplement puis l'embrassa de nouveau longuement.

Quelles que furent les intentions de James à son égard, il n'aurait pas pu lui faire de plus beau cadeau. Lorsque les talons de Argy se reposèrent sur le sol. Mathias se demanda s'il ne venait pas de recevoir d'un homme mort, un énorme bonheur. Huit ans, trois mois, sept jours qu'il n'avait pas embrassé une femme. Il ne mettait pas fin à un deuil, il tournait une page. Peu importait qui était Argy, si elle lui avait tendu ses lèvres par amour, par dépit ou par pitié. Se sentait-elle coupable de lui avoir donné un faux espoir, celui d'une guérison miraculeuse ? Ce n'était pas elle qui lui avait donné ce faux espoir, elle n'était coupable en rien. Elle n'avait qu'imaginé être en capacité d'offrir du rêve. Elle venait de lui ouvrir une porte et d'écrire une nouvelle page sur le livre de sa vie.

Il la prit dans ses bras et lui murmura à l'oreille :

— Possible que je vienne de recevoir un super bonus, du bonheur à l'état pur. Probable que tout cela ne soit qu'une déplorable magouille. Je n'ai pas de regret. Argy, sache que je ne regrette rien, quoi qu'il se produise dans les heures à venir.

XXVIII

VINCENT ET LE PIÈGE

Le Palais – Maison d'Éléonore

Pendant que Argy et Mathias s'enlaçaient à l'entrée de la Citadelle, en plein bourg, des poissons rouges entamaient une ronde frénétique au fond d'un aquarium. Vincent les suivait des yeux. Il se dit mentalement « dès que l'un d'eux se positionne sous le culot du magnum, je me lève d'un bond. Dès que… » Depuis combien de minutes Vincent était-il là, immobile sur le canapé, face à cette femme avec son rouleau à pâtisserie posé sur les genoux ? Le décor était théâtral, les aquariums, les flûtes à champagne, le feu rougeoyant dans la cheminée, un chapeau melon collé à sa cuisse, une grande malle ouverte qu'il discernait derrière l'épaule d'Éléonore. Il lui faudrait bousculer cette femme pour atteindre le couloir et emprunter l'escalier. Elle lui avait dit qu'Hugo se reposait dans une chambre au premier étage. C'était si improbable, à moins qu'Hugo y ait été contraint. Ce petit bout de femme d'âge mûr avait-il accompli l'exploit de retenir contre son gré son ami ? L'assassinat de son fils lui avait-il fait perdre la raison ? Elle semblait ne pas le voir, plongée dans ses pensées, le regard hagard ; sa tête penchait tantôt à droite, tantôt à gauche. Brusquement, un poisson rouge vint lécher le socle de verre, tentant en vain de pénétrer par le culot dans la bouteille. Hugo se leva d'un bond, accrocha au passage les montants de la malle pour atteindre le vestibule. Il monta quatre à quatre les marches de l'escalier, hurlant :

— Hugo, tu es là ?

Aucune réponse, aucun bruit. Il hésita plusieurs secondes. Alors qu'il poussait violemment la porte de la première chambre, Éléonore le rejoignit puis lui attrapa le bras.

— Il dort probablement. Il était épuisé et le somnifère l'a aidé… De l'aide, tout le monde veut m'aider et moi, je pouvais bien aussi lui apporter mon aide. Il ne voulait pas se marier parce qu'il n'avait plus besoin de cela pour rester en France. Naturalisé français, un miracle, et il venait de l'apprendre.

— Impossible ! hurla Vincent tout en constatant que la chambre était inoccupée.

Il voulait qu'elle s'écarte de son chemin mais Éléonore faisait obstacle. Plantée dans le couloir, face à lui. Elle retenait les murs avec ses mains, elle les repoussait tout en s'y agrippant. Telle une statue de bois à la proue d'un navire, elle affrontait l'Océan. Elle déversait sa morve, cheveux défaits, crachant sa version des faits.

— Possible ou pas. C'est ce qu'il m'a annoncé ce matin. Sa naturalisation, son vœu le plus cher. Je le savais, qu'en revenant à Belle-Île, tous ses souhaits seraient exaucés. Je le lui avais bien dit sur le parvis de l'église. Je suis un peu sorcière. Pas médium mais sorcière. J'étais ravie qu'il ne se marie pas avec cette dévoreuse d'hommes. Cette Greta est une croqueuse d'hommes. Elle met les mâles dans sa couche puis les broie.

Vincent n'eut aucun scrupule à la repousser contre le mur pour entrer dans la seconde chambre. Devant le lit vide, voyant deux oreillers jetés sur le parquet et les draps défaits, il sentit la colère monter en lui.

— Est-ce qu'il était là ? cria-t-il.

— Parti sans me dire même un merci ou un au revoir, sans même faire tinter les clochettes. Peut-être que mon somnifère était périmé ?

— Ainsi vous l'auriez drogué et vous vous offusquez qu'il ne vous ait pas dit ne serait-ce qu'un merci en prenant ses jambes à son cou !

Éléonore s'avança puis prit appui contre le montant du lit, comme éreintée. Le souffle court, elle parla.

— Il fallait que je le mette hors service pour qu'il ne change pas d'avis au dernier moment et ne se précipite pas à la mairie. Elle aurait réussi à le convaincre de l'épouser.

Vincent la regardait, ahuri. Cette femme était folle. Elle avait administré une drogue à Hugo pour contrecarrer le mariage. Elle annonçait avoir mis hors service Hugo comme s'il avait été un objet connecté.

— Vous êtes une grande malade.

— Uniquement une grande lucide. J'ai déjà sauvé, une première fois, un homme des griffes de cette mégère de Greta, mon fils. Et je viens de récidiver.

— D'accord, vous l'avez sauvé. Vous êtes une sainte femme ! C'était quoi, les aveux ? Qu'est-ce qu'Hugo a bien pu vous avouer ?

— Il se demandait s'il n'avait pas vendu son âme au diable.

— Vous délirez.

Elle bâilla à plusieurs reprises, ouvrant la bouche en grand, la refermant. Elle avala une grande bouffée d'air avant de lancer :

— Il est le second sur la liste… Je n'ai pas eu le temps de le lui dire. Préférable. Les paupières de votre ami étaient si lourdes, si lourdes qu'il a accepté de venir s'allonger dans la chambre. Il ne comprenait pas ce qui lui arrivait. Il était suffisamment effondré, je n'allais pas l'achever en lui assénant la vérité.

— Quelle vérité ? Où est cette maudite liste ?

Éléonore ouvrit de nouveau la bouche, prête à gober un œuf en son entier.

— Je l'ai mangée. J'ai mâché le papier. J'ai avalé le gentil petit mot que m'avait envoyé par la poste mon fils. Les noms, ils sont maintenant dans mon corps.

Par un geste lent et surprenant, elle défit un à un les boutons de sa blouse.

— Vous pouvez m'éventrer, agir tel un médecin légiste en me sortant les tripes à l'air comme pour une vulgaire volaille. Trop tard. Hugo est le second sur la liste et il ne le sait pas. Il n'a pas épousé Greta et c'est bien ainsi. Il se peut qu'il soit déjà mort…

Vincent attrapa Éléonore par les épaules et se mit à la secouer. Il hurla.

— Les noms ! Est-ce qu'il y a mon nom sur cette maudite liste ?

Il crut entendre un souffle, une affirmation, un terrifiant « oui » sortant de la bouche d'Éléonore. La vieille femme s'évanouit. Vincent ne put que la retenir pour ne pas qu'elle tombe à terre. Il tremblait de tout son corps et eut du mal à l'allonger sur le lit. Qu'avait-il fait ? Que devait-il faire ? Lui donner une claque sur la joue pour qu'elle revienne à elle ? Lui prendre le pouls ? Alerter les secours ? Si… Elle venait de faire une crise cardiaque et, si elle était ramenée à la vie, elle le pointerait du doigt pour l'accuser. Il ne pouvait pas la laisser mourir mais il n'arrivait pas à agir. Lui qui avait le téléphone toujours en main habituellement ne réussissait pas à le sortir de sa poche. Il voulait la sauver tout autant qu'il désirait la voir mourir. Elle était possédée, il devenait un monstre. Il se mit à suer et épongea son front du revers de la manche de sa veste de costume. Sur la table de nuit, il y avait un cadre, une Sainte Vierge tenant un enfant dans ses bras. Il était terrifié et incapable de prendre une décision. Sorcellerie, diablerie, religiosité, damnation. Il perdait pied.

Soudain, Éléonore râla puis un ronflement léger se fit entendre. Alors il se pencha sur ce petit corps frêle et colla son oreille au niveau du cœur. Elle dormait d'un sommeil profond et réparateur. Alors Vincent sut que l'eau qu'elle avait ingurgitée contenait un somnifère. Plutôt que de se taire, elle avait préféré anticiper l'interrogatoire en se droguant.

Si lui aussi avait bu la flûte, que se serait-il passé ?

Qu'allait-il se produire s'il était le suivant sur la liste ? Devait-il retourner à la Citadelle ?

XXIX

LA MARQUISE

La Citadelle

Mathias était désormais à la Citadelle parce que Argy l'avait convaincu de le suivre. Il ne comprenait pas ce qui lui arrivait. Lui qui, jusqu'à hier, avait perdu le goût à la vie, éprouvait soudain une envie irrépressible de croquer à pleines dents dans cette vie. Des années qu'il n'avait pas ressenti cette excitation. Le cœur qui s'emballe, la peur que Argy ne lui échappe, disparaisse, l'abandonne sur-le-champ. L'angoisse de la perdre. Jeune, belle, imprévisible et machiavélique Argy. Aurait-il pu imaginer en débarquant à Belle-Île, son curieux chapeau melon sur la tête, qu'il rencontrerait l'amour ? Incontestablement, il se faisait des idées mais que ces idées lui paraissaient délicieuses. Un sursaut de vie pour un homme en sursis. Son bon sens lui intimait de ne pas s'attacher à cette fille et de le lui faire savoir rapidement. Il se gratta l'oreille.

— C'était une erreur.

Argy retira ses lunettes et se mit à lustrer les verres avec ses deux pouces. Cette action allait à contresens de l'efficacité souhaitée.

— Une erreur, je suis d'accord.

— On oublie.

— On oublie, je suis d'accord.

Prenant conscience de se comporter tel un perroquet, elle se mit à rire tout en positionnant ses lunettes sur son nez. Elle ne voyait plus rien et cligna des paupières à plusieurs reprises. Derrière un voile, elle distingua la porte du Donjon. Elle balbutia :

— Ainsi, un géographe décrit la terre.

— Non, il l'écrit.

— Évidemment, l'écriture. Bon, on oublie, c'était une erreur. Et puis, merde, je n'y vois plus rien !

Ses cuissardes s'envolèrent. Mathias comprit qu'elle lui échappait. La fille de James l'abandonnait. En réalité, elle s'enfuyait, troublée ou plutôt coupable de lui avoir fait miroiter sans vraiment le vouloir une guérison improbable. Qu'elle l'ait embrassé pour se racheter lui importait peu. Une folle envie de vivre, elle lui avait offert. Alors que Argy était déjà à une vingtaine de mètres devant lui, elle stoppa net sa course et se retourna. Elle se mit à crier :

— Vous venez, on a du pain sur la planche.

Mathias la regardait. Une gamine, il n'allait pas tomber amoureux d'une gamine. Submergé par les émotions, il se tenait disposé à satisfaire toutes ses exigences, même les plus folles.

Brusquement, elle lui hurla :

— Cours, Mathias. Ils vont te faire la peau.

Surpris, Mathias se retourna et aperçut quatre hommes qui avançaient d'un pas décidé dans sa direction et s'apprêtaient à emprunter le pont en bois. En un éclair, il vit un type d'une trentaine d'années, portant vareuse et jean rentré dans des bottes bleues, suivi de près par trois compères aux crânes dégarnis, vêtus de blousons en jean. Ces costauds marchaient les jambes écartées. Le plus jeune tenait une lampe torche dans sa main pour éclairer le passage devant le petit groupe. Ils n'allaient pas le traîner en justice pour un vol de camionnette mais lui faire passer un sale quart d'heure pour lui faire comprendre de ne jamais, plus jamais voler. Alors Mathias se mit à courir à en perdre haleine, les talons de ses poursuivants claquèrent sur le pont de bois. Les bruits sourds résonnaient, tels des coups portés sur l'échine du voleur. Chaque son lui renvoyait en écho « Tu vas payer pour ton forfait. » Brusquement, Mathias les entendit rire dans son dos. L'un d'eux hurla à la volée :

— Si je découvre ne serait-ce qu'une éraflure sur le capot, je te retrouverai pour te faire la peau !

Les talons cessèrent de claquer, les rires s'éloignèrent. Mathias rejoignit Argy, qui s'était cachée dans un renfoncement des remparts au-delà de la porte du Donjon.

— Ce ne sont pas eux les mauvais gars, c'est toi le méchant. Ne l'oublie pas. Tu as disséqué les plantes endémiques mais tu ne t'étais pas encore frotté aux insulaires. Tu as encore beaucoup à apprendre.

Cette gamine lui offrait une belle leçon de vie. Ce cadeau dont il se serait bien passé, il l'accepta. La peur de se faire lyncher, l'angoisse de perdre Argy, l'effroi d'être le prochain sur une liste macabre, cette frousse vissée aux tripes, était-ce cela vivre ? Était-il prêt à cesser de s'apitoyer sur son sort de malade, à arrêter de porter le deuil d'un amour qui ne reviendrait jamais, à ne plus courir le monde et les îles sans même voir les plages de sable blanc ? Il comprenait enfin qu'il avait fait fausse route jusque-là et que chaque minute devait se vivre avec une intensité accrue. Vivre et remercier James de lui avoir permis de le faire en lui offrant un code, c'est ce qu'il se promit de faire, parce qu'il se sentait bien plus en vie à cet instant précis qu'il ne l'avait été ces huit dernières années. Mathias se savait prêt à combattre le cancer et à suivre le traitement préconisé par Chung ou un autre médecin. Évidemment, l'éventualité que Chung, par appât du gain, ait falsifié ses analyses lui semblait plus que probable mais mener un nouveau combat et reprendre la chimiothérapie ne lui faisait plus peur.

Argy brisa ses rêves.

— Bon, nous nous en sommes tirés avec plus de peur que de mal. Maintenant, il nous faut aller jusqu'au Logis du Gouverneur.

Levant la tête pour regarder les hautes murailles, elle frissonna.

— Cette prison a eu son lot d'anonymes mais aussi de personnages célèbres. L'affaire des poisons te parle. La Voisin brûlée vive en place de Grève en 1680 et puis madame de Montespan accusée d'avoir fait dire des messes noires par des femmes. L'une des accusatrices de la favorite du Roi-Soleil fut enfermée ici, à la Citadelle Vauban.

Mathias fut troublé. Pourquoi Argy lui racontait-elle cette histoire ? Durant toute la soirée, elle n'avait fait que dérouler son jeu aux règles improbables, imaginant que James les avait suivies puis elle s'était rétractée, lui avouant avoir conçu une arnaque. Il l'accompagnait, sans plan précis, d'un point à un autre, d'une plage à un fort, évitant de croiser quiconque. Un tueur rôdait et eux couraient, fuyaient par crainte de se retrouver nez à nez avec l'assassin de James. Mais, en réalité, ne l'avait-elle pas embrassé pour l'attirer dans ses filets, le piéger ? Il la détailla soudain, d'un air soupçonneux. Elle lui prit la main.

— L'amour… peut causer la perte. L'affaire des poisons a commencé par la découverte d'une cassette ayant appartenu à un officier de cavalerie, amant de la marquise de Brinvilliers. Dans cette cassette, neuf lettres de sa maîtresse et des fioles contenant des poisons. Dans l'une des lettres, elle expliquait avoir empoisonné non seulement son père mais aussi ses deux frères pour hériter. Mélange d'arsenic et de bave de crapaud. Elle aura eu beau crier son innocence durant le procès, elle fut bel et bien exécutée par la suite.

Brusquement, Mathias eut une révélation qui le mit mal à l'aise. Cette affaire de poison datant du règne de Louis XIV sonnait à ses oreilles avec une contemporanéité dérangeante.

— La marquise aurait empoisonné son père ?

— Une dizaine de tentatives infructueuses avant de le voir enfin trépasser. Elle a utilisé divers poisons confectionnés par un apothicaire. La dernière composition lui a réussi. Parfaite, peu de traces dans l'organisme. S'il n'y avait eu l'amour et cet impérieux besoin de poser des aveux sur le papier, elle n'aurait pas été démasquée. Moralité de l'histoire : mieux vaut ne jamais rien confier à son amant !

Mathias fronça les sourcils.

— Je parierais que la marquise a pleuré toutes les larmes de son corps lors de la mise en bière de son infortuné père.

— Probable, pour donner le change. Et si nous allions voir les cachots ?

— Argy, comment se fait-il que vous ne soyez pas venue à l'enterrement de votre père ?

— Tu peux me tutoyer, Mathias, tu as collé tes lèvres sur les miennes et cela t'a plu. Ce rapprochement physique mérite un tutoiement. À moins que tu ne veuilles garder tes distances parce que tu n'as pas confiance en moi.

— Je réitère : étais-tu présente à Belle-Île, le 1er avril dernier ?

— Oui, perspicace. Un aller-retour rapide Paris-Quiberon. Une traversée par mer calme. J'ai échangé avec une femme incroyablement belle sur le bateau. On aurait dit qu'elle sortait tout droit des pages d'un magazine de mode…

S'écartant instantanément de Argy, Mathias marqua sa surprise, voire son inquiétude.

XXX

VINCENT PANIQUE

Le Palais

Au moment où Argy entraînait Mathias en direction des cachots de la citadelle, Vincent se retrouvait avenue Carnot en plein bourg. Il était dans un tel état de panique en quittant la maison d'Éléonore qu'il ne se souvenait plus comment il était arrivé là. Vincent déambulait le long de l'avenue, l'esprit en ébullition. Est-ce que la mère de James affabulait ? De façon miraculeuse, Hugo aurait appris sa naturalisation puis aurait omis de venir à la mairie, intentionnellement ou non. Drogué, il se serait par la suite endormi dans une des chambres de la maison d'Éléonore, alors que Greta perdait la tête. Le portable d'Hugo abandonné sur les marches à la mairie restait une énigme qui lui donnait des sueurs froides.

Pire encore, Vincent venait d'apprendre une effroyable éventualité, l'indication de son nom sur la liste macabre. Un *serial killer* avait assassiné James puis s'était mis en tête de faire la peau à

Hugo, voire allait s'en prendre à sa personne. Pourquoi lui, qu'avait-il à se reprocher ? Il se demandait à quelle heure demain matin était le prochain ferry. Avec ou sans Hugo, il comptait bien le prendre. Il fallait urgemment qu'il remette ses idées en ordre. Concernant le décès de James, il en savait peu mais suffisamment pour comprendre que la police piétinait.

La Belle Fontaine, ce lieu l'interrogeait. En était-il loin ? Le jour de sa mort, pourquoi James s'était-il rendu là-bas ? Il avait glissé, chuté et la thèse de l'accident avait été admise assez facilement dans les heures qui avaient suivi le drame. D'ailleurs l'enquête avait été vite bouclée, plus une formalité qu'une véritable investigation. La version première semblait si plausible : cet enfant du pays s'était mis en tête d'escalader le monticule de terre qui servait de toit au vaste réservoir voûté, et avait fait une mauvaise chute. Bien qu'ayant passé une partie de son enfance à Belle-Île, le fait que James se soit expatrié suffisamment longtemps pour devenir un citadin plus habitué aux trottoirs parisiens qu'aux terre-pleins caillouteux avait conforté cette thèse de l'accident, thèse également confortée par l'état de fragilité physique de la victime.

Voyant le corps inanimé en contrebas, un promeneur avait donné l'alerte vers 18 heures. Personne n'avait vu chuter James. Personne n'aurait pu certifier d'où il venait, où il se rendait. Son front était entaillé et le médecin avait conclu à une mort instantanée due à un traumatisme crânien. Les manches de sa parka étaient humides, tout comme ses cheveux. Ces détails avaient été relevés mais jugés sans réelle importance. Avaient également été évoqués une humidité dans l'air ce jour-là et un effort physique ayant occasionné des traces de sueur ruisselant dans la nuque. Ces indices avaient quelque peu perturbé la gendarmerie mais l'examen du corps par le médecin n'avait pas permis d'envisager une autre hypothèse que celle de la chute accidentelle. S'il n'y avait pas eu son intervention, ce coup de fil déplacé durant l'enterrement, l'affaire n'aurait pas été rouverte. Vincent se maudissait encore, voire en voulait à Hugo. Tout avait si vite basculé. Une procédure pour découverte de cadavre avait été diligentée par la gendarmerie de Le Palais sous la direction du procureur de la République de Lorient. Quelques jours plus tard, après que l'autopsie eut été pratiquée et la version de l'empoisonnement confirmée, tout était devenu différent. Il avait été entendu par la police et apprit que l'eau du réservoir avait même été analysée. Extrêmement pure, cette piste avait été vite abandonnée. Pas de gourde, pas de bouteille dans la poche de James et pas de trace d'un quelconque poison à proximité du corps. Par la suite, Vincent avait compris que l'hyperhydratation, ou intoxication à l'eau, ne laissait aucune trace puisque le poison n'en était pas un, l'absorption d'une grosse quantité d'eau pouvant entraîner une fin tragique. Si le meurtrier n'avait pas eu la curieuse idée de menacer James avant de l'exécuter, il aurait pu signer un crime parfait.

Vincent frissonna. L'assassin de James courait toujours, la disparition d'Hugo était inquiétante et lui-même se trouvait peut-être en danger de mort. Fébrile, il sortit son smartphone de la poche de sa veste en alpaga. Alors qu'il s'apprêtait à appeler Hugo, il se ravisa rapidement, son ami avait abandonné son portable sur les marches de la mairie. Il opta pour un coup de fil à Clémence.

— C'est Vincent.

— Vincent… Quoi de neuf de ton côté ?

— Je piétine…

— Eh bien, ici, toujours pas d'Hugo. Mais Greta a refait surface, une réapparition remarquée de l'ex-future mariée à la réception et moi je me suis fait de nouveaux amis.

Le brouhaha ambiant couvrait la voix de Clémence. Elle haussa le ton.

— La fille de Greta n'a pas été invitée à la fête parce que c'est une voleuse. Elle aurait piqué la camionnette du poissonnier !

Vincent ne releva pas la surprenante remarque. Dès qu'elle avait un peu bu, Clémence propageait toutes sortes de rumeurs, fondées ou non. Soudain, il entendit Clémence crier mais sans s'adresser à lui.

— Greta, c'est Vincent, tu veux lui parler ?

Vincent tendit l'oreille, il perçut des claquements de talons, un bruit sourd comme si son interlocutrice venait de heurter un meuble. La conversation reprit.

— Merde, j'ai filé mes bas ! Vincent, tu es toujours là ? Je vais devoir te laisser mais, avant, je te passe Greta.

Vincent analysa que, des mains de Clémence, Greta venait d'arracher le portable.

— Dis-moi que tu l'as retrouvé, je suis au bord de la crise de nerfs.

— Non, je lui cours toujours après. Mais je viens d'apprendre qu'il a eu un contretemps, une histoire de fous. Il aurait été drogué par la mère de James qui voulait que ton mariage capote.

— Cette punaise ! Je vais lui faire avaler son dentier. Je vais lui coller la tête dans sa merveilleuse cheminée. Elle ira rejoindre son fils en enfer. La police a des doutes sur la santé mentale de cette femme et elle a raison. Quant à toi, tu t'es bien fait avoir ! Sache qu'il y avait cinq personnes au funérarium, cinq, à avoir pu mettre ce maudit téléphone dans le cercueil, et la mère de James en faisait partie. Je le sais parce que j'étais là.

— Comment… mais tu n'étais pas présente à l'enterrement !

— Effectivement, pas dans l'église parce que je n'avais pas envie que tout Belle-Île soit au courant de ma venue. James était le père de ma fille et j'ai eu des scrupules. Connerie ! Qu'est-ce que tu t'imagines, que tu as été le seul à être entendu par la police ?

Vincent poussa un petit cri d'animal blessé pour signifier sa surprise. À l'autre bout du fil, Greta ne réagit pas, bien décidée à déverser tout ce qui lui pesait sur le cœur.

— J'ai aimé James. Un premier amour, et je me suis fait avoir. Quant à Hugo, il nous a piégés tous les deux, toi comme moi !

— Greta, je suis sur la liste évoquée par James sur son ultime message. Donne-moi leurs noms ! Qui se trouvait au funérarium ? questionna Vincent, totalement paniqué.

— J'étais accompagnée de ma fille. Ma mère et la mère de James étaient elles aussi présentes.

— Et la cinquième personne ?

— Mais Hugo évidemment. Souviens-toi, le 1er avril, il s'est éclipsé de ta vue.

— Non, tu te trompes.

Vincent réfléchissait, le portable collé à l'oreille. Absorbé dans ses pensées, il faillit heurter un des arbres qui bordaient l'avenue Carnot. Hugo l'avait effectivement laissé seul à la terrasse d'un café du port de Sauzon une trentaine de minutes pour passer quelques coups de fil professionnels.

— Possible que tu aies raison, lui déclara Vincent.

— Je suis formelle, Hugo était bien présent au funérarium. Lui ne m'a pas vue mais, moi, j'ai entendu sa voix, reconnaissable entre mille autres. Je n'ai pas été surprise plus que cela, je me doutais qu'il ferait le déplacement pour accompagner James dans sa dernière demeure. Il n'a pas su que je me tenais à quelques mètres de lui. Tu vois, je ne te cache pas la vérité. Je te déballe tout.

— Pourquoi ne pas le lui avoir dit ?

— Mais dire quoi ? Que j'avais eu une aventure avec James et que je venais lui faire mes adieux. Lui avouer que je pleurais sur le corps de mon ancien amant encore tiède, les faire-part de mariage dans la poche ! Je me trouvais là pour tourner la page. Je voulais qu'Hugo m'épouse. Que toi, Hugo et James soyez amis, m'insupportait déjà suffisamment. En plus, vous n'étiez au courant de rien, James n'avait pas intérêt à ternir son image en avouant sa lâcheté. Il m'a abandonnée, il a fui comme un veule alors que j'étais enceinte. Notre fille a les yeux de son père !

Vincent s'affola.

— C'est un meurtre, Greta, un assassinat. J'ai une trouille bleue.

Vincent se savait trahi ; au ton de sa voix, Greta devait percevoir son état de panique mais pouvait-elle lui être d'un quelconque secours ?

— Vincent, calme-toi, viens nous rejoindre à la réception, à la Citadelle. Le coupable ne tardera pas à être démasqué, actuellement la police enquête…

— Mais elle ne l'a pas fait dans les heures qui ont suivi le meurtre, privilégiant la thèse de l'accident. Cette perte de temps lui complique sacrément la tâche et moi je ne peux plus attendre. Toutes les empreintes ont été effacées, les quelques clichés pris au moment où James a été retrouvé se sont révélés peu exploitables. Le meurtrier court toujours. Son mode opératoire reste un mystère qui m'obsède ! La Belle Fontaine, c'est bien à proximité de la Citadelle ?

— Au sud.

Soudain, le téléphone de Vincent chuta sur le sol, mettant fin à la conversation.

Greta s'époumona à l'autre bout du fil. Brusquement, elle prit peur à son tour. Elle tenta de rappeler mais en vain.

XXXI

L'EXPÉDITION DE GRETA ET CLÉMENCE

La Citadelle – Salle de réception

Greta était bien décidée à agir et à quitter la réception pour passer à l'action. Avant que la conversation ne s'interrompe, Vincent avait évoqué la Belle Fontaine ; elle comptait bien s'y rendre et l'y rejoindre. Elle retrouva Clémence, qui papillonnait au milieu d'un groupe de jeunes bellillois et la força à la suivre à l'écart. À l'abri des oreilles indiscrètes, Greta s'adressa à Clémence avec véhémence.

— File-moi ta bombe ! Celle que tu transportes toujours dans ton sac à main pour contrer une éventuelle agression.

Perturbée par la demande, Clémence hésita.

— Ma chérie, inutile de chercher les ennuis. Ils viennent déjà à toi avec une facilité déconcertante.

La vérité sortait avec naturel de la bouche de Clémence mais Greta n'était pas prête à l'entendre.

— La bombe !

Clémence gigota, secouant tout son corps déjà

en équilibre plus que précaire puisqu'elle se trouvait juchée sur de hauts talons.

— Voilà, voilà.

Elle ouvrit sa pochette en strass et en sortit l'objet. Prête à le tendre à Greta, elle le retenait néanmoins. Son bras faisait des allers-retours incessants.

— Hugo a des yeux d'un bleu intense et non d'un rouge vif… Puis-je te rappeler le résultat d'une utilisation intempestive d'un jet sur l'agressé : visage boursouflé, lèvres en feu et paupières dignes d'un lapereau atteint de myxomatose.

— Ce n'est pas pour m'en servir contre Hugo.

— Je préfère qu'il en soit ainsi mais permets-moi de douter. Tu sais où il se cache ? Vincent t'a appris quelque chose ?

Savoir et le faire savoir, songea Greta. Clémence resterait à jamais incontrôlable. D'ailleurs, n'avait-elle pas déjà pris quelques selfies avec ses nouveaux amis, des Bellilois adeptes de son décolleté plongeant ? De déplorables photos de cette mémorable soirée allaient bien trop vite se retrouver en ligne sur les réseaux sociaux, si ce n'était déjà fait.

— Je te raconterai plus tard, éluda par ces mots Greta.

— Je suis ta plus fidèle amie. Je t'accompagne où que tu ailles…

Clémence posa la paume de sa main sur ses lèvres et lança un baiser à l'assemblée. Ensuite elle se pencha, tirant sa révérence, annonçant son départ avec emphase. Promptement, Greta lui attrapa le bras pour qu'elle cesse ses excentricités puis l'obligea à la suivre à l'extérieur. Son amie serait-elle un poids encombrant ou une assistante dévouée prête à griffer le premier venu ? Quoi qu'il en fût, l'heure était à l'action, un meurtre ou simulacre de meurtre, cela suffisait amplement. Quelqu'un à Belle-Île jouait avec ses nerfs et Greta ne le supportait plus. La situation était critique. Indéniablement, Hugo ne l'aimait pas et n'aurait nullement été jaloux si son aventure avec James avait transpiré jusqu'à ses oreilles. Clémence mourait d'amour pour Vincent, cela crevait les yeux. Il était inutile de la paniquer en lui déclarant que Vincent était en danger. Greta se tourna vers Clémence, la détaillant de haut en bas ; cette dernière s'insurgea, outrée.

— Mon rouge à lèvres bave, une tache sur ma robe, enfin quoi ?

— Rien.

Greta se remit en marche tout en réfléchissant. Le 1er avril, Hugo avait déposé le portable dans le cercueil avant qu'il ne soit fermé puis usé d'un stratagème pour que ce soit Vincent qui soit mis en cause. Mais, selon elle, c'était James, la clé de toute cette affaire. Il s'était bien joué d'eux tous, en les manipulant, persuadé que ni les uns ni les autres ne parleraient. Elle-même, sa mère, Hugo et Vincent détenaient une pièce du puzzle. Chacun avait posé sa pièce sur la table mais avait agi avec les yeux bandés, donc dans l'incapacité de distinguer le résultat final. En divisant les tâches, James avait fait preuve d'une redoutable intelligence. Qui avait empoisonné James ? Greta ne pouvait le certifier mais tenait sa version des faits. Elle supputait que James lui-même avait fait croire en son assassinat alors que c'était un suicide. Expliciter cette thèse à la police aurait été trop risqué. Si c'était le cas, le meurtrier ne serait jamais retrouvé puisque d'assassin, il n'y avait pas. À cette conclusion, elle s'accrochait parce qu'elle tenait la route. James, malade, se savait en sursis. Il avait appris que Argy, leur fille, n'allait pas bien, qu'elle s'inventait des mondes fantastiques et consultait toutes les thèses en lien avec l'addiction au jeu. Greta était tombée fortuitement sur un petit cahier dans lequel Argy avait noté de rocambolesques règles en rapport avec un jeu. Dans des royaumes imaginaires, quatre joueurs évoluaient en quête du bonheur absolu. Greta n'avait rien compris à l'intérêt d'un tel divertissement, hormis que sa fille s'enfermait dans ce jeu depuis des mois, voire des années. Si elle avait réussi à s'en rendre compte, James, qui aurait pu se payer les services d'une myriade d'enquêteurs, avait tout aussi bien pu le savoir. Greta en était persuadée, James n'avait jamais cessé de suivre les faits et gestes de leur fille. Incapable de lui tendre la main en face mais capable de la suivre à distance. Quelle lâcheté ! S'il avait fait suivre sa fille en usant de filatures discrètes, avec elle, James ne s'était pas gêné pour semer le trouble dans son existence. Il était réapparu dans sa vie, recruté par la firme qui employait Greta, et ce, de façon obscure, obtenant un job alimentaire alors qu'il n'avait aucunement besoin de cela pour vivre. Cette intrusion dans sa vie professionnelle l'avait mise hors d'elle, le rapprochement de James avec Vincent puis avec Hugo l'avait rendue encore plus folle !

Tout en progressant en direction de la porte du Donjon, Clémence à sa suite, Greta eut la conviction que, faisant preuve d'une perversion extrême, James s'était donné la mort et avait calculé dans les moindres détails la suite des évènements.

Première pièce du puzzle : lui-même. James avait enregistré un message affirmant son exécution prochaine et remis ce téléphone à Hugo puis, avant de se jeter du haut du promontoire, il avait bu une énorme quantité d'eau ou bien absorbé un poison indétectable à l'autopsie. Comportement effarant. Le serait tout autant la suite, si la police trouvait un misérable coupable. Il lui faudrait alors expliquer le plan machiavélique conçu par James. Pour le moment, il n'en était pas question.

Deuxième pièce : Hugo. Qu'avait-il promis à Hugo pour qu'il accepte d'introduire le portable dans le cercueil puis qu'il fasse en sorte que le téléphone sonne au moment opportun ?

Troisième pièce : Éléonore. James lui avait fait

envoyer une malle contenant un magnum et cinq flûtes pour qu'elle fête dignement son meurtre. Perversion ou stratagème ? Il ne pouvait douter qu'Éléonore en parlerait à sa meilleure amie, à Marie, la grand-mère de Argy. Greta venait d'apprendre ces curieux envois de la bouche de sa mère. Probablement que James avait fait parvenir à Éléonore des tas d'autres éléments qui sortiraient du chapeau, un à un. Cette affaire pourrait durer des mois.

Quatrième pièce : les joueurs. James était l'un d'eux. Pour suivre les règles de ce maudit jeu, imaginé par leur fille, James avait dû s'enquérir de trois autres joueurs pour mener à terme son plan machiavélique. Pour faire croire à sa fille qu'elle avait créé le plus incroyable des jeux, il avait certainement posé sur l'échiquier des pions, crédules relations ou encore acteurs avides de gagner un important cachet. Que Argy soit devenue une joueuse tout comme lui, une experte en la matière, avait dû le griser littéralement. James irait jusqu'au bout de sa folie, au-delà de sa mort. Greta ne savait pas encore comment, mais il ferait en sorte que les trois autres joueurs soient éliminés de la partie de façon radicale, qu'ils meurent. Il avait offert sa vie à sa fille et allait prendre la vie de trois autres personnes, uniquement pour faire croire à Argy qu'elle était un génie. Sa fille n'aurait jamais dû revenir à Belle-Île mais James avait bel et bien réussi à la pousser à remettre les pieds sur leur île.

Portable en main, pochette en bandoulière, Clémence tanguait un peu mais tentait de conserver le peu de dignité qui lui restait pour suivre son amie, l'accompagner dans une mission de la plus haute importance dont elle ignorait la teneur. Elle s'imagina progressant en pleine savane, suivant la chasseresse aux longues griffes prête à donner un jet mortel dans les yeux du premier lion venu. L'expédition lui plaisait mais l'abus d'alcool la rendait vulnérable. Si ses sens étaient décuplés, ses gestes semblaient se décomposer dans un ralenti périlleux. Serait-elle suffisamment forte pour vaincre la bête ?

Clémence crut discerner une ombre éclairée par la lune, au-delà du palmier aux racines emprisonnées dans un énorme pot de terre.

Greta avait conscience de traîner un boulet. Fort heureusement, sa meilleure amie allait s'épuiser, voire chuter mollement dans un fossé pour se laisser aller dans les bras de Morphée. Elle ne tiendrait pas la distance. Elle n'arriverait même pas atteindre la porte du Donjon. Greta n'avait pas de temps à perdre, il lui fallait urgemment aller à la Belle Fontaine, là où Vincent lui avait dit souhaiter se rendre. Là où tout avait commencé. L'aiguade Vauban resterait à jamais associée à un terrible secret. Greta frissonna en se demandant où se trouvait Argy.

XXXII

LE SUPERSAURUS

La Citadelle – À proximité des cachots

Argy venait probablement de perdre son meilleur allié. Depuis qu'elle avait raconté à Mathias l'histoire de la marquise de Brinvilliers, il était resté muet. Consciente du malaise, Argy lui hurla :

— Je n'ai pas empoisonné mon père !

— Bien plus que ton récit, une question me perturbe : Argy, pourquoi sommes-nous ce soir ici tous les deux à Belle-Île ?

— Parce que mon père a été assassiné ici.

— Exactement. James est le lien qui nous unit. Je ne le connaissais pas réellement et je n'avais jamais rencontré un de ses proches jusqu'à aujourd'hui. Il m'a fait entrer dans la partie, un peu contraint et forcé, en me remettant un code. Moi, l'inconnu qui ne lui avait rien demandé. Ensuite, lorsque j'ai appris son décès, j'ai pris peur et je n'avais pas eu d'autre choix que de venir jusqu'ici.

— Si tu n'étais pas vraiment intime avec lui, comment as-tu su qu'il était mort ?

— J'étais à Tokyo, un voyage pour mon job, et je m'apprêtais à rentrer en France lorsque j'ai reçu un appel pour me l'annoncer. James avait dû conserver mon numéro de téléphone dans son agenda professionnel. C'est une assistante de la boîte pour laquelle il travaillait qui m'a téléphoné. Consciencieusement, elle a passé des coups de fil à tous les contacts de l'agenda de James pour les prévenir de son décès, sans aucune explication. Message laconique et glaçant. C'est ainsi que j'ai su non seulement que James venait de mourir mais aussi quel était son nom de famille. Je me trouvais là sur mon lit dans une chambre d'hôtel au Japon avec une ordonnance face à moi. Étrange ordonnance avec un texte griffonné par ton père au dos. Aussitôt, j'ai eu un haut-le-cœur, une pensée égoïste m'a traversé l'esprit. James mort, je me suis vu être le prochain sur la liste des malades suivis par Chung à finir tragiquement. Le cancer allait m'emporter moi aussi, voilà ce à quoi j'ai pensé. Effondré, j'ai pris l'avion, l'angoisse chevillée au corps. Le lendemain, j'avais rendez-vous avec notre oncologue commun et j'ai bien évidemment évoqué le décès de James. C'est de la bouche de ce médecin que j'ai appris que la mort de James était accidentelle, une mauvaise chute à Belle-Île. Rien à voir avec sa maladie. Le jeu, je crois que j'en avais même oublié jusqu'à l'existence. C'est de nouveau Chung, ce type n'est pas clair, enfin c'est lui qui m'a expliqué lors du rendez-vous suivant l'empoisonnement de James, le message sur son portable avec l'évocation d'une liste macabre. J'ai aussitôt pris des renseignements et j'ai eu rapidement l'effroyable sentiment que ce serait bientôt mon tour parce que je participais à ce jeu. Contre mon gré, je me retrouvais sur la liste des joueurs. Déboussolé, j'ai commencé à chercher si James avait de la famille qui pourrait m'en dire un peu plus sur les circonstances de son décès. C'est ainsi que j'ai contacté Éléonore pour la rencontrer au plus vite. Et toi ?

— Je te l'ai déjà dit, j'ai lu un entrefilet dans la presse.

— Comment se fait-il que tu l'aies lu ?

— J'ai pour habitude de suivre toutes les informations en lien avec Belle-Île. *Télégramme*, *Ouest-France*, je surfe sur le web. Le hasard.

— Il n'y a pas de hasard dans toute cette histoire.

— Nous nous serions fait manipuler ?

— Ton associé, est-ce que tu l'as revu ?

— Disparu, le gars s'est tout bonnement évanoui dans la nature. Quant à l'arnaque, il l'a bel et bien mise en place parce que, moi, je n'en aurais jamais été capable !

Elle se mit à faire les cent pas devant lui, semblant reconsidérer les évènements sous un angle nouveau. Son visage se crispait. Elle s'emporta.

— Ton médecin, ce Chung, il aurait pu, disons, falsifier tes résultats d'analyse ainsi que ceux de James ?

— Me faire miroiter que j'avais gagné le bonus. Me pousser ainsi à croire en la véracité du jeu. Clairement, je ne serais pas sur la voie de la guérison parce que Chung m'aurait menti et un assassin chercherait à me faire la peau uniquement pour accréditer l'existence du jeu. Pour que tu y croies.

— Mais il n'y a aucun jeu qui tienne, c'est une bonne vieille escroquerie !

— Toi, tu es au courant. Mais James ne le savait peut-être pas. Il aurait pu avoir connaissance des moindres détails de ton jeu et s'être plié à tes règles. Mieux, il aurait poussé le vice en prévoyant une sortie de jeu terrible, une issue fatale pour tous les joueurs. Il aurait pu vouloir te faire croire que tu étais celle qui a le pouvoir de vie et de mort sur les autres. Le Supersaurus n'existe pas.

— Mon père, se sachant condamné à mort, m'aurait offert le plus terrible des cadeaux, me faire croire que j'étais Dieu. Impossible !

Argy s'effondra. En quelques heures, elle avait bien plus appris à connaître son père qu'en vingt-quatre ans. Si elle avait découvert un homme brillant, voire fascinant, était-il aussi un être diabolique ? Aurait-il été capable d'avoir donné sa vie pour offrir du rêve à sa fille en mal de reconnaissance ? Aurait-il été en capacité d'abréger son existence, voire d'assassiner d'autres joueurs innocents ? Cette éventualité la glaça.

— Mathias, James va te tuer !

— Il est mort, Argy.

— Pas suffisant. Il se pourrait qu'il y ait un complice prêt à parachever son œuvre. James va faire éliminer tous les joueurs, un à un. Il était joueur et tu ne peux pas comprendre l'excitation qu'a pu lui procurer l'idée même de pouvoir mener jusqu'au bout mon jeu. Il va aller bien plus loin que ce que je n'avais imaginé, il va les sortir un à un de la session en les faisant crever ! Il va te faire la peau, il va, par un stratagème effarant, t'assassiner ! Demain, tu prendras le premier bateau. D'ici là, ne bois pas, ne mange pas.

— Non. Si j'accepte ton hypothèse, bien que surréaliste, James n'aurait pas projeté de m'empoisonner. Du réchauffé. Bien plus subtil. Quoiqu'il connût mon penchant pour les bons petits plats.

— Éloigne-toi de moi. Je suis un monstre. Je t'ai conduit à l'anse de Donnant pour te faire découvrir la plage de tes rêves. Je t'ai embrassé parce que tu me dévorais des yeux. Plus de huit ans que tu désespérais de ne jamais retrouver l'amour, je me jette dans tes bras pour te faire grimper au stade supérieur, en t'offrant un bonus supplémentaire.

— Finalement, je suis censé mourir.

— Toi et peut-être deux autres personnes. Quelle conne ! Comment mon père aurait-il pu croire que mon jeu avait un sens alors qu'il ne valait rien ? Des foutues règles, un bonheur inaccessible, rien que du chewing-gum sous les semelles !

— Et aussi le Big Data, un peu tiré par les cheveux.

— OK, pas besoin de m'enfoncer encore plus. Mon père était un malade grave !

— Il t'aimait.

— Foutaise, personne ne tue des innocents par amour. Je suis cette conne d'Alice au pays des merveilles, fascinée par le lièvre avec sa montre à gousset dans la poche.

— James a envoyé à sa mère sa montre aux aiguilles qui tournent en sens inverse, une malle contenant une bouteille de champagne et cinq flûtes, une lettre et quoi d'autre encore ? S'il voulait te faire croire en la véracité du jeu, il n'aurait pas agi ainsi.

— Machiavélique Petit Poucet, mon père a semé des cailloux pour que je les suive. Il voulait tous nous envoyer dans la gueule du loup pour que je sache qui était le loup, lui ! Et si l'on allait raconter tout cela à la police, nous serions tous les deux bons pour l'asile de dingues. Comme il est mort, il faut mettre la main sur son complice disposé à achever sa pièce. Les *Petits Meurtres entre amis* sont à l'affiche !

— Tu sais, on peut imaginer que les choses aillent dans un sens, tout faire pour que cela soit le cas mais il y a des limites. Des impondérables, des rencontres fortuites qu'il n'avait peut-être pas prévus. Toi et moi, par exemple.

— Crache-le, décris-moi ta femme.

Mathias eut un mouvement de recul.

— Elle était mince, brune, naturelle et avait un léger strabisme qui lui donnait un regard touchant. Elle remontait toujours ses lunettes en écaille sur son nez lorsque quelque chose l'agaçait. Oui, elle avait un charme fou et te ressemblait.

— Tout était planifié. Toi, moi, notre rencontre. Cela va aller crescendo. Je ne vois qu'une seule solution et elle ne m'enchante pas.

— Laquelle ?

— Je vais appeler ma mère. Elle roucoule probablement dans les bras de son troisième mari mais elle va m'écouter et nous filer un coup de main.

— En quoi crois-tu qu'elle puisse t'aider ?

— Mon père, elle était en contact avec lui, il se peut qu'elle sache quelque chose à son sujet. En plus, elle aura un avis sûr. Si notre thèse tient la route, elle me le dira clairement. Mon jeu, elle le connaît, enfin la version farfelue, l'arnaque ne lui a même pas effleuré l'esprit. Pour elle, je suis une gamine qui a la tête dans les nuages, différente des autres gosses mais elle ne pouvait imaginer que j'étais capable de concevoir des horreurs pour me faire du fric ! Elle a farfouillé dans mes affaires et a lu mes notes sur mon petit carnet, j'en suis persuadée. Qu'elle en ait fait part à mon père, voire accompli un geste insensé en suivant les dernières volontés de mon père, elle en aurait été capable. Elle était au funérarium avec moi.

— La superbe femme qui était sur le bateau avec toi, celle qui sortait tout droit des pages d'un magazine de mode…

— Ma mère prend bien plus soin que moi de son apparence. Elle a engendré un vilain petit canard, néanmoins sa vilaine petite canne de fille, elle acceptera de l'aider. Inutile de la prévenir de notre arrivée. Nous allons faire une entrée tonitruante, nous incruster dans sa petite fête !

XXXIII

GRETA ET LES LOUPS

Sortie de la Citadelle – Près de la poudrière de l'Avancée

C'était la troisième fois que Clémence se retournait. Ces haltes intempestives les ralentissaient. Colère rentrée, Greta se calait sur la progression chaotique de son amie. La quatrième fois, Greta s'emporta.

— Bon, qu'est-ce qu'il se passe ?

Levant les bras au ciel, Clémence déclama :

— N'allons point plus avant. Demeurons, chère Greta.

Clémence, dans une emportée lyrique quelque peu alcoolisée, accommodait-elle du Racine à une sauce personnelle ? Greta en resta ébahie, attendant la suite de la tirade au début totalement décalé. Feignant de s'évanouir, Clémence renchérit.

— Je ne me soutiens plus, un loup est sur nos pas.

Clémence, drapée dans son étole, ne pouvait

décrire la bête mais elle la sentait dans son dos, dressée sur les pattes arrière, les yeux brillant dans la nuit.

— Un loup ! s'exclama Greta, excédée.

Malheureusement pour Clémence, son subterfuge théâtral pour alerter Greta avait eu l'effet inverse à celui escompté. La perte de crédit de son annonce la fit redescendre sur terre.

— Ne hurle pas. Tu veux qu'il nous dévore ? Quelle est la seule bête capable d'avancer à pas de loup, tapie dans l'ombre avec ses coussinets qui s'enfoncent dans l'herbe silencieusement ? Le loup, Greta, le loup. Mais, moi, j'ai du flair. Les loups sont aux portes de la Citadelle, ma chérie…

Marcher aurait dû la dégriser, songea Greta. Mais si marcher ne faisait que produire des hallucinations et transformer son amie en une Phèdre à l'esprit embrumé, elle allait devoir trouver un coin tranquille pour que Clémence reprenne ses esprits. Si les cellules de dégrisement foisonnaient dans une citadelle pleine de geôles, elle leur tournait malheureusement le dos. Prête à abandonner son amie près du corps de garde, Greta eut soudainement des scrupules. Seule, en proie à ses visions, Clémence aurait pu se blesser, cherchant querelle à un chien, voire escaladant un terre-plein pour pourchasser l'animal. Déjà que, de ses trois relations parisiennes, deux d'entre elles semblaient s'être passé le mot pour lui fausser compagnie, la troisième, bien qu'à ses côtés, aurait pu s'échapper. Clémence avait la tête ailleurs, ou même perdu la tête. Greta s'adressa à son amie avec compassion, voire avec une bienveillance dont elle n'était pas coutumière.

— N'aie crainte, je suis là et je te protégerai. Tu le sais, je suis une fille du pays. Les loups, cela me connaît.

Bras dessus, bras dessous, perchées sur leurs hauts talons dans leurs robes de lumière, étole et capeline jetées sur leurs épaules, elles reprirent leur route, en suivant l'allée. Clémence se sentait en confiance, ne sachant où elle allait mais avec qui elle allait, avec une Belliloise dresseuse de loups.

Direction la Belle Fontaine, là où tout avait débuté, songeait Greta. Un premier baiser, un premier amour, une première nuit d'amour. À cette époque, elle avait encore les genoux cagneux de l'adolescente et lui, les mains toujours potelées d'un enfant. Avec les années, les corps changent et les défauts d'hier peuvent demeurer dans les souvenirs comme étant les plus sensuelles des qualités. « Il aurait pu prendre des précautions », lui avait asséné sa mère dès qu'elle avait appris sa grossesse. Selon elle, sa fille était enceinte parce qu'elle avait couché avec un garçon sans que celui-ci prenne les fameuses précautions. James en avait pris, des précautions, mais pas celles que sa mère entendait. Le précautionneux garçon avait apporté une serviette de plage en pleine nuit à son rendez-vous amoureux. Touchante attention pour que sa princesse ne salisse pas sa robe en la maculant d'herbe et de terre humide.

Avec les années, Greta s'était lassée des attentions des hommes, surtout des fausses. En ce qui concernait son dernier amant, il en manquait tout simplement. Hugo ne l'avait jamais aimée. Il la considérait comme une écervelée entourée de femmes toutes aussi écervelées qu'elle, courant les boutiques pour dénicher le dernier sac à la mode, postant des photos sur le Net à toutes ses copines dès que l'objet tant convoité se retrouvait en sa possession. Il n'avait jamais porté le moindre intérêt à sa vie, tout juste l'avait-il interpellée sur son séjour au Japon. Il était l'amant uniquement. On n'épouse pas un amant, pas plus qu'un ami.

Vincent était son ami.

Jusqu'à ce matin, elle ne voyait en lui que l'ami. Mais elle doutait désormais parce que Vincent lui avait fait une étrange confidence, lui rapportant un rêve. Ce soir encore, elle s'interrogeait intérieurement. Quelle attitude adopter si un ami proche avoue que, la nuit dernière, il a rêvé de ta personne ? S'abstenir de poser la question qui te brûle les lèvres ou bien la lui poser ? Trouver des formes pour la poser. S'enquérir du rêve, de son environnement, enfin de ce que tu faisais là, au milieu des songes de ton ami. Avant de demander dans quelle tenue, voire si totalement nue, tu te retrouvais à ses côtés, mieux valait se taire avant d'expliciter le sous-entendu et attendre la suite, drapée dans ta stupéfaction. C'est ce qu'elle avait fait. Inavouable avait été la réponse à une question qu'elle n'avait même pas osé formuler. En un mot, un seul, Greta avait reçu toutes les explications. Tout mais réellement tout s'était projeté sur cet inavouable. Position suggestive, nudité, fantasmes les plus élaborés ; lesquels, la minute précédente, elle n'avait pas même envisagé partager avec cet ami. Comment s'était-elle retrouvée là, au milieu du songe de Vincent, dans ses bras, nue alors qu'elle n'avait rien demandé ? Avait-elle suggéré quoi que ce soit ? Évidemment, les femmes suggèrent en dénudant une épaule, en humectant leurs lèvres, en souriant sans penser à mal. Les femmes pensent-elles à mal ? Elles séduisent volontairement avec un naturel feint et Greta était une femme pour son ami. Ce matin, à l'hôtel, Vincent lui avait dit qu'il avait rêvé d'elle, elle qui allait se marier quelques heures plus tard avec un autre.

Clémence la bouscula d'un coup de coude et s'arrêta de marcher.

— Greta, est-ce que tu crois que Vincent a un petit faible pour moi ?

Faire mine de ne pas avoir entendu fut l'attitude qu'adopta Greta. Clémence renchérit :

— Des signes, il m'a envoyé des signaux, rien qu'à la mairie tout à l'heure, il s'est frotté à moi.

Tandis que Clémence se mettait à glousser, Greta eut de la peine pour son amie.

— Inutile de perdre ton temps. Vincent fantasme sur toutes les femmes.

Déçue, Clémence s'écarta de Greta. La réponse n'était pas à la hauteur de ses espérances mais elle la relativisa. Greta venait de se prendre une sacrée claque à la suite de la désertion d'Hugo. N'importe quelle femme dans sa situation aurait été désabusée, rejetant tous les hommes, les entassant dans un même panier de crabes. Vincent lui plaisait, quoiqu'en pense Greta. La réciprocité ne tarderait à venir, selon elle.

Greta avait bien d'autres pensées en tête, bien plus sombres. Elle se souvint du 1er avril. Elle avait encore en mémoire cette pièce au décor d'une sobriété de circonstance et les trois couronnes de lys posées sur le sol. Simplicité du lieu avec un côté bord de mer, un plafond bas, une lumière rasante provenant d'une fenêtre de toit, des représentations de phares sur un mur, un aquarium pour donner de la vie. C'était la première fois qu'elle passait la porte de l'établissement. Avant que ne soit construit ce funérarium sur l'île, les corps étaient conservés dans la chambre mortuaire de l'hôpital Yves-Lanco, qui avait servi durant des décennies de chambre funéraire à la suite d'une autorisation spéciale.

— Clémence, j'aimerais que tu m'écoutes. C'est à propos d'un évènement qui s'est produit le jour de l'enterrement de James.

— Oui, triste jour, celui des poissons…

— Effectivement, le 1er avril. Vincent a débarqué avec Hugo du bateau, puis tous les deux ont pris une voiture de location pour se rendre à Sauzon. L'office funéraire devait avoir lieu en milieu d'après-midi à l'église et ils avaient quelques heures à perdre, enfin à occuper simplement. Hugo a certainement prétexté avoir à passer quelques coups de fil professionnels, laissant seul Vincent dans un café au port de Sauzon. Il lui a suffi de quelques minutes pour se rendre à pied au funérarium du Ponant.

— Hugo était au funérarium ?

— Lui et les autres. Ce 1er avril, j'étais moi aussi sur les lieux.

Clémence bougonna :

— Tu n'étais pas à Tokyo avec Toshima ?

— Non, j'ai avancé mon retour de quarante-huit heures dès que j'ai su que James avait eu un accident mortel. J'ai à peine eu le temps de poser mes valises à Paris, de prévenir Argy, de la récupérer en banlieue pour prendre enfin la route au volant de ma voiture. J'étais sous le choc et, avec le décalage horaire, je tenais à peine debout.

— C'était qui, les autres ?

— Il y avait la mère de James, Éléonore, totalement abattue. Elle pleurait, assise sur une chaise à l'extérieur de la chambre funéraire. Elle ne m'a pas vue. C'était préférable parce que pour elle je suis une diablesse. Argy en a profité, elle aussi, pour faire ses adieux à son père. C'était mieux ainsi, qu'Éléonore ne nous voit pas, ni moi, ni Argy, nous recueillir sur le corps de son fils. Nous disposions de peu de temps et je me tenais sur mes gardes par crainte que nous soyons découvertes. Ma fille, de façon incessante, voire dérangeante, regardait la dépouille de son père, son regard suivait avec insistance chaque détail visible de l'anatomie de James. Les doigts longs et fins, le cou puissant, les sourcils bruns, les lèvres, le front maquillé de façon exagérée pour masquer la plaie, une mèche de cheveux avait été positionnée sur la partie droite du front de James. Les paupières closes de son père, je me suis demandé si, par la force de l'esprit, Argy n'allait pas réussir à les faire se soulever. Elle ne cherchait pas la résurrection mais à voir la couleur des iris de son père. Je ne l'ai pas quittée une minute des yeux. Seul geste de sa part, une légère caresse au niveau du poignet droit de James, mais à aucun moment elle n'aurait pu mettre le portable dans le cercueil avant qu'il ne soit fermé.

— Je te pensais brouillée avec ta fille.

— Effectivement. Trois mois que je ne l'avais pas vue et je n'imaginais pas la voir réapparaître dans mes pattes si vite. Le 1er avril, l'ambiance était électrique mais elle était avec moi dans cette pièce où reposait son père. Et puis, tout a basculé. Lorsque j'ai entendu la voix d'Hugo, j'ai aussitôt attrapé Argy par le bras pour l'entraîner en direction des toilettes. Nous étions fautives de quoi ? D'être là ? Argy s'est passé de l'eau sur le visage et moi, l'oreille collée à la porte, j'ai entendu Hugo adresser ses condoléances à Éléonore puis repartir. Ensuite, j'ai écouté leurs voix, celle d'Éléonore emplie de larmes et celle de ma mère réconfortante face à la tragédie vécue par sa vieille amie. Voilà, ni Argy ni moi ne sommes allées à l'église de Sauzon et nous avons repris le bateau alors que l'enterrement religieux avait lieu.

Clémence eut soudain une révélation.

— Ainsi, trois personnes auraient pu glisser sournoisement le portable dans le cercueil.

— Ne cherche pas, c'est évidemment Hugo parce que James lui avait confié cette mission. La raison reste un mystère : un pacte, un gage d'amitié ou un acte commandé et grassement payé à l'avance. En revanche, je ne m'explique pas pourquoi Hugo a forcé Vincent à passer ce coup de fil dans l'église. Était-ce une suite commandée par le père de Argy ? James a mis en scène sa mort.

Cette confidence aurait dû perturber Clémence mais cette dernière parla calmement.

— Ma chérie, tu as l'art de choisir tes hommes. Tous des loups !

XXXIV

HUGO PARLE ENFIN

Sortie de la Citadelle – Porte de l'Avancée

Clémence trottinait, attentive à ce que ses talons hauts ne viennent pas heurter un indélicat caillou pointu placé sur son trajet. Le dédale d'allées et les fortifications bastionnées lui avaient donné le tournis. Consciente de la traîtrise de son corps qui se mettait à vaciller et risquait d'entraîner sa chute, elle avait préféré ralentir la cadence. Entre l'obscurité environnante et la présence de deux loups parlant polonais – de cela, elle en avait la certitude, c'était du polonais – elle vivait l'enfer. Lorsque la sonnerie du téléphone de Greta retentit, elle se transforma en une statue de pierre.

Greta sursauta. Était-ce Hugo ou bien Vincent ? Greta fut irritée en découvrant un numéro inconnu s'afficher sur l'écran. Qui cherchait à la joindre ? Elle pressa le pas et prit l'appel, la boule au ventre.

— C'est Argy. Il faut que je te parle, c'est urgent. Je te dérange ?

Bien que décontenancée, elle n'en fit rien paraître en répondant d'un ton détaché :

— Pas vraiment. D'ailleurs, moi aussi je souhaitais m'entretenir avec toi. Ta grand-mère m'a appris que tu étais à Belle-Île.

— Le jour était mal choisi pour lui faire une visite surprise mais c'est ainsi. Bon, j'arrive à la réception, pourrais-tu m'attendre à l'extérieur de la salle ? Inutile que Grand'mam nous voie ensemble, elle s'imaginerait que je suis prête à faire un scandale alors que je n'en ai nullement l'intention.

— Sage décision. Quoi qu'il en soit, tu n'as plus à te soucier du mariage, des invités et du qu'en-dira-t-on.

À l'autre bout du fil, Argy sourit en entendant l'expression puis attendit la suite.

— D'ailleurs, j'ai quitté le cocktail, tu peux me rejoindre à la Belle Fontaine. J'y serai d'ici un bon quart d'heure.

Surprise, tout autant par le départ de sa mère de la réception que par l'insolite du lieu du rendez-vous, elle s'exclama.

— À l'aiguade Vauban ?

— Exactement, là où ton père a trouvé la mort. Fais attention à toi.

La conversation s'arrêta net sur cette phrase qui laissa Argy désarçonnée. Sa mère s'inquiétait-elle pour elle ?

Greta avait raccroché. Perplexe, elle songea à

Argy. Comment en était-elle arrivée à ne plus la supporter au fil des années ? Elle l'aimait tout en la maudissant, Argy et sa crise d'adolescence qui n'en finissait pas, et aussi ses rêves de célébrité ou encore ses créations d'un goût douteux, voire son jeu aux règles impossibles. Que dire face aux reproches incessants d'une fille de père inconnu, déplorant d'avoir une mère absente et des grands-parents trop protecteurs ? Se taire, faire la sourde oreille, accepter et prier pour qu'un jour sa fille lui pardonne son dilettantisme maternel.

Clémence fit un pas de côté pour se rapprocher de Greta.

— C'était qui, au bout du fil ?

Comme Greta n'était pas décidée à lui répondre, Clémence se mit à sautiller sur place, elle grelottait. Son diagnostic oscillait entre état grippal et malaria latente. Rarement enrhumée, elle s'imaginait facilement être emportée par une maladie orpheline en pleine fleur de l'âge. Son hypocondrie n'incluait pas les effets nauséeux provoqués par une absorption rapide et excessive de champagne. Frissonnante, elle préféra ne pas aggraver son cas en se concentrant sur un tout autre sujet.

— Bon, je dois te l'avouer, j'ai récupéré le portable d'Hugo sur les marches de l'escalier de la mairie et je l'ai fourré dans mon sac. Mais je ne me suis pas permis de le consulter.

— Tu mens.

— Bien vu. J'ai tenté mais je n'avais pas le code. Peut-être que tu aurais une petite idée ?

La halte fut salutaire, permettant à Clémence de faire tomber son rythme cardiaque. Un infarctus n'était pas à exclure. Elle farfouilla dans son sac pour en sortir le portable d'Hugo, qu'elle tendit négligemment à Greta.

— Et si on lui passait un coup de fil ?

Greta, bien que surprise par la proposition, ne la rejeta pas et même passa l'appel de son portable. La messagerie vocale s'enclencha aussitôt. La voix d'Hugo leur parvint, claire, extrêmement posée « Vous êtes bien sur la messagerie d'Hugo Petrowsky. Qui que vous soyez, écoutez bien ce que j'ai à vous dire. Je suis le second sur la liste. J'enregistre ce message pour que celui qui m'appelle prévienne ceux qui ont encore quelque chance de s'en tirer. Sur la liste sont nommés James, moi en deuxième position, Vincent et un certain Mathias. J'ai décidé de reprendre la méthode de James en réalisant cet enregistrement. Elle a fonctionné, son corps a été autopsié et la police recherche désormais l'assassin. Franchement, je garde espoir que je ne subirai pas le même sort que James. Tout ce que je sais, je l'ai expliqué sur une vidéo enregistrée sur mon portable. »

Les coudes collés contre ses hanches, Clémence agitait ses mains, ses longs doigts pianotaient dans l'air.

— C'est quoi ce délire ?

Elle semblait faire sécher un vernis à ongles, en soufflant sur le bout de ses doigts pour accélérer l'action imaginaire. Surréaliste tableau qui en disait long sur son désarroi.

— Greta, maintenant que tu as le portable d'Hugo, trouve-nous cette vidéo. Je suis borderline !

Greta fit peu de cas de la panique de son amie et agit promptement.

Sans aucune difficulté, elle déverrouilla l'accès au portable d'Hugo, le code étant la date anniversaire de ce dernier. Soudain, apparut sur l'écran le visage blême d'Hugo. Yeux exorbités et souffle court, il se mit à parler.

« Je m'appelle Hugo Petrowsky. Dans quelques minutes, je vais déposer mon portable contenant cette vidéo à la porte de la mairie de Le Palais. Je devais me marier mais je préfère fuir pour sauver ma peau. Si, cette nuit, je trouve un bateau qui peut me ramener sur le continent, j'embarque vite fait parce que je viens d'apprendre de la bouche de la mère de James, une folle qu'il serait bon d'enfermer, soit dit en passant, les noms des prochaines victimes et je figure parmi elles, en seconde position. Aberrant, je ne suis même pas joueur et ma tête est mise à prix parce que j'ai participé à un jeu ! Non, à une mise à mort ! Comment je sais que c'est mon tour d'y passer ? Je viens d'être averti que je n'avais plus à quitter la France, ce qui signifie que je viens de gagner le bon gros bonus, ma naturalisation. Surréaliste ! James et son addiction au jeu, tout est sa faute ! À ce jeu, il a cru dur comme fer. C'était miraculeux, le bonheur tombait du ciel selon lui. Il avait tenté sa chance et se sentait pousser des ailes, revivre parce que totalement guéri. C'était si simple de participer à la grande loterie, passer un appel, remettre un code et *Vamos* ! Franchement, il avait pété les plombs et prenait ses désirs pour des réalités. Avec son décès, le jeu prenait fin et c'était mieux ainsi. Son assassinat m'a inquiété mais James ne devait pas avoir que des amis, voire des ennemis capables de lui faire la peau. Et puis, cet après-midi, tout a basculé, je m'apprêtais à rejoindre ma merveilleuse Greta à la mairie lorsque j'ai reçu une carte de Belle-Île sur mon portable, elle était interactive et il m'était proposé de pointer le lieu de mon choix pour obtenir mon bonus. Soudain, la localisation de la mairie de Le Palais s'est affichée, un point lumineux clignotait sur mon écran. Instinctivement, j'ai posé le doigt sur la carte, songeant à la cérémonie de mariage. À peine venais-je de retirer mon doigt qu'un chronomètre s'est affiché sur mon écran, un compte à rebours. J'étais paniqué, me demandant si James avait posé son index sur l'hôpital de l'île, priant pour une rémission. Tout cela n'avait aucun sens.

Ce n'est qu'aujourd'hui que je viens de comprendre que ce simulacre de jeu n'a qu'un seul objectif, donner la mort. Dès qu'un joueur disparaît, le suivant n'a plus qu'à attendre sa mise à mort. Putain, moi aussi, je vais crever ! La porte de la mairie, je vais la franchir mais je ne vais pas monter les marches, je vais me défiler. Je pourrais me battre, chercher le meurtrier de James, l'instigateur de cette misérable tragicomédie mais il est bien trop habile. Je n'ai même pas d'arme. D'ailleurs, ce type n'a pas de mobile, uniquement un but : jouer jusqu'à ce que mort s'ensuive. Je ne fais que reproduire ce qu'a fait James, je jette une bouteille à la mer, un message enregistré pour que l'assassin paie. Il faut que le jeu cesse ! Ce foutu jeu sorti tout droit de la caboche de cette fêlée d'Argynnis. »

— Ma belle, ta fille ne se prénomme-t-elle pas Argynnis ? questionna Clémence en donnant un coup de coude dans les côtes de Greta.

Le portable se retrouva dans l'herbe. Toutes les deux s'accroupirent pour écouter la suite de la confession. Sur l'écran, l'image sautillait, Hugo semblait courir tout en continuant à enregistrer.

« Guéri de sa maladie incurable, enfin c'est ce que James ne cessait pas de répéter. Il m'avait fait promettre, si jamais il venait à décéder accidentellement, de faire en sorte qu'il soit enterré avec son portable. Comme il ne voulait pas qu'un employé des pompes funèbres le déleste de son précieux bien, il m'avait suggéré de le déposer au dernier moment dans le cercueil. Je ne voulais pas lui avouer que sa guérison me surprenait tout autant que cette proposition, aussi j'ai accepté de suivre ses instructions dans l'éventualité d'une mort prématurée. Pour ne pas le peiner, je lui ai dit avec force conviction que c'était une étrange proposition qu'il me faisait et j'ai rajouté que s'il s'en était sorti du cancer, ce n'était pas pour mourir accidentellement en traversant la route. Mais il m'a fait néanmoins jurer d'agir selon son vœu le plus cher. Vincent, si tu regardes un jour cet enregistrement, je veux que tu saches pourquoi je ne t'ai pas mis dans la confidence. Eh oui, mon ami, je ne te fais plus vraiment confiance. Toi, ne m'as-tu pas caché certaines choses, par exemple le numéro de cette soi-disant Daphné qui n'était autre que celui du portable de James ? Tu es dans le coup toi aussi, tu es sur cette liste… celle que la mère de James a mâchée. Le secret est au fond de sa gorge. Cette forcenée m'a drogué. Je suis resté complètement KO durant près de deux heures. Elle aurait pu m'empoisonner mais elle n'en avait pas l'intention. Je ne sais que penser d'elle. Vincent, quelle que soit ton implication, si tu vois cette vidéo, fuis cette île ! Et aussi, jette ton téléphone à la mer ! Je suis persuadé que toi aussi tu as vendu ton âme au diable en acceptant de participer au jeu de la mort ! J'ai pris contact avec… »

Faute de batterie, la vidéo prit fin. Clémence pesta.

— Rien compris à cette histoire. Enfin, Hugo m'a tout l'air de crever de trouille. Il a bien dit qu'il allait sauter sur le pont du premier bateau qui largue les amarres.

Greta était extrêmement inquiète et sa préoccupation ne concernait pas uniquement le sort d'Hugo. L'évocation du prénom Daphné la contrariait tout autant. Sans le faire paraître, elle répondit :

— Oui, plus de ferry. Il doit être sur les pontons…

— À faire du stop boat !

— Qu'il ait pu regagner le continent serait une bonne nouvelle.

— Avoue, tu tiens encore à lui, même après l'affront qu'il t'a fait subir.

— Je préfère un ex-futur mari vivant qu'un mari décédé. Le noir ne sied pas à mon teint.

— Comment peux-tu tourner en dérision une affaire aussi grave ? Tout de même, tu l'aimes encore un peu ?

— Suffisamment pour vouloir le savoir loin de moi mais en vie.

La seule conclusion possible pour Clémence, c'est que Greta n'aimait et n'aimerait jamais Hugo. Elle-même était totalement bouleversée parce que Vincent, l'homme qui faisait battre son cœur, se trouvait probablement en péril. Soudain, elle plissa les paupières ; avant de penser aux autres, elle devait se recentrer sur sa propre personne.

— Greta, c'est un peu embrouillé dans ma tête. Vincent et Hugo seraient en danger, pistés par l'assassin de James. Et nous, qu'est-ce que l'on fait ici en pleine nuit avec un *serial killer* qui rôde dans le coin ? Bon, le rassurant dans toute cette déplorable mésaventure, c'est que le type préfère assassiner les hommes. Mais s'il venait à changer d'avis, à s'en prendre à nous deux, belles et innocentes femmes ? Je crois que nous devrions rentrer à l'hôtel pour nous mettre à l'abri, parce qu'en plus il y a des loups polonais qui sont sur nos traces ! On se met à l'abri, ensuite on alerte la police et on leur présente cette vidéo. En résumé, inutile de nous rendre à cette Belle Fontaine. D'ailleurs, pourquoi veux-tu aller là-bas ? Et puis, en quoi ta fille, Argynnis, est-elle impliquée dans cette sordide affaire ?

— Hugo ne connaît même pas le prénom de ma fille. Je crois qu'il s'en contrefichait que j'eusse déjà une fille.

— Moi, je le sais. Alors, Argynnis, qu'est-ce qu'elle vient faire dans tout ce micmac ?

— La conception, ma chère Clémence.

— Elle a conçu un jeu si j'ai bien suivi…

— Erreur d'appréciation. Ma fille a été conçue à la Belle Fontaine.

XXXV

GRETA SE SOUVIENT

Sortie de la Citadelle – Porte de l'Avancée

Entre un assassin rôdeur et des loups errants, les palpitations cardiaques de Clémence prenaient des tours. De plus, l'idée de rentrer seule à l'hôtel en pleine nuit ne lui convenait guère. Greta portait une force et une détermination en elle qui la rassurait bien plus. Elle allait la suivre, bombe antiagression à portée de main. Le parking où Greta avait garé sa voiture de location ne devait pas être bien loin. Clémence heurta un parapet et se rattrapa au bras de Greta, tout en poussant des petits cris de douleur. Elle gémissait mais préférait ne pas réveiller les ennemis qui les cernaient, tapis dans l'ombre. Ils étaient là mais elle seule percevait leurs mouvements furtifs, leurs ombres fuyantes.

Greta lui dit avec calme :

— L'hématome. Seconde peau faite de bleus et d'ecchymoses, peau brunie par le soleil, meurtrie par les coups des autres garnements, griffée par les épines des ronciers. Se battre comme des chiffonniers – d'ailleurs les chiffonniers se battent-ils ? Enfants, nous aimions tant nous battre.

Clémence ne savait si Greta s'adressait à elle ou se parlait à elle-même. Si les propos évocateurs de l'enfance de son amie sur l'île lui importaient peu, la cadence moins soutenue de leur progression lui plaisait bien plus.

Accrochée au bras de sa dresseuse de loups, Clémence relança par « Vous battre ? », relance qui ne perturba en rien la confidence. Greta parla, revivant le passé.

— Sur la plage de Port Guen, lorsque, en fin d'après-midi, les adultes rangeaient parasols, serviettes et bouées canard de leurs progénitures, nous trépignions. Nous attendions de reprendre possession de notre merveilleuse crique, de notre terrain de jeu ou, mieux, de combat. La guerre ne se déclarait pas, elle se préparait et avait lieu simplement, sans coup de semonce. Confectionner des boules de sable, tout un art dans lequel nous excellions plus ou moins selon nos âges respectifs. Certains lançaient, d'autres fabriquaient ou encore humidifiaient. Les plus vaillants ne concevaient pas de projeter avec rage sur l'ennemi un projectile qui ne soit pas leur œuvre. Taylorisme parfois avec la fragmentation des tâches, individualisme des francs-tireurs, collectivisme, opérateurs inféodés au leader, petites mains de 8 ans, chef de bande de 15. Sans en prendre conscience, nous avions déjà dans notre tribu de gosses toutes les cartes en main, celles qui feraient de nous ce que nous serions demain, notre avenir en somme. James fabriquait puis lançait en poussant des cris de guerre.

Clémence soupira, l'attitude de son amie la désappointait. Ce soir, Greta, qui aurait dû être mariée à Hugo, un homme indubitablement en danger de mort, laissait ses souvenirs l'envahir et ressassait un amour perdu, celui porté à un autre homme. Si James entrait curieusement en scène, par une porte dérobée, Greta semblait néanmoins bien décidée à l'ouvrir, en se laissant aller à des confidences. Alors que Clémence grimaçait pour marquer sa désapprobation, Greta fit pivoter sa tête pour poursuivre son récit.

— Châteaux de sable alignés dans nos dos ou plutôt munitions sous des dômes. Chaque pyramide renfermait une boule de haine. Caillou au centre, couches successives de sable alternativement humide puis sec. En explosant sur la cuisse ou le bras de l'ennemi, le projectile se désintégrait, le caillou bleuissait les chairs. Sadisme latent et exposé. J'appartenais à la tribu des Parigots et James à celle des locaux. J'étais la seule de ma tribu à ne pas vivre à Paris. Trahir les miens, je l'assumais, mais ces derniers me le faisaient payer chèrement. Cible privilégiée durant nos joutes estivales, je me voyais mise à l'écart dès la rentrée scolaire. J'étais la vendue, assumant pleinement mon statut de traître, enfin plus pleinement et sereinement durant l'été. Après un combat mémorable qui s'était achevé prématurément faute de munitions, alors que James était occupé à parlementer avec ses ennemis, du coin de l'œil, il s'est mis à me lancer des regards furtifs, d'une intensité telle que j'en crus défaillir. J'ai fait mine de rien, bien décidée à éviter, tout comme ses jets de pierre, ses œillades.

Le parking était en vue et la nuit enveloppait les deux femmes, Clémence sentit la voix de Greta se teinter d'un souffle d'un amour naissant, perdu dans les limbes de sa mémoire.

— À la fin de l'été de mes 14 ans, je me suis rendue en secret à un rendez-vous pour retrouver James. Il est arrivé tout en sueur, sa serviette de bain autour du cou. Il était question pour lui de me rallier à la tribu des locaux. La rentrée scolaire se profilait ; cette proposition de ralliement augurait une mise à l'écart de mon groupe de Parisiens durant quelques jours et surtout la perspective d'une dernière année de collège bien moins solitaire. La négociation sous-entendait que j'accepte qu'il m'embrasse sur la bouche. Voilà, le deal. Ce soir-là, je portais une robe légère, un camaïeu fleuri.

— Vous avez fait l'amour à la Belle Fontaine !

— La conception. C'est dans l'herbe, face à la mer, près du chemin d'accès à l'aiguade Vauban que nous avons conçu Argy en toute innocence. Et crois-moi, les deux tourtereaux que nous étions alors ont bien vite perdu leur innocence. Cet acte d'amour, nos mères respectives nous l'ont fait payer cher dès qu'elles l'ont appris !

XXXVI

FEMMES TOUT AUTANT QUE MÈRES

Le Palais – Maison d'Éléonore

Le carillon tinta. Marie Pencoët entra. Éléonore n'avait pas tiré le verrou, fait dont elle n'était pas coutumière. Elle devait probablement s'être assoupie, mais Marie était bien décidée à la réveiller pour avoir une conversation avec elle. Avec naturel et en habituée des lieux, Marie alluma la lumière de la cuisine puis celle du salon. Elle alerta de sa venue la propriétaire en criant à plusieurs reprises :

— Éléonore, c'est Marie !

En vain. Les cinq premières marches de l'escalier gravies en silence, elle s'arrêta net pour écouter le doux ronflement. Ainsi Éléonore dormait à poings fermés au premier étage.

À peine eut-elle franchi le seuil de la chambre qu'Éléonore grogna. Le grognement se transforma rapidement en un hurlement de panique auquel Marie s'empressa de répondre.

— Éléonore, ce n'est que moi, Marie !

Le bras d'Éléonore se déplia mollement et sa main trouva à tâtons l'interrupteur de sa lampe de chevet. Se détachant d'un halo de lumière, la frêle silhouette de Marie lui apparut. Éléonore grommela :

— Tu veux ma mort. Et l'autre, ce Vincent, où est-il passé ?

— Je suis seule. Désolée de t'avoir fait peur mais c'est urgent, nous devons parler.

— En pleine nuit !

Marie fit peu de cas de la remarque tonitruante et amplement justifiée. Elle s'assit dans le crapaud face au lit, marquant ainsi sa volonté d'entamer le tête-à-tête. Éléonore se calma et redressa son corps pour caler son dos tout contre l'oreiller.

— Je t'écoute.

— Tu te doutais bien qu'un jour le passé ressurgirait. Ce jour est arrivé. Il va falloir que Argy sache qui était son père.

— Et sa seconde grand-mère !

— Je compatis et conçois ta colère. Tu as souffert de ne pouvoir l'embrasser, la border dans son lit. Toutes ces années à dissimuler cet amour pour une petite qui te connaît à peine. Je l'ai vu dans tes yeux tout à l'heure lorsque tu dévisageais Argy, cette lueur d'amour que tu as eu tant de mal à dissimuler, moi je l'ai perçue et cela m'a fait mal. La table de ton salon, ce n'était pas utile de me l'acheter, je te l'aurais volontiers offerte. Tu n'as jamais tenu Argy dans tes bras mais tu voulais poser ta tasse fumante, ta tisane du soir, sur la table créée par notre petite-fille à toutes les deux.

Nauséeuse, Éléonore s'étira.

— Tu débarques comme une voleuse chez moi, le soir où je prends un somnifère dans l'espoir de trouver enfin le sommeil… D'ailleurs, je me suis assoupie sans même prendre le temps de me déshabiller…

Après s'être bruyamment raclé la gorge, Éléonore tourna la tête en tous sens. Cet homme, ce Vincent était-il derrière la porte à écouter la conversation ?

— Marie, est-ce que tu es certaine que nous sommes seules dans la maison ?

— Aucune oreille indiscrète, je peux te l'assurer si c'est ce que tu crains.

— Je ne crains rien, ni personne. Je suis un roc ! Ainsi, tu serais venue me voir ce soir, quitte à me réveiller, pour t'apitoyer sur mon sort de grand-mère en mal d'amour. De ta sollicitude soudaine et déplacée, je n'ai nul besoin en ce moment. D'ailleurs, sache que Argy, je te l'ai laissée, j'ai fait une croix sur elle avant même la naissance de cette enfant. Des croix, j'en ai fait dans ma vie ; le père de James a été la première. Je n'ai pas hésité une seconde à tirer un trait sur lui et sur ses frasques. En quittant le Nevada et en débarquant à Belle-Île, mon île natale, avec mon fils de 6 ans sous le bras, je n'ai pensé qu'à une chose, au bien-être de James. Je voulais que mon petit grandisse loin de son père, un perfide de première, et qu'il réussisse à reprendre le cours d'une existence paisible, en lui épargnant les éclats de voix de ses parents en proie à des disputes stériles et incessantes. Par la suite, j'ai encore été capable de faire une croix sur lui, mon fils, alors qu'il n'était qu'un adolescent, en le renvoyant vivre aux États-Unis pour qu'il ne pâtisse pas toute son existence durant d'une erreur de jeunesse.

— Argy n'est plus une erreur de jeunesse. C'est du passé, tout cela.

— Si tu le dis. Alors que me vaut ta venue ici si ce n'est pas pour remuer un passé douloureux ? Est-ce parce que James vient de décéder que tu te sens soudain prise de remords ? Tu voudrais m'associer à ta décision, celle d'avouer à Argy que James était son père. Ne penses-tu pas que cette décision revient à sa mère, ta fille, Greta ?

— Ton analyse est pleine de clairvoyance. Inutile que j'invente un prétexte à ma venue chez toi ce soir, alors que la véritable raison est celle de pouvoir évoquer avec toi une sombre histoire, vieille de quelques décennies et qui me hante encore. Toutes ces années, nous sommes restées amies, plus ou moins, enfin… sur nos fins de vie, nous avons su faire preuve d'intelligence pour dépasser nos différends. Comme la révélation que je m'apprête à te faire risque de te bouleverser, voire de briser notre amitié, je préfère plaider coupable avant même de t'en faire part.

Les épaules d'Éléonore s'enfoncèrent dans le moelleux de l'oreille avec une telle force que le montant du lit vibra contre la paroi du mur de la chambre. Marie se lança :

— Il y a plus de quarante ans, j'ai eu une aventure avec ton époux. Une seule et misérable fois, j'ai fauté et trompé mon regretté mari. Oui et je l'ai payé cher. Le lendemain de ma trahison, tu reprenais le ferry avec ton conjoint, c'est toi qui partais aux États-Unis avec Charlie à ton bras et non moi. Ton bel américain coureur de jupons m'avait fait tourner la tête durant l'été que vous aviez passé ensemble sur l'île. Ainsi, le soir précédant votre départ…

— Passe-moi les détails, s'il te plaît. Je n'ai aucunement envie de les connaître. Tout au long de mon déplorable mariage, mon charmeur d'époux a mis plus d'une sauterelle sans cervelle dans son lit ; tu n'as été que l'une d'elles. J'étais au courant de votre petite aventure sans lendemain.

Marie se cabra dans le crapaud. Ainsi, Éléonore avait eu connaissance de l'adultère et ne lui en avait jamais parlé. La révélation qu'elle venait de lui faire n'en était pas une.

Éléonore s'emporta soudainement.

— Attirés comme des aimants, ta Greta et mon James ! Pulsions malsaines qu'ils n'ont pas voulu refouler. C'est comme s'ils avaient eu l'irrésistible besoin de reproduire le schéma familial !

— Que sous-entends-tu par-là ? Argy est bel et bien notre petite-fille à toutes les deux et je la crois en danger. Je suis venue ce soir pour jouer cartes sur table, t'avouer ma perfidie, expier ma faute pour tourner définitivement la page. Désormais, libérée d'un énorme poids sur ma conscience, je veux que nous enterrions la hache de guerre parce qu'il ne s'agit plus de nous mais d'elle, de notre Argy.

— Une dégénérée ! Elle a toujours eu le comportement d'une dégénérée ! Je l'ai vue grandir, se comporter étrangement, une asociale évidemment, comment aurait-il pu en être autrement ? Elle avait de qui tenir ! Notamment de sa mère !

— Greta, voilà, il fallait bien que l'on en arrive à évoquer Greta.

— Tu n'imagines tout de même pas que je n'ai pas compris qui était son père ? Greta est née précisément neuf mois après ta petite coucherie avec Charlie !

Les yeux exorbités, Marie faillit s'étouffer. En une fraction de seconde, elle analysa que son amie conservait en elle un terrible secret enfoncé bien profondément dans sa gorge depuis des décennies.

— Qu'est-ce que tu insinues ! Plus de quarante années que tu rumines… Moi qui te croyais mon amie. Lorsque tu es revenue t'installer à Belle-Île, tu aurais dû me dire que tu étais au courant pour mon aventure avec ton mari. Qu'as-tu pu croire, je n'ose l'imaginer ?

— La réalité, Greta et James ont le même sang qui coule dans leurs veines.

— James, le demi-frère de Greta ! Mais c'est absolument sordide !

Le montant du lit se mit à vibrer de nouveau et le tableau de la Vierge accroché au mur s'anima. Éléonore s'agitait.

— Tu es certaine de ce que tu avances !

— Les détails sordides ont leur importance, crois-moi. Un détail qui n'en est pas un. Ton mari ne te l'a jamais dit ?

— Quoi ?

— Qu'il s'était fait faire une vasectomie après la naissance de James.

Horrifiée, Éléonore se mit à hurler :

— Comment ? Comment étais-tu au courant et moi pas ?

— Parce qu'il me l'a avoué, simplement avoué juste avant de passer à l'acte.

Éléonore s'effondra en larmes. Des années à supputer des choses monstrueuses et la vérité éclatait enfin. Aucune parenté entre Greta et James.

Quant à Marie, tout prenait brusquement un sens nouveau pour elle. Elle comprit aussitôt pourquoi Éléonore avait envoyé au plus loin son fils alors qu'il n'était qu'adolescent, le renvoyant vivre avec l'homme qu'elle détestait le plus au monde. À ses côtés, elle sentit battre le cœur brisé d'une mère, celui d'Éléonore, son amie d'enfance. Elle conçut l'aversion portée par Éléonore à Greta. Il lui était insupportable de savoir Greta heureuse, insoutenable de voir grandir Argy, fruit de relations qu'elle avait supposé incestueuses.

Le non-dit leur avait pourri leur existence à toutes deux. Le silence fut pesant, enveloppant cette chambre et les visages ridés des deux femmes.

Éléonore rabattit le pan de sa blouse pour couvrir le haut de ses bas en nylon. Elle s'assit sur le rebord de son lit et soudain se leva.

— Que pourrais-je t'apprendre que tu ne saches déjà et qui ait un quelconque intérêt pour notre dépenaillée de petite-fille qui semble mener son enquête au sujet de la mort de son père, sans même savoir qui était son père ?

— Dépenaillée, je te l'accorde, elle l'est.

— Dégénérée, je l'ai traitée de dégénérée mais je retire ce qualificatif.

— Parfait, nous sommes au moins d'accord sur le fait que Argy manque de coquetterie. Bon, faisons le point sur ce que nous savons. James a été empoisonné et Argy a des soupçons sur l'identité du meurtrier. James aurait joué à un jeu qui aurait causé sa perte. Il lui aurait été remis une montre qui, selon Argy, attesterait de sa participation à ce jeu mortel. Cette montre, tu l'avais en ta possession jusqu'à ce soir ?

— Oui, mais c'est cet homme, ce Mathias qui l'a récupérée avant de disparaître. Je la lui ai remise parce que telles étaient les dernières volontés de mon fils.

— Quelles dernières volontés ? Un testament écrit ?

— Mon fils craignait pour sa vie et à juste titre. Il a non seulement laissé ce message prémonitoire sur son téléphone mais il s'est aussi fait expédier différents indices à mon adresse : une malle contenant un magnum de champagne, cinq flûtes, la fameuse montre et un courrier à mon attention. Il avait évoqué une liste sur son message téléphonique, il me l'a transmise par voie postale. Elle comporte quatre prénoms, celui de mon fils, d'Hugo, de Vincent et de Mathias. À mon avis, c'est la liste des joueurs.

— Quatre joueurs et Argy qui m'a dit avoir eu une fameuse idée qui pousserait sur un terreau que l'on retrouve au cimetière. C'est terrifiant, ce que tu viens de m'avouer ! Ces quatre prénoms. James a été assassiné. Hugo, qui était un ami de James puisque présent à son enterrement, pourrait bien être l'ex-futur époux de Greta, et a disparu mystérieusement aujourd'hui même. Quant à Vincent, proche de James lui aussi, il était avec moi tout à l'heure à déguster des petits fours. Il cherchait à te voir et je suis désormais certaine qu'il était chez toi, il y a peu. Tu semblais craindre qu'il ne soit encore présent chez toi alors que tu t'étais assoupie. Que ce Mathias ait pris ses jambes à son cou avec la montre de James dans sa poche après t'avoir rencontrée ne me surprend même plus.

— Mieux vaut ne pas passer la porte de ma maison ou tout du moins la fuir une fois franchie, c'est ce que tu sous-entends. Pour aller dans ton sens, Hugo est lui aussi venu me rendre une petite visite dans la journée, tout comme toi et Argy.

— Pourquoi les trois joueurs sont-ils venus te voir ?

— Ces trois hommes se savaient en danger. Ils sont venus à moi pour que je le leur confirme. Oui, ils étaient sur la liste mais tous sont ressortis vivants de chez moi, la peur au ventre mais en vie.

— Je n'en doute pas, Éléonore. Tu n'es pas méchante à ce point. Moi non plus, d'ailleurs. Nous avons toujours agi en suivant notre bonne conscience. Mais, il y a bien longtemps, ne nous sommes-nous pas trompées ? Avons-nous toutes les deux été mauvaises… femmes, amantes et mêmes mauvaises mères ?

XXXVII

GRETA SE CONFIE À CLÉMENCE

Port Larron – Aiguade Vauban

Une étoile de mer géante et pétrifiée, voilà comment Clémence aurait pu qualifier la Citadelle qu'elle venait de quitter. Avait-elle enfin abandonné le XVIe siècle au profit du XXIe ? Certes pas puisque Greta avait réussi, après lui avoir fait miroiter les lumières du bourg de Le Palais, à la ramener dans un coin perdu en la faisant traverser un lieu-dit du nom de Ripcuh. C'est à regret qu'elle était descendue de voiture pour affronter un nouveau sentier.

Clémence ajusta son étole sur ses épaules puis, comme si de rien n'était, enjamba un câble placé sur son chemin. Elle frissonna. Serait-elle un jour mère ? Un assassin n'allait-il pas abréger sa vie, par trop trépidante et bien trop courte, avant qu'elle ne connaisse les joies de l'enfantement, à moins que ce ne soit les douleurs ? Elle pressa son sac en strass tout contre son ventre. Rien que de s'imaginer enceinte la paniquait ; d'ailleurs, cette panique lui avait tenu lieu de refuge pendant de nombreuses années. Pourtant, tout au fond d'elle, son horloge biologique s'affolait, lui rappelant que la maternité n'était pas une maladie. Nerveuse, son ongle accrocha un fil et quelques éclats de strass se détachèrent du tissu de son sac. Libérés, ils se mirent à scintiller dans l'air avant de retomber dans l'herbe. Des étoiles pleuvaient sur le sol et elle se sentait prête à défaillir. Que Greta ait évoqué la conception de sa fille, acte simple pour un résultat complexe, lui donnait le tournis. Quelques minutes de plaisir pour des décennies de tracas, ainsi résumait-elle la confidence de la soirée. Greta n'avait pas 40 ans et une fille âgée de déjà 24 ans. Oubliant qu'un meurtrier rôdait, Clémence se mit à compter d'abord mentalement puis en faisant un décompte manuel, dépliant et repliant ses doigts. Cette réflexion, ardue compte tenu de son état de fatigue, elle la clôtura par une annonce :

— Greta, tu as accouché alors que tu avais une quinzaine d'années.

— Exact, j'étais une gamine. Comme tu n'as pas d'enfant, tu ne peux pas me comprendre.

— Super, c'est une pensée profonde qui me fait mal à entendre, surtout venant de toi, que je considère comme étant ma meilleure amie. Sache qu'il y a autant de mauvaises mères que de femmes qui n'ont pas eu d'enfant et auraient fait de merveilleuses mamans. Je ne sais où me placer mais je suis capable de tout entendre en matière de relations maternelles et de tout comprendre, maternité, éducation et le reste.

— Excuse-moi. Probablement que moi, je suis dans le camp des mauvaises mères mais il ne s'agit pas de ma petite personne mais de James. Il aimait sa fille à un point que tu ne peux soupçonner. J'en ai des frissons rien que de songer à ce qu'il a été capable de faire par amour. Argy a inventé un jeu et, qui mieux que son père, un accro au jeu, aurait pu se mettre à la table pour jouer. C'est ce qu'il a fait par amour. Les règles sont compliquées parce que ma fille a l'esprit tordu.

Clémence se remémora qu'Hugo sur la vidéo avait fait allusion à Argy, comme étant la conceptrice d'un curieux jeu. Mais il avait aussi qualifié ce jeu de mortel. Inquiète, elle questionna :

— Quel type de jeu ?

— Quatre hommes fortunés qui entrent un à un dans la partie.

Soulagée par cette entrée en matière relative à la gent masculine et non féminine, Clémence osa sourire.

Greta ne le remarqua pas mais reprit son souffle, comme l'aurait fait un orateur prêt à entamer une tirade.

— Il est important pour moi que tu puisses me donner un avis objectif, aussi je vais tenter de résumer avec le plus de clarté possible ce dont il s'agit. Voilà, pour être admis dans ce quatuor, il convient de poser sur la table une somme d'argent importante rien que pour envisager d'être contacté. Avant que le joueur potentiel ne se décide à concourir, il a le privilège de rencontrer un ancien joueur qui a déjà participé à une session similaire. Ce dernier lui explique avoir vécu une aventure hors du commun. Une fois convaincu, le joueur compose un numéro de téléphone secret, annonce un code et se lance dans l'aventure créée sur mesure. Il reçoit la carte d'une île sur son portable. Ma fille étant la conceptrice, elle n'a pas eu à faire preuve de beaucoup d'imagination, elle a choisi Belle-Île. Donc, il doit, enfin, c'est ce que ma fille a souhaité, se positionner dans le lieu de son choix et ouvrir les yeux pour la première fois. Sur cette île imaginaire, il y a des royaumes, une citadelle forcément, des villages avec tous les services publics, de l'hôpital à la mairie, des plages de rêve, des falaises à l'aplomb étourdissant, des prairies verdoyantes et des souterrains secrets. Tout lui est possible, voire suggéré, parce que le joueur branché a déjà émis des souhaits en se connectant sur le Net. Il a été préalablement tracé selon ses visites faites sur différents sites, ses consultations de blogs et ses téléchargements d'applications. Si, comme toi ou moi, ce joueur est adepte du bien-être et du rajeunissement, la thalassothérapie s'affiche sur cette carte. Une cure de jouvence, la fin des rides et des ridules, lui est proposée. Il peut accepter ce choix ou le refuser et se voir alors présenter un autre lieu en adéquation avec un prochain vœu. Son vœu finalement exaucé, il a l'obligation de poursuivre son périple, sinon ce premier bonus lui sera alors retiré. Mais ce joueur n'est pas le seul compétiteur à agir de la sorte ; trois autres concurrents courent aussi après leurs bonus. Dès que l'un d'eux est éliminé, les autres reçoivent un message d'alerte pour le leur signifier.

— Punaise, c'est stressant. Il doit jubiler, celui qui finit la partie, et les trois autres, ils s'en mordent les doigts !

— Pour pimenter le tout, il faut savoir que ma fille a donné au temps un rôle important à tenir. Tu vis dans l'angoisse permanente de te retrouver au pied du mur. Un sournois compte à rebours te rappelle que tu es toujours en course. Quand les quatre joueurs sont en lice, le chrono affiche vingt-quatre heures au démarrage. Si un concurrent est éliminé, c'est un chrono de seize heures, puis de huit heures pour les deux chanceux et enfin, plus rien. C'est une suite sans fin, toujours plus de cadeaux avec l'angoisse permanente de tout perdre.

— Comment le gars se fait éliminer ?

— Excellente question. Si, dans ta session de jeu, un des trois autres joueurs obtient un bonus identique au tien, tout s'arrête pour toi. Fin de match. D'autant plus délicat que tu ne connais pas les trois autres joueurs, donc tu ne peux pas soupçonner s'ils ont le même profil que toi, les mêmes envies, les mêmes souhaits. Il te faut faire preuve d'originalité dans tes choix de vœux. Le gagnant est celui qui reste en compétition jusqu'à la fin. Il conserve l'ensemble des bonus.

— Pour ma part, ce serait la jeunesse et des tas de mecs à mes pieds… Il ne faudrait pas que nous nous retrouvions dans la même partie, je perdrais tout. Tu voulais mon avis ; les règles sont compliquées mais je ferais un effort pour gagner, d'autant plus si j'avais payé pour participer. Pas question de lâcher le morceau. En fait, pas mal du tout. Mais qui choisit les quatre joueurs ?

— Aléatoire… En fait, celui qui administre le jeu, celui-là même qui empoche l'argent de tous ces joueurs.

— Ta fille ?

— Elle a eu l'idée uniquement. Elle a tout noté dans un petit cahier. Concrétiser son idée lui aurait demandé de mettre en place une logistique importante, donc de mobiliser de sacrés moyens financiers pour avoir une chance infime de démarrer ce jeu. Quand bien même elle aurait pu, franchement, il lui aurait été impossible de trouver des joueurs acceptant de payer pour se mettre à la table. La crédulité a des limites. Le père Noël n'existe pas.

— La cure de jouvence, ce n'est pas pour demain !

— Concept irréalisable mais que son père aurait pris au pied de la lettre, rien que pour faire croire à sa fille qu'elle était un petit génie.

— Incroyable !

— Il voulait que sa fille soit au courant que son jeu avait été mis en place au moins pour une session. Pour l'avertir que son jeu avait démarré, James avait glissé le mot de passe qu'elle avait choisi « *Un Supersaurus* » dans une annonce qu'il avait fait publier dans un quotidien régional. Argy suit toutes les infos locales et n'allait pas manquer de remarquer ce Supersaurus. Le plus fou, c'est que la publicité pour ce jeu est parue le jour même de la publication du décès de James. Quel pied de nez !

— Il n'avait pas prévu qu'il se ferait assassiner ! s'exclama Clémence mais elle se reprit rapidement. Bon, un peu quand même, et oui le message sur son portable. Et si nous nous trompions, si James voulait mourir ? Peut-être que son souhait le plus cher était d'en finir avec la vie, de l'abréger parce qu'il était atteint d'une maladie en phase terminale. Imagine qu'il ait voulu que la police enquête et que ce jeu soit dévoilé au grand jour.

— Machiavélique, voire séduisante idée qui m'a d'ailleurs plus qu'effleuré l'esprit. En y mettant les moyens, James aurait très bien pu non seulement ouvrir une plateforme d'appel pour que le joueur puisse se connecter mais encore s'offrir les services d'une start-up pour développer une application en ligne. Une carte de l'île interactive pour que le joueur se positionne, un compte à rebours ou une montre virtuelle pour la durée du jeu. Quant au choix des quatre joueurs, il se le serait bien évidemment gardé, se conservant la place du premier de la liste et en y inscrivant Vincent et Hugo, ses amis. Sur la vidéo que nous venons de visionner, Hugo l'a explicité clairement, il a participé à un jeu et obtenu sa naturalisation, son vœu le plus cher. De plus, il est persuadé que Vincent a lui aussi été contacté pour jouer. Quatre joueurs James, Hugo, Vincent et un inconnu, Mathias selon les dires d'Hugo.

— Vincent et Hugo se seraient fait piéger par James. C'est dingue parce que je me souviens qu'une bonne semaine après l'enterrement de James, Vincent a fait allusion à un jeu du cirque, une histoire de code PIN… Et ce quatrième joueur, il pourrait bien être l'assassin ? Un prénom, Mathias, nous n'avons rien d'autre, c'est court… Ah non, un autre, celui de Daphné.

Greta murmura :

— Ma fille n'a jamais été une douce colombe, et son père le savait tout comme moi. La dernière fois que j'ai adressé la parole à Argy, la discussion a été des plus houleuses. Quant à James, je le crois capable d'avoir eu des intentions malsaines !

Clémence donna un petit coude à Greta, et elle chuchota :

— Derrière les buissons, les yeux rouges cernés par deux halos blancs, tu les vois ?

Excédée, Greta se mit à scruter les buissons et, n'apercevant rien, lui répondit.

— Un loup, ma chérie. Forcément le gros méchant loup. Alors pour qu'il ne nous dévore pas, presse un peu le pas. Nous allons remonter jusqu'au poste du garde-côte, nous y serons à l'abri du vent pour attendre Vincent et aussi Argy. La vérité, je la dois bien à ma fille, et c'est ici que je compte la lui livrer.

XXXVIII

L'ASSOCIÉ

Le Palais

Si Argy ne savait pas pourquoi sa mère lui avait fixé rendez-vous à la Belle Fontaine, elle avait l'intime conviction qu'avoir une conversation avec elle lui permettrait d'éclaircir un point crucial : était-ce elle qui avait appris à son père l'existence de son jeu ? Mathias avait accepté de rebrousser chemin pour la suivre. Revenir sur ses pas et risquer de croiser les amis du poissonnier dans le bourg ne lui plaisait guère. Il rasait les murs. Pour que Mathias accepte de se presser un peu, voire admette de voler de nouveau un véhicule, elle devait le convaincre du bien-fondé de sa décision.

— Au point où nous en sommes dans nos relations éclair, je ne vois pas d'autre solution que celle de tout te dire. Ce matin, en débarquant à Belle-Île, je croyais savoir qui avait tué mon père.

Trébuchant sur le bord du trottoir, Mathias retrouva son équilibre avec peine.

— Mathias, je soupçonnais mon maudit associé ! Désormais, je doute sacrément qu'il ait fait quoi que ce soit. Mais avant de le disculper, il faut absolument que je rencontre ma mère. Elle pourrait répondre à une question capitale. Est-ce qu'elle a parlé à James du contenu de mon petit cahier ?

— Quel cahier ?

— J'ai noté les moindres détails de mon jeu dans un petit carnet, en omettant d'inscrire que c'était une escroquerie. Ce carnet ne me quitte pratiquement jamais, mais je suis certaine que ma mère l'a feuilleté en prenant soin de ne pas me le subtiliser. Elle aurait très bien pu parler à mon père de mon calepin. Jamais elle ne m'a avoué être restée en contact avec lui mais elle l'était. Pour en avoir le cœur net, il faut que je la rencontre au plus vite. Au téléphone, elle m'a fixé rendez-vous à la Belle Fontaine et ce n'est pas la porte à côté !

Argy sortit de la poche de son caban le portable de Mathias et le lui tendit.

— Au fait, j'allais oublier, merci. Bien utile. La puce de mon smartphone fait des glouglous au fond d'une cannette de soda… Bon, un peu de marche, ça te dit ?

— Évidemment que je suis d'accord pour t'accompagner. Rencontrer ta mère me va. Nous serons rapidement fixés sur son implication. Mais il se pourrait aussi que ton père ait pu avoir vent de ton jeu par un autre biais, par ton acolyte, par exemple. Et s'il avait été un émissaire de ton père ?

— Selon toi, mon associé n'aurait rien mis en place mais uniquement révélé à mon père que je concevais un jeu débile ! Dans ce cas, il n'avait aucun intérêt à se retourner contre son commanditaire en l'assassinant ! Quel indic minable !

— Ton associé pourrait ne pas être le coupable.

— Ce matin encore, j'étais persuadée qu'il avait réussi à arnaquer mon père puis l'avait empoisonné pour le faire taire. Mais s'il n'avait rien fait et coulait juste des jours heureux à l'autre bout du monde en ayant même oublié que j'existais… Si mon père était bel et bien le seul coupable ?

Mathias s'énerva :

— De toute façon, il y a bien un coupable ! Avant d'innocenter à mon tour ton associé, j'ai besoin que tu me racontes tout ce que tu sais à son sujet. Qui est-il ? Qu'est-ce que tu lui as dit ? Combien de fois avez-vous échangé ? Dans quelles circonstances as-tu rencontré ce type ?

— Mon père se serait immiscé dans ma vie, m'aurait fait suivre à distance et aurait même fait en sorte que je rencontre cet homme.

— Concevable. Je t'écoute.

Mathias attrapa Argy par le bras. Il l'entraîna dans un renfoncement, rue des Remparts. C'est dans une semi-pénombre, après s'être assis tous deux l'un à côté de l'autre que Argy se décida enfin à parler.

— Voilà, je travaillais dans le quartier de la Défense sur un plateau, dans des bureaux organisés en *open space*. En fait, je vidais les corbeilles à papier, je donnais un coup de chiffon sous les claviers. De l'aube jusqu'au début de matinée, j'étais la fée de la propreté, la reine des petites souris rutilantes et connectées. Ensuite, je traînais dans le quartier, en proie à un désœuvrement total, en attendant que les employés de bureau finissent leur journée pour réattaquer mon job dans la soirée. À la pause déjeuner, ce type avait l'habitude de prendre un sandwich au même food-truck que moi. C'est vrai, quand j'y repense, que c'est lui qui m'a abordée. Je n'arrêtais pas de regarder en l'air, je me voyais planant telle une mouette au-dessus du 44e étage, picorant quelques miettes laissées par des convives attablés au restaurant panoramique, au milieu d'un jardin aérien. Naturellement, il m'a dit que, de tout en haut, la vue sur Paris était imprenable mais qu'il ne fallait pas être sujet au vertige pour avoir le plaisir de la contempler, puis il a disparu. La deuxième fois que je l'ai vu, il m'a expliqué que, dans une autre vie, il avait dû être fauconnier. Cela m'a fait rire. On a sympathisé mais ne t'imagine pas que ce soit allé plus loin. Je n'étais pas son type de femme et il ne me plaisait pas physiquement. Son accent sud-américain devait carrément faire craquer les nanas, pas les filles comme moi, mais celles qui se maquillent et portent des sacs de grand couturier sur l'épaule. Bref, Hugo, parce que ce type se prénomme Hugo…

— Tu as son nom !

— Oui et non. Avant de m'engager, j'avais vérifié sur le Net à qui j'avais affaire – merci Google et ses petits amis qui m'ont facilement permis de trouver la trace d'un dénommé Hugo Gomez qui correspondait parfaitement au profil : études commerciales à Buenos Aires, 40 ans, célibataire. Peu d'éléments et surtout pas de photos ; c'est là que j'aurais dû me méfier. Donc, à cette époque, c'était il y a six mois, j'étais en confiance et je pensais avoir déniché la perle rare. Comme je l'imaginais assez bien être du genre à tremper dans des petites combines, je lui ai tout balancé sur mon arnaque. Je disposais d'un concept ludique avec des règles élaborées mais, pour appâter mon client, je ne trouvais pas le déclic. Je butais sur le gain qui aurait fait plonger mon fortuné pigeon. J'avais bien une idée, je voulais lui proposer de se voir offrir des heures, des jours, des années de bonheur. C'est Hugo qui a évoqué pour la première fois le fait que le temps sur terre nous était tous compté et bien plus compté pour certains. Ainsi, notre cible, parce que, au fil de nos échanges, c'était devenu “notre cible”, devait être non seulement accro au jeu, connectée mais surtout atteinte d'une maladie incurable et toute disposée à payer une somme folle pour allonger son espérance de vie. Il la voyait masculine, entre 40 et 50 ans, solitaire et sans famille à charge. C'était bien vu mais la perspective de faire miroiter une guérison mensongère ne me plaisait pas vraiment. Bien que séduisant, ce type de gain était immoral. Plus cela nous semblait être une évidence, plus je me sentais mal à l'aise.

— Des scrupules ! Surprenant de ta part !

— Eh oui, même que le jour précédant la disparition d'Hugo, je lui avais fait part de mes réticences. Il a su se faire plus que convaincant en me rappelant que l'on allait gagner un paquet de fric. Franchement, il a été si persuasif que je commençais même à accepter son idée. Le lendemain, il n'est pas venu au rendez-vous que je lui avais fixé. Les jours suivants, je l'ai attendu en vain, il n'est plus jamais revenu déjeuner au food-truck. C'est alors que j'ai commencé à douter de son implication. Mon associé s'était fait la malle sans me donner la moindre explication… J'ai mené une enquête plus poussée sur lui. J'ai contacté la boîte qu'il m'avait dit l'avoir détaché pour une mission en France, précisément à la Défense. La DRH n'avait jamais eu connaissance de personnel détaché venant d'Amérique latine et encore moins avoir été en contact professionnel avec un certain Hugo Gomez. J'étais dans une rage folle mais, au fond de moi, je n'étais pas mécontente. J'avais tenté de faire partager mon aventure et je m'étais plantée. J'ai alors dit stop, avec la ferme intention de ne plus parler à personne de mon foutu jeu !

Mathias se mit à marcher, allant et venant devant l'enceinte urbaine. Soudain, il se planta face à Argy.

— Surtout, ne m'interromps pas, je vais avancer une nouvelle hypothèse. Ce type à la solde de ton père prend contact avec toi sous une fausse identité. Ce détective privé sans scrupule fait rapidement part à ton père de ton jeu, lui en rapporte les règles et même le fait que tu as inventé des royaumes qui ressemblent curieusement à Belle-Île. Ce dénommé Hugo omet de parler à James du fait que sa fille s'apprête à escroquer de pauvres diables. Ton père t'aime et n'a jamais rien fait pour toi. Il voit bien que tu n'as pas vraiment réussi et que, depuis des mois, ton unique but est de commercialiser un jeu auquel personne ne peut adhérer. Avec l'aide d'un staff, il met en place une plateforme d'appel. Puis il se met en scène avec en main la carte de Belle-Île, uniquement en scène. Je ne peux pas croire que James ait eu l'idée de tuer quiconque.

— James aurait fait tout cela pour moi, par amour pour sa ratée de fille totalement débile. OK, je mets bien volontiers ma fierté dans ma poche et je suis disposée à pousser le raisonnement plus avant. Voilà, toute la logistique est en place et mon père se tient prêt à engager la partie. Il choisit les trois autres joueurs et pipe les règles de ce fait ; pas très correct mais franchement pas grave. Il remet le code à un premier joueur qui, par la suite, devait se faire éliminer par un deuxième qui, lui aussi devait se faire sortir par un troisième. C'est là que tu interviens. Tu étais censé sortir du jeu le joueur précédent, à mon avis un type malade, peut-être même l'as-tu fait sans en prendre conscience. Sachant pertinemment que ton vœu le plus cher était de guérir, James se doutait bien que dès que tu aurais pris connaissance des règles, tu cliquerais sur la carte précisément sur l'emplacement de l'hôpital Yves-Lanco. Pour que tu plonges, il a poussé le vice jusqu'à demander à votre médecin commun de te mentir sur ton état de santé. James n'a pas eu le temps de finaliser la suite. Il avait prévu de t'éliminer en choisissant bien évidemment de choisir de guérir à son tour.

— Répète ce que tu viens de dire. L'élimination serait la conséquence d'un vœu similaire ?

— Je te le confirme et, franchement, j'étais persuadé que tu avais assimilé cette règle. Voilà, tu es sorti du jeu, Mathias. Tu as reçu ton bonus à l'heure exacte où ton médecin t'a annoncé ta rémission, et tu l'as perdu, parce que James a fait le même vœu que toi et t'a éliminé de ce fait. Il est l'heureux gagnant !

— Il n'a rien gagné ! James est mort, éliminé physiquement, et moi je suis encore en vie, en bonne ou en mauvaise santé mais toujours prêt à me battre. OK, James savait peut-être que mon vœu le plus cher était de guérir mais là où tu fais fausse route, c'est que ma rémission, mon cancérologue me l'a apprise avant que je ne reçoive le code, bien avant que je ne compose ce fichu numéro, avant de rentrer dans la partie. James n'était même pas au courant !

— James n'a jamais su que tu étais en phase de rémission. Lorsque tu as composé le numéro de téléphone, tu as entendu « Supersaurus *game over* » et ensuite que s'est-il passé ?

— Rien. Je n'ai rien reçu, ni carte, ni compte à rebours.

— James était mort. Tu jouais dans le vide.

— Donc, on revient au point de départ.

— Pas vraiment, ce dont je suis désormais certaine, c'est que ma mère a tout raconté à mon père. Mon associé, il ne le connaissait pas. Ensuite, je reste persuadée que c'est James qui a bien mis en place mon jeu. Et puis ce dont je suis encore plus sûre, c'est que si l'on ne pique pas le scooter qui est garé en face de nous, jamais on n'arrivera à l'aiguade Vauban à temps !

XXXIX

DAPHNÉ

Le Palais – Porte de Locmaria

Argy avait les yeux rivés sur le scooter garé près de la Porte. Négligemment, elle lissa les pans de son caban.

— Mon père, je le croyais bien plus futé. L'escroquerie ne lui est même pas venue à l'idée.

— Ce n'est qu'une hypothèse, lui rétorqua Mathias.

— Franchement, s'il avait fait une petite enquête plus poussée, il serait tombé sur mon penchant, l'art de me faire du fric en pigeonnant de pauvres mecs ! Escroquer les autres, c'est une seconde nature.

Mathias cala son dos contre la paroi. Si le mur d'enceinte se transformait en confessionnal à ciel ouvert, il était disposé à entendre la confession.

— Avant que nous n'empruntions le scooter qui t'attire comme un aimant, une nouvelle petite affaire dont tu aimerais me parler ?

— Pas plus reluisante que la première mais menée à terme. De celle-là, mon père n'était pas au courant, certaine. Donc, comme mon associé la connaissait, il n'a jamais servi d'indic à mon père.

— Cette affaire mérite quelques explications pour pouvoir en juger.

— J'avoue tout, je suis une fille vénale mais je plaide les circonstances atténuantes, j'étais au pied du mur. En arrivant à Paris, j'étais dans le rouge, compte bancaire à zéro, et dans mon portefeuille, j'avais tout juste de quoi me payer cinq nuits dans un hôtel de seconde catégorie. J'avais bien une promesse d'embauche pour un emploi précaire mais je n'en menais pas large. Un mois plus tard, je croupissais dans une chambre de bonne de douze mètres carrés à mater des séries américaines en boucle, allongée sur mon lit de quatre-vingt-dix de large. L'overdose de soaps signifiait le retour à la case départ. Des séries, j'en avais suffisamment dévoré, assise sur le canapé, ma Grand'mam à mes côtés et une boîte de mouchoirs en papier sur mes genoux. J'ai rapidement préféré occuper mon temps libre à me faire un peu de fric facile. Enfin, pas si facile, il me fallait tenir un autre petit calepin pour ne pas m'emmêler les pinceaux. À mes heures perdues, je pigeonnais des gars. Une clientèle masculine et abondante s'est rapidement retrouvée dans mon carnet d'adresses. Les sites de rencontres servent à cela, à se créer un réseau relationnel. Je faisais bien monter la mayonnaise et les types, je les laissais mariner de longues semaines en leur donnant de temps en temps des nouvelles alarmantes sur ma situation de pauvre gamine paumée et amoureuse. Daphné, je me faisais appeler Daphné. J'endossais le rôle de la femme amoureuse, et lorsque le type était totalement accro, je lui soutirais de l'argent, maxi un millier d'euros. Petite joueuse mais, finalement, mon business m'a permis de déménager et de payer le loyer de mon trente-mètres-carrés… Encore une combine bien basse. Tout cela par téléphone, sur les réseaux sociaux, un faux profil et des photos d'une fille classique, pas mal. Jamais de vidéo, uniquement ma voix. Une fois ferré, je prétextais ne pas pouvoir me rendre au rendez-vous fixé à Paris. Un contretemps, une grand-tante malade, enfin un besoin d'argent.

— Tu lui demandais du fric ?

— Un mandat et disparition de la charmante Daphné, une fois la transaction effectuée.

— Un grand classique. Je ne pensais pas que cela fonctionnait encore.

— Détrompe-toi, des tas d'hommes sont prêts à payer pour que leur soit livré sur un plateau le grand amour. La fille que tu as embrassée tout à l'heure n'a rien d'une sainte, ma mère le sait fort bien et mon père, s'il avait poussé plus avant son enquête, aurait dû vite s'en rendre compte… Mais voilà, selon toi, il se serait adressé à un enquêteur véreux, à mon pitoyable associé !

— À Hugo Gomez. C'est encore une hypothèse. C'est peut-être ta mère qui a tout avoué à James.

— Exact, c'est là où je veux en venir. Nous avons deux pistes et, celle de mon associé, il va falloir l'abandonner. Comment je sais que ma mère était restée en contact avec mon père ? Il y a un peu plus de trois mois, elle m'avait fixé rendez-vous dans un square près de chez elle. C'est là qu'elle m'a remis le numéro de téléphone de mon père. En cas d'urgence ! C'était du grand n'importe quoi. En cas d'urgence, je devais appeler un type qui ne m'avait jamais reconnue, ni embrassé une misérable fois, ni même offert une peluche pour mes 5 ans. Elle se moquait de moi et je peux te dire que je le lui ai fait payer !

— Mais qu'est-ce que tu as pu encore manigancer ?

Elle se mit à rire. Rien n'était grave, tout était dérision.

— J'ai filé le bon vieux numéro de mon père au cœur chamallow !

— À qui ?

— À un gars que connaissait Hugo. Parce que Hugo s'amusait avec mes histoires d'amour. Que je me fasse du fric en promettant le bonheur à de pauvres types qui en pinçaient pour moi sans jamais avoir vu ma tête le passionnait. Nous étions sur la même longueur d'onde. Il disait que c'était un début prometteur et que, puisqu'il était là pour me coacher, nous allions ensemble passer à l'étape supérieure. En attendant que l'on monte notre grosse escroquerie, il m'avait même filé le nom d'une de ses relations qui avait le profil parfait. Entre nous, on parlait du cœur chamallow, le crédule en quête du grand amour. Mon dernier client, je l'ai bien fait raquer. Et puis ma mère, elle me gavait trop alors, au cœur chamallow, je lui ai filé le numéro de téléphone de mon père, qu'elle m'avait remis en cas d'urgence. Voilà, pour les faire chier, ma mère et mon père ! Pour que James décroche et que le cœur chamallow lui déclare sa flamme, j'ai fait ça.

Mathias se demanda si cet acte n'était pas un cri d'alerte, un appel au secours pour que sa mère reprenne les choses en main, après avoir enfin pris conscience que sa fille dérapait. Argy souhaitait consciemment ou inconsciemment que son père, lui aussi, vienne à son secours. L'heure n'était pas à la thérapie, aussi Mathias déclara uniquement :

— Tu n'en as pas marre de te jouer des autres ?

— J'ai raccroché ! Fini, basta ! Et puis, je ne vendais pas du crack au coin de la rue.

— Peut-être que tu n'en as pas eu encore l'occasion !

— Regarde-moi bien. Mes limites, je les ai atteintes. D'ailleurs, quand je veux, je parle bien. Pas de juron, un phrasé correct, une touche de minauderie surannée qui me vient directement d'une éducation inculquée par mes charmants grands-parents… Je peux passer par ondes interposées, parce que mon look me trahirait, pour une bonne petite Française qui vit au troisième étage de ta résidence et qui rêve du grand amour. Ma carte maîtresse, ma bonne éducation catholique made in Bretagne. Je ne suis pas comme tous ces “brouteurs” qui, dans un café de Bamako, se font passer pour une jolie nana aux gros seins. Non, moi je tablais sur le velours, la vérité à peine travestie.

Songeant au baiser qu'elle lui avait savamment offert, Mathias se passa la main sur la bouche, prêt à cracher, écœuré.

— Tu baves ! Je te dégoûte. Tu es trop honnête, pas comme moi. Pourquoi j'ai choisi de m'associer avec Hugo ? Parce qu'il était bien plus malhonnête que moi. Ma petite combine avec les pauvres types pigeonnés l'a fait bien rire. Le cœur chamallow, voilà, il l'appelait comme cela son gars, il m'avait dit que je n'aurais pas beaucoup à mentir pour lui piquer mille euros. Et il avait raison. Ma relation platonique avec notre cœur chamallow faisait même partie de nos petites pauses hamburger.

— Finalement, tu veux en venir où ?

— Mon associé ne connaissait pas mon père. Autrement, il lui aurait tout balancé, non seulement le jeu mais aussi mes petites magouilles, et mon père se serait fait fort de le dire à ma mère. Cela me serait revenu par ma mère. Mes oreilles n'ont pas chauffé.

— Cela se tient.

— Mathias, je me suis mise à nu. Je t'ai tout dit parce que je voulais que tu saches qui je suis vraiment.

— La pire petite garce qui soit.

— Une repentie ! Et puis, en passant, je viens de t'expliquer que ma mère était en relation avec mon père. Elle m'avait même filé son numéro perso, en cas de grande urgence. Franchement, elle croyait que j'allais lui passer un coup de fil pour nouer des liens jamais tissés, plutôt crever !

— Ta mère t'aime. Elle avait peur pour toi. En te voyant, avec ton look de zombie, elle s'est sentie dépassée.

— Exactement, c'est pourquoi je reste persuadée que c'est elle qui a tout raconté à mon père. Elle a dû ne pas y aller avec le dos de la cuiller, que je devenais folle et que je voulais concevoir un jeu pour offrir le bonheur.

— Qu'il pourrait être ton sauveur, elle aurait pu aussi le lui dire.

— Putain, plutôt que d'écouter ma mère, il n'aurait pas pu venir me voir et me dire droit dans les yeux, je suis ton père !

— Tu fiches la trouille, Argy. Tu es ingérable.

— Je ne l'ai pas toujours été. Ce n'était pas grand-chose, me dire « Je suis ton papa. »

Argy s'effondra en larmes. Mathias la prit dans ses bras. Lui dire que tout était fini, il ne le pouvait pas encore, même si les pièces du puzzle se mettaient une à une en place. Probable que James avait appris l'existence du jeu par la mère de Argy, mais écarter l'associé, Mathias n'était pas encore disposé à le faire. Le plus simple aurait été de croire que James avait été escroqué puis assassiné mais comme il n'avait pas été le genre d'homme à se laisser duper si facilement, Mathias doutait. Est-ce que James ne s'était pas donné la mort prématurément en faisant croire à un assassinat ? James avait-il été un monstre ? Avait-il programmé d'éliminer physiquement tous les joueurs en engageant un tueur à sa solde ? Dans ce cas, ce mercenaire s'en prendrait bientôt à lui.

Seule certitude pour Mathias, James n'avait rien compris à la vie. Faire venir de l'eau de l'Antarctique pour la déguster à petite lampée, ce n'était pas cela vivre, voire offrir sa vie pour accréditer l'existence d'un jeu, c'était encore moins donner de l'amour à sa fille.

Quant à ce scooter, Mathias allait l'emprunter pour Argy, pour suivre cette malhonnête de Argy.

XL

VINCENT DANS LE LABYRINTHE

La Citadelle

Tandis que Mathias et Argy s'apprêtaient à prendre la direction du Sud pour sortir de Le Palais et se rendre à l'aiguade Vauban, Vincent se demandait encore où pouvait bien se trouver cette aiguade. La tête encore tout endolorie, Vincent massa son cuir chevelu. Le coup avait été violent. Il s'était réfugié dans une geôle au plafond bas et s'était assommé en passant le porche. De surcroît, comme sa conversation avec Greta s'était interrompue prématurément faute de réseau, il ne savait pas où se trouvait la Belle Fontaine. La poisse lui collait à la peau. Mur épais, trouille bleue et l'heure était trop tardive pour envisager de fuir par la mer. Fait comme un rat, il réfléchissait, se demandant encore pourquoi il avait parlé de la Belle Fontaine à Greta. La mort de James le hantait tant qu'il voulait probablement voir là où le cadavre avait été découvert. Pour comprendre quoi, il ne se l'expliquait pas. D'ailleurs, il s'était perdu en chemin et n'avait fait que tourner en rond, incapable de savoir quelle direction prendre. N'avait-il pas confondu le sud et le nord ? Piégé dans la Citadelle, véritable labyrinthe, il se terrait dans une cellule. Quant à se rendre à la gendarmerie de Le Palais pour se mettre à l'abri, il n'en avait pas le courage. S'il avait cherché refuge précipitamment, c'est qu'il avait entendu deux hommes discuter dans la nuit. Leurs voix lui étaient parvenues à travers les feuillages. Russe, polonais, une langue inconnue, des ricanements sonores et gutturaux d'hommes marchant dans l'obscurité d'un pas décidé. Klaus, l'un des deux se prénommait Klaus, de cela, il était certain. Vincent avait pris peur et l'angoisse le tenaillait encore alors que ces types avaient passé leur chemin sans même voir qu'il était à quelques mètres d'eux, tapi dans un renfoncement. Ce Klaus et son acolyte étaient-ils à ses trousses ? Allaient-ils faire demi-tour et surgir pour lui faire la peau ? La nuit était profonde et le silence oppressant. Il devait dépasser sa peur et concentrer ses pensées sur n'importe quoi, voire oublier où il se trouvait, laissant les pas de ces hommes s'éloigner. Cette inquiétante rencontre qui n'avait pas eu lieu lui donnait des sueurs froides. Il se recroquevilla dans un coin du cachot et ne pensa plus qu'à Daphné.

Désormais, Vincent avait la conviction de s'être fait avoir par Daphné, une merveilleuse petite brune. Mais était-elle vraiment brune ? D'ailleurs, se prénommait-elle Daphné ? Elle s'était connectée sur son profil, cherchant tout comme lui l'âme sœur. Partager la vie de cette jeune fille, il l'avait accepté au fil des messages, au fil des confidences dévoilées à un inconnu pour que cet inconnu devienne un ami et bientôt un amant. Des frères possessifs qui ne lui laissaient pas beaucoup de marge de manœuvre. Une famille omniprésente et des rêves plein la tête. Impossible de la voir sans éveiller les soupçons de toute la smala qui couvait la petite dernière, promise à un homme de trente ans son aîné. Des nuits à rêver d'elle. Au début, Daphné lui téléphonait souvent de chez elle, toujours en début d'après-midi lorsque sa mère repassait les chemises de la fratrie dans la pièce d'à côté. Des mots doux chuchotés, des soupirs qui en disaient long sur son mal-être. Croire, douter, l'aimer en doutant, des mois d'attente avec l'espoir de la rencontrer un jour. Des semaines durant, elle ne le contactait pas et là, il se rongeait les sangs, persuadé qu'elle avait été mariée de force et que plus jamais elle ne réapparaîtrait. C'était du grand Zola et il avait plongé. Après une période assez longue de black-out, elle lui avait fixé rendez-vous. La voir enfin et savoir si elle était bien réelle. Mais elle n'était pas venue dans ce bar du 15e.

Vincent frappa violemment du poing contre le mur.

Hugo ne se serait jamais fait avoir par une fille

virtuelle. Toutes les filles se prosternaient à ses pieds, la plus belle et la plus attirante des femmes était pendue à son cou, Greta.

Frappant de nouveau du poing contre la paroi de granit, ses phalanges bleuirent.

Qu'est-ce qui ne tournait pas rond chez lui ? Pourquoi avait-il joué l'entremetteur en présentant Greta à Hugo ? Masochisme, peur de l'engagement ? Avec Daphné, il se pensait en sécurité. Vivre le grand amour par procuration, regarder un autre se marier avec la femme que l'on aime. Se perdre et se raccrocher à un amour impossible, celui d'une jeune fille brune à la voix qui faisait chavirer son cœur. Dans son dos, Hugo l'avait surnommé le cœur d'artichaut. Lorsqu'il l'avait appris, il ne s'en était pas offusqué, il avait uniquement rétorqué que son palpitant suintait le sucre, du bonbon acidulé, du chamallow qui fond sous la langue et non de l'artichaut qui râpe le palais. Et pourtant, ce que pensait Hugo lui importait. La seule fois où il avait osé évoquer Daphné avec lui, c'était peu avant d'entrer dans l'église de Sauzon. Le 1er avril, il en était arrivé à la conclusion que cette fille qui lui faisait tourner la tête l'avait piégé pour simplement lui soutirer de l'argent. Sa lucidité, il l'avait retrouvée. L'avait-il perdue ou s'était-il fourvoyé en se voilant la face ? Hugo avait eu raison de lui claquer qu'elle devait ressembler à une créature machiavélique aux pieds crochus. Crocheté, harponné, il avait voulu se sortir cet hameçon du cœur en lui passant ce coup de fil. Cet ultime appel pour en finir définitivement avec elle. Cela aurait dû se terminer comme cela. Mais y avait-il eu un début ? C'est elle qui le contactait. Lorsqu'un numéro masqué s'affichait à 15 heures, c'était la petite voix de Daphné qui lui arrachait le cœur qu'il entendait. Un numéro masqué… celui d'un fixe dans un petit appartement de la banlieue parisienne. Les parents de Daphné étaient sur liste rouge, ses frères contrôlaient ses moindres allées et venues. À 24 ans, elle étouffait et elle le considérait comme son sauveur. La dernière fois qu'elle l'avait appelé, c'était pour lui annoncer qu'elle ne se rendrait pas à leur premier rendez-vous, contrainte de se rendre avec sa famille au grand complet à l'hôpital. Elle lui avait dit que l'argent qu'il lui avait remis, elle en avait fait bon usage et cela dans le plus grand secret, notamment en achetant un téléphone portable dernière génération. Elle lui avait remis le numéro et supplié de patienter encore huit jours avant de prendre contact avec elle. Secret inavouable, urgence planifiée, mensonge éhonté. Lui mentir, elle l'avait fait et Hugo aussi. C'était surréaliste ! Hugo était au courant de tout. Il avait déposé le téléphone dans la poche de James avant que le cercueil ne soit fermé et savait pertinemment qu'en le forçant à passer ce coup de fil dans l'église, la sonnerie allait retentir.

Comment Hugo avait-il su que le numéro de

téléphone que Daphné lui avait remis n'était autre que celui du portable personnel de James ? Lui-même ne pouvait pas s'en douter parce qu'il contactait toujours James sur son portable professionnel. La police ne l'avait pas cru. Daphné n'existait pas parce qu'il n'avait pu fournir aucune preuve tangible de son existence. Hugo avait confirmé aux autorités judiciaires l'appel, en précisant ne pas connaître la prénommée Daphné. Une histoire de fou !

Vincent se souvint de la conversation qu'il avait eue avec Hugo, de retour sur le bateau le 1er avril. Alors qu'il était totalement abasourdi, Hugo lui avait parlé avec délice du mausolée digital. Il lui avait dit : « Les réseaux sociaux, du virtuel uniquement. La pierre tombale tout aussi virtuelle, tu captes. Tu meurs et ton profil continue à vivre. Anniversaire du défunt, une sonnerie qui t'invite au petit matin à te connecter pour souhaiter son anniversaire à ton vieux copain mais voilà, le mec est mort depuis deux ans. Impossible de résister, tu lui postes un "*tu me manques*" et tu te mets à chialer en faisant défiler les photos pleines de vie. Super le petit gâteau avec les bougies qui s'animent sur l'écran, les commentaires dithyrambiques pour le défunt, les phrases convenues du style "la vie n'a plus de sens sans toi". Les synapses du défunt courent sur la Toile, on pense toujours à moi, moi qui n'ai plus d'existence terrestre. Avant, les proches se recueillaient physiquement sur une tombe, maintenant ils t'envoient des messages, des vidéos, des pensées profondes. Inutile de disperser les cendres dans le jardin du souvenir. Profondeur insondable de la Toile. Immortalité connectée en marche. Laisser quelque chose de soi derrière soi mais inutile de chercher à palper le souvenir immatériel. Impossible ! La vieille malle avec les photos jaunies restera remisée au grenier, vive le *cloud* ! C'est totalement flippant ! Et je ne t'ai pas tout dit ! »

C'est ainsi que Vincent avait appris de la bouche d'Hugo que James continuait à recevoir des messages et que quelqu'un se connectait sous son nom pour y répondre. Il n'était pas si simple de clore un profil et peu d'internautes prévoyaient un légataire. Si léguer son compte ferait bientôt partie du testament, James n'y avait sans doute pas songé. Hugo avait amplement raison, c'était carrément flippant d'imaginer qu'un être vivant se connectait avec le code de James et usurpait l'identité d'un mort. Il avait préféré trouver une autre explication qui n'avait pas convaincu Hugo. Pour Vincent, James avait programmé la diffusion de messages, voire d'évènements, avant sa mort, et ne réagissait pas aux commentaires mais, d'outre-tombe, distillait par touche ses avis écrits avant sa mort sur le Net.

Il lui fallait capter, s'extirper de sa souricière pour avoir du réseau, se connecter sur le profil de James et lire les réactions au dernier message posté probablement par un usurpateur. Ce matin, il avait pu lire « *Je ne peux plus vous parler mais vos messages me touchent sincèrement.* » Flippant !

Mais voilà, ce qu'il faisait là, tapi dans l'ombre, Vincent se le demandait encore. Si simple de courir à la gendarmerie, si compliqué de sortir de sa cache, d'autant plus lorsque l'on craint pour sa vie et qu'un dénommé Klaus rôde dans les parages. Il en était là parce qu'il avait toujours été un planqué. Planqué de l'amour tout autant que de la vie. Survivre, ce n'était pas vivre. S'il s'en sortait vivant, il embrasserait de force Greta, et si elle ne lui filait pas une gifle bien cinglante, il lui ferait l'amour. Tuerie dans un lit, petite mort et résurrection dans les bras de la femme qu'avait aimée James et qu'il aimait lui aussi en secret.

Ragaillardi par cette pensée lubrique, il se décida à sortir de sa cachette. Il eut à peine le temps de faire quelques pas à découvert qu'il se prit le pied dans un câble électrique ; une déflagration retentit aussitôt. Vincent chuta lourdement sur le sol.

XLI

LE PORTABLE DE JAMES

Le Palais – Maison d'Éléonore

Loin de s'imaginer les mésaventures que vivaient Vincent, Argy et Mathias, tous ceux qui étaient venus lui rendre visite dans l'après-midi, Éléonore dégustait un café serré. Devant elle, les poissons rouges ne savaient plus où donner de la tête ; ils tournoyaient, furieux, dans leur aquarium, incapables de repousser d'un coup de nageoire les ombres planant au-dessus d'eux. Une farandole d'objets hétéroclites formait un curieux train immobile sur le plateau en verre de la table basse : le chapeau melon, le magnum débouché, le bouchon, les cinq flûtes, une enveloppe froissée et un album photo. Assise dans le canapé en face d'Éléonore, Marie, tasse de tisane fumante en main, tentait de retrouver ses esprits. Toutes les deux regardaient ces indices, sans percevoir la ronde effrénée des malheureux poissons.

Marie but une gorgée et demanda :

— Éléonore, tu ne m'as pas raconté ce qu'il s'était véritablement passé le 26 mars ?

— Maudit soit ce jour, j'ai été la plus heureuse des mères et la plus malheureuse aussi. Heureuse... Peu avant de mourir, James m'a offert le plus beau des cadeaux, celui de le tenir encore une fois dans mes bras.

— Ton fils t'avait prévenu de sa visite ?

— Eh bien, non, curieusement non. Lorsqu'il a passé la porte de ma maison, j'ai eu un choc ; il m'a simplement dit « Maman, je suis de retour. » Je l'ai embrassé et serré si fort... ce fut la dernière fois que je le pressais tout contre moi.

Concentrée sur son café, Éléonore resta un long moment silencieuse.

— Mon petit était d'une pâleur cadavérique, alors je n'ai même pas osé lui demander comment il allait. Même s'il tentait de faire bonne figure, il lui était impossible de me cacher qu'il n'allait pas très fort. Et puis il avait l'air totalement bouleversé, comme s'il venait de croiser un revenant. Il m'a embrassée et, tout naturellement, il est monté au premier et a posé son sac de voyage dans le placard de sa chambre. C'était comme si, après des dizaines d'années loin de chez lui, il rentrait enfin d'un long voyage.

Marie se racla la gorge. Des pièces alignées sur la table, il en manquait une, capitale, détenue désormais par la police. Elle se lança.

— Éléonore, à moi tu peux tout dire. Le portable de James, c'est toi...

— Je ne vais pas te cacher la vérité, j'ai ma part de responsabilité. J'ai menti aux gendarmes. Ces deux hommes avec leurs incessantes questions sur le portable de mon fils ! Et pourquoi James ne l'avait pas sur lui lorsqu'il a été retrouvé à la Belle Fontaine ? Et où aurait-il pu le déposer ? Ils posaient des questions et apportaient même des réponses. C'est qu'il l'avait probablement laissé dans son sac de voyage. « Mais non, cela ne tenait pas la route », a dit le plus grand au petit chauve. Ce sont eux qui m'ont appris que le message retrouvé avait été enregistré par James, une heure avant sa terrible expédition pour aller à la Belle Fontaine. C'est de chez moi, de mon fixe, que James avait passé ce coup de fil sur son portable. Je leur ai dit aux gendarmes que je l'apprenais de leurs bouches. Pour eux, il était peu probable qu'il l'ait perdu sur le sentier côtier, voire inconcevable que quelqu'un l'ait ramassé et ensuite déposé dans le cercueil sans en parler à quiconque. Ils étaient suspicieux à mon égard. À la fin, l'un d'eux a enfilé d'horribles gants en caoutchouc et a déposé le sac de voyage avec son contenu dans un énorme sac plastique.

— Ainsi, tu leur as menti.

— Bien sûr que James l'avait laissé chez moi, sur la table basse du salon, avant de partir pour sa dernière promenade. Après l'accident, j'étais effondrée. C'était une chute accidentelle alors personne n'avait cherché quoi que ce soit à ce moment-là. Pas de gants, pas de sac plastique, pas d'enquête scientifique, pas de géolocalisation. Deux jours, il est resté sur la table, sans sonner. Le téléphone de James et moi, on a cohabité, c'était un petit bout de mon fils. Je crois même que je l'ai reniflé pour sentir l'odeur des empreintes de doigt de mon enfant. Je ne comprenais pas pourquoi il ne sonnait pas. Par moments, j'avais la douloureuse sensation qu'il vibrait et aussi que, quelque part dans la maison, une sonnerie résonnait. James le consultait si souvent. Et puis, un soir, j'ai compris… alors que la maison était affreusement calme et que je tentais de trouver le repos, allongée sur le lit dans la chambre de James. C'était plus fort que moi, je cherchais le sommeil dans le seul lieu de la maison où il était indéniablement impossible que je le trouve. Sa chambre, tout était resté en l'état. Les posters qu'il avait accrochés au mur, des stars du football. À 15 ans, il a quitté la maison pour aller vivre aux États-Unis et, les très rares fois où il est revenu me voir à Belle-Île, il dormait à l'hôtel. Il a attendu d'avoir 25 ans pour rentrer, je ne voulais pas qu'il revienne ici.

— Tu as compris quoi, Éléonore ?

— Ce maudit soir, dans le placard, il y avait de la vie. Deux téléphones, James en possédait deux. Il paraîtrait que c'est normal, un professionnel et un personnel ; le premier rangé dans le sac de voyage et qui s'animait, le second muet exposé sur la table de Argy.

— Éléonore, alors c'est toi qui as déposé le portable personnel de James dans le cercueil ? Mais pourquoi n'as-tu rien dit à la police ? Si c'était un objet si précieux pour James, tu as bien fait. J'ai agi pareillement au décès de mon homme, en glissant dans le cercueil un petit mouchoir à carreaux que lui avait offert Greta.

— Ce n'est pas moi. Voilà pourquoi je n'ai rien dit. Trois jours après le décès de mon fils, un ami de James m'a contactée pour me dire que le 1er avril, il passerait au funérarium pour accomplir les dernières volontés de mon enfant. J'étais comme soulagée parce que, ce portable, il me hantait. Sans penser à mal et néanmoins complice, je lui ai remis le portable et c'est lui qui l'a déposé dans le cercueil. Peu avant la cérémonie à l'église, il est venu me voir sur le parvis et il m'a dit que, ce portable, James y tenait comme à la prunelle de ses yeux, et que nous avions bien fait. Nous, pas lui, nous. Et ensuite, l'horreur. J'étais terrifiée de ce que nous avions accompli, incapable de parler ; ce prêtre qui restait bouche bée en me fixant avec ses yeux de bille. Dans son regard, j'ai vu les flammes de l'enfer, ma culpabilité… Tout était si confus dans mon esprit. Et, par la suite, il y a eu l'insupportable message de mon petit.

— Tu as revu l'ami de James ? Tu as pu échanger avec lui sur ce que vous aviez fait ? D'ailleurs, pourquoi n'a-t-il rien dit à la police ?

— Il est passé aujourd'hui même, chez moi. Cet Hugo allait épouser Greta.

Marie eut un mouvement de recul et faillit renverser sa tasse de tisane.

— C'était lui !

— Le hasard. Jamais le portable n'aurait dû être retrouvé dans le cercueil. Voilà, il m'a dit que c'était uniquement une misérable coïncidence que la sonnerie ait retenti à l'église. Cette bévue le mettait mal à l'aise mais ne l'inquiétait pas outre mesure. D'ailleurs, il n'y avait aucune empreinte sur le portable, parce qu'il avait pris soin de bien le nettoyer avant. Une maniaquerie qui nous mettait hors de cause. Effarée, incrédule, j'étais prête à lui faire ravaler son petit sourire narquois et je l'ai fait. J'ai réussi à lui rendre la vie un peu plus compliquée à ce blanc-bec. Un somme pour qu'il se taise enfin. Je lui ai administré un somnifère pour lui clore le bec !

Les doigts de Marie pressèrent avec force son petit sac en cuir noir. Si le marié ne s'était présenté à la mairie, c'est parce qu'il était dans l'incapacité de le faire, drogué par Éléonore, en proie à une folie vengeresse. Elle se ravisa, repensant au mobile de cet homme, abandonné sur les marches de l'hôtel de ville. Éléonore l'avait seulement retardé.

— On peut dire que tu as fichu un sacré bazar. Si tu avais laissé le téléphone de James sur la table, tout aurait été différent.

— Marie, des dizaines de fois, je me suis demandé ce qu'il serait advenu si j'avais laissé ce téléphone sur cette table. Des centaines de fois, je me suis posé la même question, pourquoi James était-il revenu à Belle-Île ? Avait-il rendez-vous avec son assassin, était-il uniquement venu ici pour trouver refuge, voulait-il simplement se rendre une dernière fois à la Belle Fontaine parce que c'est là-bas que sa vie avait pris un tournant décisif ? Était-il en quête de son passé, sur les traces de son amour de jeunesse ? Tu vois, j'accepte que ce ne soit pas une erreur, notre Argy. Mon fils est mort trop tôt, ils n'ont même pas pu se parler en face.

— Trop tard… James a été assassiné. Ton fils n'aurait pas dû mourir de cette façon. Le plus terrible, c'est qu'il se savait en danger puisqu'il a laissé ce message d'alerte. Son assassin a agi urgemment. Mais pourquoi diable a-t-il tué James ?

— Un jeu, des dettes de jeu. Je ne sais pas, la police ne le considérait pas comme un saint.

— D'accord avec toi. Mais la sainteté, ce n'est pas une valeur que nous prisons dans nos familles respectives.

— De toute façon, l'assassinat aurait été découvert, même sans ce fichu incident comme l'a qualifié ce blanc-bec. Parce qu'avec les petits cadeaux que James s'était fait envoyer à mon adresse, j'aurais eu des doutes et j'aurais alerté.

— Qui ? Pas la gendarmerie.

— Tu as raison. Interloquée, soupçonneuse, mais comme j'étais loin d'envisager un meurtre, je n'aurais alerté personne. Tout de même, cette malle… J'ai aussitôt pensé que James avait projeté de s'installer chez moi pour vivre au calme. Malade, il revenait se blottir dans les bras de sa mère pour ne plus penser à la mort. Qu'il ait eu l'intention de s'installer ici, j'en étais certaine, au moment où j'ai réceptionné la malle. Son contenu m'a prise de court. Il s'était fait parvenir ce magnum pour lui. Je ne sais pas ce qu'il avait l'intention de fêter, ni avec qui il souhaitait le faire. Cinq flûtes, c'est étrange.

— Mais il a bel et bien été assassiné avant de fêter l'évènement.

— Monstrueux ! La malle est arrivée un jour avant son enterrement. J'ai été sous le choc et j'en ai pleuré de désespoir. La vie, mon fils voulait vivre et trinquer avec d'autres, peut-être même avec moi. Aujourd'hui, j'ai craqué, j'ai ouvert la bouteille pour sabler le champagne avec le fantôme de mon garçon. Folie et stupéfaction en découvrant…

Marie lui coupa la parole.

— Comme à peine débarqué à Belle-Île, il a trouvé la mort, il n'a pas eu le temps de te dire ce qui le rendait si heureux.

— Exactement, nous n'avons pas eu de véritable conversation. Tout est allé si vite avec cet accident.

Préférant ne pas embarrasser Éléonore en lui

rappelant que ce n'était pas un accident, elle relança par un :

— Et la montre ?

— Bien sûr, il y a eu aussi la lettre avec un petit paquet, qui sont arrivés dans ma boîte aux lettres, le 1er avril au matin. Je n'en ai pris connaissance que le soir. C'était effroyablement douloureux et tellement incompréhensible. Cette spirale infernale m'aspirait. Perdue, je me suis enfermée à double tour chez moi pour réfléchir. Lorsque j'ai appris par la police la teneur du message enregistré sur le portable et que le corps de mon enfant allait être autopsié, j'avais une telle haine. Un meurtre, et mon fils connaissait son assassin.

— Dans le paquet, il y avait bien la montre ?

— Oui, James avait posté tout cela, sa montre que je devais remettre à un certain Mathias et un gentil mot à mon attention. Il disait qu'il m'aimait et que quand je lirais cette lettre, il serait loin.

— Loin, qu'entendait-il par loin ? À des milliers de kilomètres et en vie ou encore ici et mort ?

— Le suicide, j'y ai pensé. Mais c'était inenvisageable puisque James avait dit que son assassin allait bientôt passer à l'action. Et la liste… avec quatre prénoms.

— La malle, la liste et ce petit mot ont bien été postés de Paris par James. La malle, il voulait se la faire livrer. Peut-être qu'il avait programmé de faire la fête une dernière fois ici à Belle-Île, et le courrier devait arriver le lendemain alors qu'il projetait d'être déjà loin de toi. Il voulait que tu reçoives cette liste après son départ.

— Rien ne se sera passé comme il l'avait prévu. Le message qu'il a enregistré, c'était juste avant de se rendre à l'aiguade, à la Belle Fontaine. Son assassin l'y attendait.

— La cure à l'eau. Il l'a forcé à boire jusqu'à la mort et ensuite l'a poussé du haut d'un promontoire pour faire croire à un accident. James avait rendez-vous avec la mort et il y est quand même allé.

— Le meurtrier a forcé James à ingurgiter des litres et des litres d'eau. Après l'avoir torturé, ce détraqué l'a poussé, sans même savoir que James avait laissé ce message. Tu crois qu'il pourrait recommencer pour tuer tous les hommes de la liste ? Tous, ils ont participé à un jeu.

Marie poussa un cri.

— Ce jeu inventé par Argy ! Non ! Que notre petite-fille ait créé une monstrueuse chimère comme elle me l'a dit, je l'en crois capable. Mais elle n'est pas allée au-delà. De la poudre aux yeux, une idée de jeu, uniquement !

— Mais la liste ?

— Éléonore, si je t'ai bien suivie, James t'aurait envoyé une lettre et aussi une liste de quatre prénoms, selon toi, ceux des joueurs. Mais des listes, il y en a bien d'autres.

— Ce n'était pas une liste de courses !

— Réfléchis. Les cinq flûtes pourraient signifier que James avait seulement noté les noms des invités, lui et trois de ses amis. Sur le message, il a dit qu'il était le prochain sur la liste sans préciser laquelle. Et puis « prochain » signifie que le meurtrier de ton fils n'en était pas à son premier forfait. Cherche bien. Dans vos relations communes, connaîtrais-tu une personne qui serait décédée récemment ?

— J'ai le nom d'un homme et je peux te dire qu'apprendre sa mort ne m'a fait ni chaud, ni froid. Charlie a succombé à une overdose de médicaments, il y a quelques mois.

Marie blêmit, Éléonore lui attrapa le bras.

— Je ne t'ai rien dit parce que cela ne te concernait pas.

— Eh bien, maintenant, cela me concerne. James, unique enfant de Charlie, venait d'hériter d'une énorme fortune et voilà qu'on l'assassine.

— Le mobile, toi aussi, tu le tiens, le mobile. Les policiers ont déjà une longueur d'avance sur Miss Marple. Et quand ils sauront que Argy était sa fille, ils auront non seulement un mobile mais aussi une coupable. Elle a intérêt à avoir une sacrée bonne moralité notre petite-fille et un bon alibi. Quoique, l'alibi, on s'en contrefiche parce qu'elle aurait pu se faire aider. Son père, elle ne le portait pas dans son cœur.

— Elle ne savait même pas que James était son père !

— Tu te fiches de moi. Greta et Argy sont venues se recueillir sur la dépouille de James, ensemble. Alors, secret de polichinelle.

Abasourdie, Marie pressa avec force la tasse qu'elle tenait entre ses mains.

— Eh bien, on peut dire que tu m'en cachais des choses ! De toute façon, il n'a pas reconnu la petite.

— Recherche de paternité, pas si compliqué.

— Tu as eu beau traiter Argy de dégénérée, même si tu t'es rétractée… tu le sais tout comme moi, elle est innocente. C'est même horrible que nous ayons eu une telle conversation à son sujet. Hors de cause, insoupçonnable. Il faut que la police enquête du côté de Charlie. Il ne s'était pas remarié, n'avait pas eu d'enfant avant James, pas de famille outre-Atlantique ?

— Parents décédés et un frère de trente ans son cadet qui a péri dans un accident d'avion. James avait hérité de toute la fortune de notre regretté Charlie. Et maintenant, c'est Argy…

— Qui est la prochaine sur la liste !

Marie et Éléonore se mirent à trembler de concert. Elles posèrent leurs tasses sur la table basse et tombèrent dans les bras l'une de l'autre. Argy était-elle en danger ?

XLII

CHARLIE

Chemin d'accès à Port Larron

Argy gara le scooter sur le bas-côté de la route puis laissa Mathias en descendre avant de le faire à son tour. Elle préférait qu'ils fassent le reste du chemin à pied, ne sachant pas ce qui pouvait les attendre sur le parking devant la Belle Fontaine. Argy hésita avant de s'engager sur le sentier. Mathias se rapprocha d'elle et lui prit délicatement la main. La jeune femme le laissa faire. Mathias se demanda si, enfin, Argy allait lâcher prise et laisser ce mur de glace qui l'enveloppait se fissurer.

En l'espace de quelques heures au contact de Argy, le monde tout autour de Mathias avait enfin pris du sens. Lui revint en mémoire une citation de Milan Kundera « *C'est notre cécité, cécité existentielle, qui rend le monde autour de nous si mystérieux.* »

Sans Argy, un chapelet d'algues sur la grève, une plage aux mille teintes, celle de Donnant, le renflement d'un paquet de cigarettes dans une poche, un coquillage posé sur le sable ou encore une montre qui remontait le temps l'auraient laissé indifférent. Monde végétal ou minéral, univers faits d'objets du quotidien que ses yeux n'auraient pas vus avec une telle acuité encore hier. Aveugle et solitaire jusqu'à ce matin. Solitude qu'il s'évertuait à partager jusqu'alors avec son cancer, faute de trouver un meilleur compagnon d'infortune. Désormais, il n'était plus seul, elle était là avec ses jambes de sauterelle. Mystérieuse jeune femme, Argy, la malhonnête, la cyberdélinquante au caractère bien trempé. Quelle que soit l'issue à toute la mésaventure, il l'avait vécue à deux. Cette journée particulière lui avait fait recouvrer la vue véritable. Était-il jusqu'alors l'homme sans visage, celui que Magritte peignait de façon obsessionnelle, affublé d'un chapeau melon sur la tête pour toute marque distinctive ?

Pour s'engager sur le chemin, Argy tourna à droite et Mathias lui lâcha la main. Il était temps pour lui de parler à Argy de la photo ; il fallait qu'il le fasse avant qu'ils n'arrivent à l'aiguade.

— L'homme sans visage. Éléonore m'a dit que le 29 mars, avant de se rendre à la Belle Fontaine, James a insisté pour feuilleter un album de photographies en particulier… celui qui contenait les photos de l'homme sans visage, comme l'appelait James lorsqu'il était enfant. Elle se demandait encore pourquoi il avait tant insisté. C'était juste avant qu'il ne franchisse le seuil de sa maison pour disparaître à jamais.

Argy s'arrêta de marcher.

— L'homme sans visage, c'était qui ?

— Cela aurait pu être moi… En vérité, aucune idée. Mais j'ai subtilisé une photo à Éléonore où il est identifiable. Photo de famille jaunie, la seule où il n'y avait pas eu un coup de ciseaux vengeur. Sur les autres clichés, le visage de l'homme avait été soigneusement découpé pour ne laisser qu'un corps décapité. Des scènes du quotidien rendues énigmatiques par la présence de ce type sans tête, une femme à ses côtés, un bébé dans ses bras. La femme, c'était Éléonore plus jeune, je l'ai reconnue. Curieux comportement que celui de la mère de James. Probablement qu'elle ne souhaitait pas se retrouver face aux traits de cet homme lorsqu'elle feuilletait l'album.

Argy s'arrêta et pointa avec rage sa lampe torche sur Mathias, énervée de ne pas avoir eu connaissance plus tôt de cet indice.

— Montre-la moi.

Mathias obtempéra et ce n'est pas son visage mais celui de Argy qui s'illumina subitement. Lumière dans la nuit, sourire à peine esquissé marquant une fierté sincère. Lorsque Mathias avait regardé ce cliché, il n'avait rien ressenti. Cet instant immortalisé par le flash lui avait révélé des décennies plus tard un tableau avec six personnes indéniablement heureuses. Cette scène, bien que touchante, l'avait laissé de marbre. Deux jeunes enfants, de 3 ou 4 ans, qui se tenaient la main. Quatre adultes, deux jeunes femmes accompagnées de deux hommes, l'un âgé d'une cinquantaine d'années et l'autre d'une trentaine. Tous souriaient face à l'objectif. Clairement, ces anonymes pour Mathias ne l'étaient pas pour Argy.

— Le plus vieux, c'est mon arrière-grand-père. Le plus jeune c'est Charlie, mon grand-père, l'un des deux enfants pourrait bien être James, difficile d'en juger. La prise de vue date de plus de trente-cinq ans.

— Comment se fait-il que tu les reconnaisses ?

— J'ai déjà vu des photos de Charlie et de sa tribu. Percer un secret est toujours possible.

Mathias grimaça, leur relation naissante n'était qu'un édifice branlant. S'il venait d'avancer son pion en évoquant la photo, allait-elle avancer le sien en lui dévoilant un secret de famille ? Soudain, les jambes de Argy se mirent à trembler. Elle se rapprocha de lui, comme l'aurait fait un animal blessé espérant de l'aide.

— Douze ans. Mathias, je venais de fêter mes 12 ans lorsque j'ai appris qui était mon père. Un choc. Étrange, je ne m'y étais même pas préparée. Le poids d'un secret peut t'écraser mais une fois retiré, tu peux rester à terre les genoux emprisonnés dans la vase. Moi, je me suis relevée plus forte, déterminée à ne plus jamais croire les adultes. Pourtant, je n'avais pas imaginé que je grandirais pour devenir à mon tour une adulte menteuse comme eux, ceux qui m'avaient menti.

— Argy, tu n'étais qu'une enfant.

— Tu as raison, une gamine toute en rondeurs, enrobée dans un tissu de mensonges. Alors sournoisement, je me suis intéressée à la vie d'Éléonore, cette grand-mère tombée du ciel qui ne me portait aucun intérêt. Il m'a été inutile de demander, il m'a suffi d'écouter. Les Bellilois avaient des versions divergentes des faits, plus ou moins crédibles. Le seul mystère qu'ils n'avaient pas pu éclaircir, c'est pourquoi Éléonore avait renvoyé son gamin de 15 ans vivre à des milliers de kilomètres d'elle, auprès de l'homme qui l'avait manifestement trompée. Pas un seul n'a eu l'idée que la petite copine de son fils était enceinte. Neuf mois plus tard, je naissais, je sortais du ventre d'une fille-mère. Impossible de faire le rapprochement.

— Pourquoi cela leur était impossible ?

— Avant ma naissance, ma mère et James étaient les pires ennemis qui soient. Pour les copines de ma mère, mon géniteur ne pouvait être qu'un garnement de parisien, l'un de ceux de la bande dont faisait partie ma mère. Un prénom était sur toutes les bouches, un certain Arthur, un Versaillais boutonneux et myope. À quoi cela tient une suspicion de paternité ? Une bonne vieille monture en écaille avec des verres en culot de bouteille, voilà que le lien de parenté ne faisait aucun doute.

— Et Éléonore, comment avait-elle rencontré Charlie ?

— L'Acadie… une longue, bien longue histoire. Peut-être que c'est la seule partie du récit qui m'a offert un peu de rêve, au milieu de ce monde de non-dits. La vie de ma grand-mère paternelle, un véritable roman ! Rencontre avec Charlie lors d'un voyage au Canada. Grand amour et mariage au Nevada, là où résidait son époux. Un vrai conte de fées qu'elle a rapidement voulu partager ou tout au moins afficher ici. Elle en a eu très vite l'occasion. Durant ce fameux été passé à Belle-Île avec son Charlie à son bras, elle jouait la grande dame. Curieux, comme les langues allaient bon train quand je demandais quelques précisions sur la venue de ce riche Américain sur notre île. Les copines d'Éléonore en bavaient toujours d'envie quarante ans après. Selon elles, de retour à Las Vegas, ma grand-mère avait dû mener grand train.

— Las Vegas, non, je ne le crois pas !

— Je te l'avais bien dit, une comédie sentimentale à l'eau de rose mais qui a bien vite tourné à la tragédie. La descente aux enfers, le bel Américain trompait Éléonore. Retour à la case départ avec un billet simple pour Belle-Île, son petit bout de chou dans la valise, mon père. À croire que lui et moi, nous sommes nés sous une mauvaise étoile… Ensuite, elle a mené une existence plus conventionnelle. Éléonore a élevé seule son fils ; enfin, son ex-mari devait lui verser de l'argent même si elle clamait partout ne plus jamais vouloir avoir affaire à Charlie. Quelques années plus tard, elle a stupéfié toute l'île en renvoyant son fils à Las Vegas. Tous les Bellilois se doutaient bien que James avait fait une connerie d'adolescent, et qu'elle se séparait avec la boule au ventre de son unique enfant, pour que son père le remette dans le droit chemin. James ne remettra les pieds à Belle-Île que dix ans plus tard. C'est Éléonore qui ne voulait pas le voir venir ici, car elle lui a rendu visite plusieurs fois, mais là-bas, outre-Atlantique. Je pense que Charlie a été un déplorable mari mais un père acceptable. La seule chose qu'il n'a pas pu maîtriser, c'est l'addiction de son enfant. James avait fini par prendre goût au jeu. Évidemment, quand ton père est propriétaire d'un casino à Las Vegas, difficile de résister à l'attrait du bandit manchot !

Cette histoire était énorme pour Mathias parce que, à aucun moment, il ne s'était douté que James avait vécu de longues années aux États-Unis, en plein désert. Sa maîtrise parfaite du français, sa passion pour la mer et même son prénom d'origine gaélique en auraient trompé plus d'un.

— Ces quatre adultes. Que sont-ils tous devenus ? questionna Mathias.

— Éléonore vit ici, Charlie à Las Vegas. Mon arrière-grand-père est décédé dans un accident d'avion avec sa seconde épouse et leur fils. Veuf d'un premier mariage, il s'était remarié avec une femme bien plus jeune que lui. Il goûtait aux joies de la paternité pour la seconde fois lorsque l'accident est survenu. Son fils avait le même âge que son petit-fils, James.

— Donc, tu serais la seule héritière si ton grand-père venait à mourir, lui asséna Mathias.

De sa poche, il sortit son smartphone et se lança dans une recherche rapide sur le Net. Si Charlie avait le même patronyme que James, ses investigations pouvaient aboutir rapidement. Mais ce ne fut pas le cas, James avait bien évidemment brouillé les pistes en utilisant, en France, le nom de famille de sa mère. Argy le regardait agir, ahurie. Mathias plissa le front.

— Un dénommé Charlie Granger, propriétaire d'un casino à Las Vegas est mort, il y a de cela plusieurs mois. C'est lui ?

Argy serra la lampe torche avec force pour ne pas exploser. Mathias s'énerva lui aussi.

— Ne me dis pas que tu n'étais pas au courant ? Toi et ton Big Data, la pro des mots-clés, l'as des moteurs de recherche !

— OK, la reine des objets connectés n'est pas si conne. Tu as raison sur toute la ligne, j'étais au courant parce que ma mère me l'a appris. Mais je n'ai pas empoisonné mon père, pas plus que tu ne l'as fait. Le 29 mars, tu étais à Tokyo à ce que tu m'as dit. Tu aurais même pu y croiser ma mère. Pourquoi pas dans le Shinkansen entre Osaka et Tokyo ? Elle était là-bas pour son job.

— Au Japon ? Bon, ta mère a un alibi, et toi ?

— Le 28 mars, je récurais les toilettes à Paris pour la dernière fois et un paquet de nanas pourront te le confirmer, dans la langue de ton choix ! Mais voilà, le 29 mars, aucun alibi, un sacré coup de malchance.

Mathias n'écoutait pas Argy, trop occupé avec son smartphone, à faire défiler sur son écran un nombre important de pages en rapport avec Charlie Granger.

— Du lourd. Si tu fais valoir que tu étais bien la fille de James, tu vas te retrouver à la tête d'un empire, l'empire du jeu. Pas un billet en classe éco pour ton premier vol mais des stewards à tes petits soins dans ton jet privé.

— Je n'en veux pas de tout ce fric.

— Tu préfères continuer à te faire appeler Daphné ?

— Non, mais je ne veux rien devoir à personne ! Je peux me faire un nom, disons un prénom, seule !

Argy se remit en marche d'un pas décidé. Mathias ne souhaitait pas suivre plus avant cette piste pour ne pas risquer le clash. Il eut brusquement une révélation et hurla.

— Sa liste, mon assassin va passer à l'action, je suis le prochain sur sa liste ! C'est la clé !

— Faux, ma grand-mère m'a rapporté le message que lui avait rapporté un conseiller municipal. Ce n'était pas sur sa mais plutôt sur la liste !

Mathias se mit à courir pour la rattraper.

— Rapporté de rapporté. Tu te plantes !

— Peut-être que Grand'mam déforme un peu, les quantités, les qualificatifs et le reste. Mais elle, elle ne planque pas une photo sous sa jupe !

— Stop. Écoute-moi, C'est sur “sa” et pas “la” liste. Ce n'est pas la liste de James mais celle de son assassin. Ce n'est pas la liste des joueurs mais celle des personnes à abattre.

— Éléonore t'a bien dit qu'il a voulu voir l'album photo, juste avant de partir pour la Belle Fontaine. Il aurait donc passé ce coup de fil avant de voir la photo.

— Je pense comme toi, que James a reconnu son assassin sur une de ces photos, il avait peut-être même rendez-vous avec lui.

— Mathias, il y a un projecteur qui vient de s'allumer !

Ils plongèrent dans un fossé, se mettant à couvert. S'ils avaient oublié le temps d'une conversation qu'ils étaient en danger, leur instinct de survie avait vite repris le dessus. Allongée dans les fourrés à côté de Mathias, Argy éteignit précipitamment sa lampe torche. Le projecteur éclairait une silhouette masculine. L'homme était corpulent, vêtu d'un polo noir avec deux lettres blanches « *WB* » inscrites au dos. Le projecteur s'éteignit soudainement et le faisceau lumineux de la lampe frontale du gaillard éclaira la VHF qu'il tenait en main. Il se mit à parler.

— Walter à Klaus. Walter à Klaus. Dans vingt-huit minutes et trente secondes, on lance la mise à feu.

Argy poussa une exclamation de surprise. Pour étouffer le cri, Mathias appliqua sa main sur la bouche de Argy puis libéra l'emprise doucement.

— C'est un des membres d'un groupe de rock, chuchota Argy, le souffle court.

Le dénommé Walter se retourna mais, ne voyant rien dans son dos, reprit sa conversation.

— Le compte à rebours a démarré, dit-il en s'éloignant d'eux.

Délicatement, Argy sortit de la poche de son caban la montre de James ; Mathias l'éclaira avec son portable. Le chronomètre affichait précisément vingt-huit minutes et vingt-sept secondes.

XLIII

LES HOMMES EN NOIR

La Citadelle – Près du bastion du Gouverneur

Deux hommes en noir s'affairaient dans un silence religieux. Jouer avec le feu ne s'improvisait pas. En poche, ils avaient toutes les autorisations, de surcroît délivrées soixante jours auparavant. Les mélanges de matières explosives avaient été commandés à l'usine, et ce délai de deux mois leur avait été nécessaire pour pouvoir respecter la date d'exécution du contrat. Klaus regarda Bing, occupé à contrôler un boîtier électrique, puis consulta sa montre. Il leur restait vingt-sept minutes avant la mise à feu.

Klaus, crâne rasé, avait été démineur dans l'armée de terre. Si quelqu'un s'avisait de le qualifier de retraité, il se mettait dans une colère noire. Pourtant, s'il haussait facilement le ton, il savait se maîtriser et ne s'attaquait jamais à plus faible que lui. Il n'appréciait pas d'être contredit, pas plus que de porter un polo à manches longues, mais les règles fixées par sa boîte étaient claires : self-control et tenue correcte exigée. Les tee-shirts moulants, il adorait, parce qu'ils mettaient en valeur ses biceps tatoués. Le tatouage d'une bombe à la mèche fumante s'affolait lorsqu'il serrait son poing droit tout en jouant du muscle. À Klaus, personne dans l'équipe composée de six gaillards ne se serait permis de chercher des noises. Quant à celui que toute la bande surnommait Bing, il était malingre et s'en contrefichait qu'on le lui fasse remarquer parce que être querelleur n'était pas dans son tempérament. Ce gentil, du moins en apparence, avait été mineur-boutefeu et avait opéré dans des carrières. Les deux hommes étaient à Belle-Île depuis quarante-huit heures pour équiper et sécuriser le site. Ce qui les rapprochait, c'était non seulement l'amour du travail bien fait mais encore leurs origines, leurs parents à tous les deux étaient des immigrés polonais. Fréquemment, ils échangeaient en polonais, ce qui avait l'art d'énerver le reste de l'équipe. Au total, ils étaient six et se retrouvaient parfois pour des missions comme celle-ci, qui imposait de réunir la troupe au grand complet.

Les quatre autres baroudeurs avaient débarqué du bateau dans la matinée avec le reste du matériel. Trois d'entre eux étaient en position à la Citadelle, à proximité des cachots. Là-bas, il y avait Roland, le pro des chantiers de démolition, et aussi Tim, qui savait déterminer avec une précision de métronome le moment favorable pour les lancements et les mises à feu. Quant au troisième, celui que l'on surnommait l'Artiste, son seul credo était de captiver, en donnant de l'émotion, par ses créations, des tableaux aériens aux mille couleurs, aux formes improbables, aux altitudes renversantes. L'hiver, il travaillait comme pisteur secouriste dans les Alpes et se chargeait de déclencher préventivement les avalanches par explosifs. Si tous les trois s'activaient à la Citadelle près des cachots, Walter le musicien ou, mieux, le chef de bande, était lui aussi en plein travail, mais à Port Larron.

Toute cette fine équipe était parfaitement formée. Non seulement elle avait une excellente connaissance des produits, de leur mise en place et de la fixation de ceux-ci, mais encore elle maîtrisait les normes de sécurité, et les règles de transport et de stockage. Le danger, les hommes ne le niaient pas. Il résidait dans la manipulation des produits : poudre noire, poudre flash, systèmes de mise à feu, fusées, mortiers, compacts, chandelles pour le tir. Mais ils étaient des pros. Chez WB, tous étaient des professionnels. Leur organisation était quasi militaire.

Près du mur d'enceinte de la Citadelle surplombant la mer, Klaus était agenouillé dans l'herbe, une grande mallette noire ouverte devant lui. Il fixait les fils électriques reliés au dispositif de mise à feu. Il comptait et recomptait. Il anticipait. Bing s'agenouilla à son tour à ses côtés et lui donna une légère tape sur l'épaule.

— La cagnotte se monte à combien ?

— Trois mille euros. Si je la décroche, je me paie une virée à Vegas, en solo. Et toi ?

— Je ne suis pas chanceux. Malheureux au jeu, mais heureux en amour. Après l'accouchement, je demande Mélanie en mariage. Bon, je ne cracherai pas sur ces billets, je rêve de lui payer une robe de mariée de princesse avec le fric, mais ce n'est pas gagné.

— WB, il l'a trouvé où, son nom pour la boîte ? La Walter Brother, la Walter Band, cela aurait été trop simple.

Ils se disaient frères d'armes sans être frères de sang. C'est Walter qui les avait recrutés. Pourquoi avait-il nommé sa société, la WB ? Ce mystère faisait l'objet d'un pari. En trois mois, la cagnotte avait sacrément monté. Bing se releva et sautilla sur place pour se dégourdir les jambes.

— Dans moins d'une heure, tout sera bâché. J'ai promis à Mélanie d'être de retour demain en fin d'après-midi pour aller choisir les alliances.

Klaus fit craquer les phalanges de sa main droite, une à une. Il venait de divorcer et rien que l'évocation du mariage le faisait enrager.

— Ils fichent quoi, les autres ?

— Il y aurait un problème avec la caméra installée près des cachots. Déjà, avec celle positionnée à la Belle Fontaine, la caméra numéro trois, j'avais eu des petits soucis au moment des repérages.

— Cela date de plus de deux semaines. Tu en as parlé à Walter ? questionna Klaus.

— Non, il ne valait mieux pas. Avec cette commande spéciale, depuis une quinzaine de jours, Klaus est suffisamment à cran. Et puis je me suis débrouillé, tout est OK.

— Si tu le dis.

— Tout est OK, répéta Bing, puis il bafouilla, que le commanditaire ne soit pas présent, ce n'est pas plus mal.

— Justement, un peu plus compliqué. Tout doit être filmé en direct et bien filmé ! Il veut suivre à distance le show.

— À ce que m'en a dit Roland, il aurait une affaire urgente à traiter à Paris, une opération spéciale. De toute façon, tout est payé d'avance.

— Pas une raison suffisante pour que quelque chose foire.

Klaus massa ses tempes. Ses doigts remontèrent le long de son crâne parfaitement lisse et caressèrent sa cicatrice longue d'une bonne dizaine de centimètres. Il était inquiet. Le donneur d'ordre les avait contactés une première fois en tout début d'année pour exécuter une commande spéciale incluant un bouquet final en apothéose.

Il n'avait eu qu'un mot à la bouche « féerie ». Le spectacle devrait faire pâlir d'envie les States, être digne d'un show à l'américaine. Il avait payé la facture en totalité et à la commande, se montrant grand prince et confiant. Néanmoins, il s'était montré pointilleux, voire d'une extrême exigence, au point de rentrer dans les moindres détails, le rendu, les effets pyrotechniques souhaités, le lieu, la date et l'heure précise de la mise à feu. L'emplacement des caméras avait aussi été fixé à l'avance. Pour Klaus, la théorie était une chose et la réalité en était une autre.

La localisation de la caméra numéro trois sur le papier semblait idéale mais le dénivelé du terrain avait dû poser problème à Bing. Klaus espérait que, du côté de l'équipe stationnée du côté des cachots, tout était en place.

Klaus attrapa la VHF et appuya sur un bouton.

— Klaus à Roland. Klaus à Roland.

La VHF crachota et enfin une voix s'exprima.

— Roland à Klaus. On est en position sur votre gauche, à proximité des cellules. Ça a été le bordel, ici. Le câble numéro sept a cédé, provoquant un court-circuit. L'Artiste a récupéré un grand métis totalement sonné. Il ne parle pas encore ; il m'a tout l'air d'avoir pris une sacrée décharge, le gars est sous le choc mais calme. Depuis qu'il s'est relevé, il maintient ses bras en l'air, comme si un sniper avait son viseur braqué sur lui. Je t'ai gardé le meilleur pour la fin, Tim avait repéré deux nanas en tenue de gala qui rôdaient dans les parages. Elles semblaient venir dans notre direction mais elles se sont heureusement éloignées. Tim était prêt à les intercepter. Maudits touristes, ils veulent toujours être aux premières loges ! Bon, on sera quand même dans les temps.

— OK, à vous de gérer au mieux les invités surprise et la caméra.

— Normalement, elle devrait fonctionner. On en a sacrément bavé pour la stabiliser cet après-midi. Walter n'a pas à le savoir. Il est déjà suffisamment sur les nerfs.

Détendu, Klaus se releva et vint se positionner devant Bing, il le dépassait d'une bonne tête.

— On s'en grille une avant de tout faire péter ?

— Pas de refus.

— Roland ne t'a pas tout dit. L'opération du gars, c'est du lourd. Le genre de truc où tu joues ta vie à pile ou face. Une chance sur deux d'en réchapper.

Donnant une grande tape sur la tête de Bing, Klaus se mit à rire.

— Guéri ou lobotomisé ! Je ne sais même pas s'il n'est pas un légume à cette heure-ci. Du fond de son lit, c'est peut-être un navet qui s'apprête à contempler le grand show. Con, tout cet argent, celui de la fortune héritée de son père à ce qu'il m'a dit. À quoi pourrait-elle bien lui servir s'il ne sortait jamais du coma ou en sortait avec un pois chiche à la place du cerveau ? Walter aurait pu demander plus, bien plus, le gars il s'en contrefichait du prix.

— Je me doutais bien que ce n'était pas un client ordinaire. Walter m'a dit qu'il avait tout payé en liquide et que la facture était libellée au nom d'une société basée aux States.

— Pas clair. Il y a un mois de cela, le client est passé à l'atelier. On a commencé à parler, il m'a demandé ce qui m'avait poussé à entrer dans le business. J'ai relevé la manche de mon tee-shirt et je lui ai expliqué que je l'avais dans la peau, ce business. Et puis, j'ai penché la tête et il a vu la balafre sur mon crâne. Souvenir de l'armée, une opération au Tchad. Le médecin militaire m'avait donné une chance sur deux.

— Je ne savais pas.

— Je fais le fier-à-bras mais j'ai chialé quand ma mère est venue me voir à l'hôpital. Le billard, j'ai donné, et ma caboche, c'était une bonne grosse balle explosée qu'il a fallu rafistoler. Parfois, j'ai des maux de tête, à vomir. Voilà, je lui racontais ma vie et il s'est mis à tout me balancer sur la sienne. Son opération était programmée pour le 1er avril. Guéri ou lobotomisé. Il y avait urgence à agir, il gardait espoir. Son médecin, un Chinois ou quelque chose dans le genre. Chung, c'est ça, Chung ; donc ce Chung était confiant. Notre client, il avait tout programmé. Cela ne lui tombait pas dessus comme pour moi alors il avait pu anticiper. Un dernier au revoir à sa mère prévu le 29 mars. La serrer une fois encore dans ses bras avant le grand saut dans le vide. Le départ était imminent, il ne pouvait attendre plus longtemps. Il avait tout prévu ; quelques jours plus tard, sa mère devait recevoir une malle par la poste un jour avant son opération. Ce con allait lui expédier cinq flûtes à champagne et un magnum d'eau ! De son lit d'hôpital, il ferait en sorte de la contacter. Il lui expliquerait plus tard qu'elle devrait la faire livrer dans une salle du restaurant à la Citadelle. Et le petit courrier, là, c'était du grand art. La fameuse lettre arriverait le 1er avril dans la boîte aux lettres de sa mère. Avec sa maternelle, il n'avait jamais pu parler… Moche, pas comme avec la mienne. Il allait lui écrire qu'il l'aimait et que ce n'était pas une preuve de lâcheté d'écrire plutôt que de le lui dire en face. S'il survivait à l'opération de la dernière chance, il retournerait la voir pour le lui dire de vive voix. S'il pouvait parler… pour lui expliquer que ces trois potes seraient là, ce soir, ceux de la liste.

— Tu n'aurais pas le nom de notre client ?

— On s'en fiche. Il a la folie des grandeurs et est friqué. Enfin, je ne pourrais même pas te certifier qu'en ce moment, il ne mange pas des pissenlits par la racine ! Une chose est sûre, tous ses potes sont là, certains, ceux de la liste. Lui est vraisemblablement spectateur à distance mais ses trois potes sont aux premières loges. Il avait tout calculé. Il y en a deux qui sont à faire la bringue dans un restaurant, ici, à la Citadelle, en ce moment.

— Comment il pouvait en être sûr au moment où il te l'a raconté ?

— Un mariage, ça se programme. Le marié et le témoin sont toujours de la fête.

— Et son troisième pote ?

— Un veinard de première, qu'il avait prévu d'inviter dès que celui-ci serait de retour du Japon. C'est lui, le maître du temps. À cette heure-ci, il a dans sa poche le chronomètre du top départ, réglé sur notre compte à rebours. On va tout faire péter pour qu'ils en prennent plein la vue. Et ils ne seront pas les seuls, car notre vidéo va se retrouver sur les réseaux sociaux à ce qu'il paraîtrait.

— Pourquoi cinq flûtes ?

— Pour ses trois copains et sa gamine. Selon lui, la petite est une fêlée de jeux vidéo avec des dinosaures qui se massacrent entre eux. La petite doit être là pour la sortie sur le marché du jeu, aux portes de Le Palais. Je me demande quel âge a sa gosse. Gosse de riche, je ne m'en fais pas pour elle.

Bing écrasa son mégot dans l'herbe et le ramassa ensuite. Il l'empaqueta dans un mouchoir en papier et fourra le tout dans la poche de son jean.

— Je ne voudrais pas mettre le feu à la lande ; embraser le ciel, c'est bien suffisant.

— Tu n'as pas tort.

Klaus écrasa à son tour son mégot en le pressant entre ses paumes puis l'avala. Il déglutit bruyamment et dit, l'air de rien :

— Bon, on y retourne.

— Oui, juste une dernière question. La cinquième flûte, elle est pour qui ?

— Cela fait mal au bide rien que d'y penser, et ce n'est pas la clope qui passe mal. Son ex ! Moi, je te dis que c'est un dingue, offrir le plus beau des spectacles pyrotechniques à son ex-femme. Il l'a dans la peau, le gars. Parce que la mienne, mon ex, je lui ferai jamais plus de cadeau !

XLIV

WALTER

La Belle Fontaine

Argy et Mathias retenaient désormais leur souffle. Le chronomètre avait continué son compte à rebours et eux avaient rampé dans l'herbe. Étrange comportement qu'ils avaient adopté, sans se concerter. Tous les deux se mirent à écouter, dans l'espoir que le gaillard qui s'affairait à organiser une mise à feu, éventualité qui les terrifiait, leur en apprenne un peu plus. La VHF se remit enfin à crachoter.

— Walter à Klaus.

— Klaus à Walter. À la Citadelle, tout est OK. La cagnotte se monte bien à trois mille euros ?

— Pourquoi ?

— Avec Bing, on vient de décider de lancer un nouveau pari. Pourquoi notre client a commandé ce feu d'artifice ? Si c'est pour un mariage, je remporte mon poids en huîtres !

— On change de canal, mets-toi sur le canal 12. Je n'ai pas envie que tous les pêcheurs du coin écoutent notre conversation.

Le corps de Argy eut à peine le temps de se raidir que la VHF se mit de nouveau à grésiller.

— Klaus à Walter, tu m'entends ?

— Fort et clair. Les huîtres, tu oublies parce que, au début, c'était effectivement pour un mariage et puis le client, il a changé son fusil d'épaule. Il voulait que ce soit en l'honneur de sa gosse. Le lancement sur le marché d'un jeu interactif que la petite a conçu, un jeu de piste à Belle-Île. Les types friqués sont capables de tout pour faire plaisir à leur gosse. Notre client avait appris par son ex que leur fille avait conçu ce jeu et que la gamine était capable de partir en vrille si quelqu'un ne le développait pas. C'est ce qu'il a fait faire dans le plus grand secret. La première, et à mon avis unique, session de jeu se termine ce soir. Cela mérite bien un feu d'artifice ! Je crois que ce jeu lui fichait sacrément la trouille mais cela ne l'empêchait pas d'être terriblement excité. Surréaliste, ce gars m'a dit qu'il lui était interdit de miser ne serait-ce qu'un euro dans un casino, mais qu'en créant son propre jeu, il pouvait s'amuser. Bon, j'arrête là. Ici, j'ai besoin de toi en urgence, la caméra trois a l'air de faire des siennes !

— OK, je rapplique et tu me raconteras la suite de vive voix.

Le chronomètre affichait dix-huit minutes, lorsque le dénommé Klaus apparut enfin. Mathias n'osait bouger, son bras était totalement ankylosé. Il lui fallait tenir et surtout rester immobile. De leur position, Mathias et Argy ne distinguaient que les ombres des deux hommes occupés à faire des allées et venues sur le site, là où les câbles électriques formaient une toile d'araignée géante. Soudain, l'homme au crâne rasé s'exprima.

— Bon, la caméra trois fonctionne de nouveau. Quand même, fait chier d'avoir perdu le pari, mais la suite m'intéresse malgré tout. C'est quoi, ce jeu ?

— Klaus, n'y compte pas trop, même en ayant les règles, tu ne pourras pas y participer. C'est un prototype.

— Vas-y, raconte. On a bien cinq minutes.

Walter consulta sa montre.

— Cinq, pas une de plus et c'est bien parce que tu as réparé la caméra. Bon, le jeu, quatre joueurs, et chaque joueur doit montrer patte blanche en début de session. Il compose un numéro de téléphone et annonce un code personnel. C'est là que le mécanisme s'enclenche. Sur son portable, le gars reçoit la carte de Belle-Île avec des tas de points pour localiser des trucs de fou, thalassothérapie à Port Goulphar associée à rajeunissement, aérodrome de Bangor pour gagner un tour du monde.

— Restau pour s'en mettre plein la panse et hôtel pour une partie de jambes en l'air ?

— Vue mer, champagne et langouste à volonté. Mais c'est jouer petit bras, car ton vœu doit bouleverser à jamais ta vie.

— Pour moi, il n'y a que le cul dans la vie !

— La santé, le fric et la reconnaissance de tes proches. Bon, bref, le gars fait comme il l'entend, petit joueur ou gros poisson prêt à faire péter la baraque, il pose son doigt sur le lieu de son choix ; enfin, de son choix… Notre client avait prévu de faire des propositions alléchantes, en rapport avec le profil du joueur. Pour moi, il aurait assez bien vu clignoter un truc du genre, salle de séminaire près du golf associé à tourisme d'affaires et contrats plein les poches. Le parcours de golf sur l'ancien domaine où a vécu Sarah Bernhardt, j'en rêve encore. Enfin, quoi qu'il en soit, tu peux accepter le deal ou le refuser et te voir alors proposer un autre lieu. De toute façon, si tu ne te décides pas illico, il y en a trois autres qui ne se gênent pas pour le faire. Ton premier bonus, tu l'empoches et tu commences à vivre l'enfer, en arrive un second et tu dois encore choisir, sinon on te retire tout. Il y a trois autres gars qui font comme toi, mais ce n'est pas toi qui as choisi tes ennemis, tu les subis et tu crèves de trouille qu'ils t'éliminent. Dans le jeu, on peut se faire liquider parce que l'on a, comme un con, choisi de recevoir le même bonus qu'un autre joueur. Si simple d'être un con lorsque l'on ne connaît pas l'ennemi. Voilà, rafle la mise, tous ses jouets de dingue en poche, le dernier en lice, le stratège.

— Bien plus compliqué que le lancement de fusées et cela pour seulement quatre gus.

— Pourtant, notre client l'a fait. C'est ce qu'il m'a expliqué la dernière fois que je l'ai vu, il y a un peu plus de deux semaines à Paris. Il était curieux de voir comment ce jeu aurait pu fonctionner. Son idée, c'était uniquement de lancer le jeu ; il s'en contrefichait qu'il y ait ou non un gagnant. Alors, il a mis en place une plateforme d'appel et remis le code à un gars qui était malade. Mais ce type est resté de glace, trop pragmatique. Soit il a perdu le goût de vivre, soit il n'est pas joueur ; enfin, notre client allait le relancer. Ensuite, il a remis le numéro de téléphone à un de ses potes, un Sud-Américain qui rêvait de rester vivre en France. Avec celui-là, notre commanditaire se tenait prêt à aller jusqu'au bout. La plateforme, la carte de Belle-Île et même une proposition de naturalisation, voire tout lui balancer en même temps, précisément aujourd'hui le 11 avril, le jour du mariage du gars, un mariage arrangé, quasi blanc. Le type a été alerté de sa naturalisation cet après-midi, un peu avant de passer la porte de la mairie. Pour notre client, si le futur marié aimait réellement sa promise, il se marierait. S'il ne l'aimait pas, il prendrait ses jambes à son cou. La messe serait dite. Je me demande si le mariage a eu lieu.

— Et les deux autres joueurs ?

— Notre client a pipé les règles. Il s'est mis en compétition. L'issue de l'opération a dû lui permettre de savoir s'il avait gagné son super bonus, sa guérison.

— Je suis au courant, il a remis sa vie entre les mains d'un neurologue de renom. Il avait bon espoir de guérir, cinquante pour cent de chances, c'était bien plus que n'aurait pu lui offrir un jeu.

— Il t'en a parlé quand ?

— C'était au hangar, il y a un mois. On a un point commun, la trépanation.

— Moi, je n'ai plus eu aucune nouvelle de lui depuis fin mars. Il doit être dans le pâté en ce moment, mais avec les caméras, il sera de la fête. Quant au quatrième joueur, il se demandait s'il entrerait un jour dans une quelconque partie. Il lui a parlé du jeu en lui expliquant avoir mis une grosse somme sur la table pour participer. Le type aurait voulu recevoir le numéro de téléphone sans rien débourser. Notre client était totalement désolé par l'attitude de son ami. Il a dit de lui qu'il ne serait jamais heureux, ni en amour, ni au jeu. Tout foirait parce qu'il avait rarement été un amant pour une femme et ne serait jamais un joueur pour quiconque. Notre client pensait que ce quatrième joueur ne tenterait pas l'aventure parce qu'il a toujours eu peur de s'engager. C'est le témoin au mariage.

— Donc, un seul véritable joueur, le Sud-Américain.

— Aux dernières nouvelles, exact. Notre client n'a pas choisi cette date au hasard, c'est la date du mariage du type, ici même à Le Palais. Il savait que tous seraient présents, aujourd'hui, 11 avril. Le futur marié, le témoin, son ami malade qu'il a dû contacter dès son retour d'un voyage pour lui proposer d'assister au spectacle, sa fille qu'il a pris soin d'alerter par la presse de la mise sur le marché du jeu. Utiliser la presse pour inviter sa gamine… je ne pense pas que leurs relations soient classiques.

— Alors, ce soir, ils seront tous aux premières loges, trois des joueurs sont sur place, notre client est sur un lit d'hôpital derrière son écran et la fille doit être dans les parages. Et l'ex-femme de notre client ?

— Divorcée à ce que j'ai cru comprendre ; cela explique les liens plus que tendus avec sa fille. Il n'a même pas évoqué son ex. Bon, cela fait plus de cinq minutes que l'on discute. On a du pain sur la planche, pas comme lui ; il n'a plus qu'à attendre sans rien faire, manette en main. Enfin, il y en a d'autres qui ont dû marner ces dernières semaines, les informaticiens de la start-up à laquelle il a fait appel. On est en compétition, nous aussi. Le client a été formel, avec eux tout serait fait selon ses désirs au jour et à l'heure fixés. Ils sont sur le même bateau que nous, eux bien au chaud devant leur ordinateur, et nous ici à nous cailler les miches.

— Avec les emmerdes en prime ! Je me doutais bien que l'on aurait des soucis de dernière minute avec les caméras. La trois avait déjà fait des siennes.

— Putain, je perds du temps à te raconter des trucs qui ne te concernent même pas et le merdier avec la caméra trois t'était sorti de la tête. Putain de trépané !

À quelques mètres des deux hommes, une jeune femme allongée dans un fossé pleurait. Mathias enlaça Argy. Le clair de lune les unissait par un lien profond. L'herbe accueillit leurs corps enlacés et le bruit des vagues couvrit les sanglots de Argy.

À une cinquantaine de mètres de là, médusées, Greta et Clémence regardaient de leur poste de surveillance ces curieuses allées et venues tout autour de l'accès à la citerne. Un projecteur avait éclairé la toiture de terre engazonnée qui couvrait le réservoir, puis s'était éteint subitement. Clémence était désormais incapable de bouger. Greta avait bien tenté de la secouer mais elle était restée inflexible et l'était encore plus depuis qu'elle avait vu apparaître une camionnette de couleur sombre aux vitres arrière teintées. Cette arrivée ronflante, en faisant crisser les pneus sur le terre-plein du parking, en disait long sur l'état de nervosité du conducteur. Toutes les deux avaient pris la décision d'attendre sagement que la situation se calme. Selon Clémence, les loups les avaient suivies toute la soirée et maintenant s'apprêtaient à venir les dévorer. Peut-être que ces hommes, aux allures de bête, avaient déjà trucidé Hugo. Clémence murmura à Greta :

— Hugo est mort, ma pauvre chérie, tu es veuve avant même d'avoir été mariée.

XLV

HUGO

Le Palais – Route des Glacis

Au nord de Le Palais, Hugo était bien vivant et entamait même une ode à la vie. La ville de lumière en plein désert, Hugo en rêvait depuis si longtemps. Bientôt, il en serait le roi. Quant à implanter un Las Vegas en pleine mer, il n'y avait pas songé avant de venir sur Belle-Île, mais rien que l'idée le gonflait d'orgueil. Envisager la démesure et programmer des chantiers pharaoniques sur une île, s'il s'y sentait disposé, les Français ne le seraient pas, encore moins les Bellilois. De toute façon, sur cette île, lorsque l'affaire serait terminée, il ne mettrait plus jamais les pieds.

Hugo hésitait. À quelques dizaines de mètres de la gendarmerie, il se demandait encore s'il lui fallait passer si vite à l'étape supérieure. Il frissonna. Étourdissante pensée qui lui donnait le tournis. Dans quelques mois, il serait le propriétaire d'un empire, le Palace, le WB. Toucher le gros lot sans poser un seul jeton sur la table, sans attendre que le numéro fétiche sorte à la roulette, sans même s'asseoir à une table de poker ; la martingale serait à lui. Tout, il avait tout prévu pour qu'il en soit ici. Son plan était parfait jusque-là, des impondérables de dernier instant n'allaient pas lui briser ses rêves.

Son plan avait été digne d'un génie. Après avoir assassiné Charlie Granger et maquillé le crime en accident – sans grande difficulté d'ailleurs, ce dernier abusant volontiers de médicaments – il avait bouclé sa valise pour venir en France et y accomplir un véritable travail d'orfèvre, une opération en sous-marin. Tous ces pantins qu'il avait dû côtoyer pour entrer dans le cercle des intimes de James, bientôt, ils disparaîtraient à jamais de son existence. Le premier qu'il avait dû rencontrer avait été Vincent. Il l'avait approché de façon si convaincante que ce dernier l'avait finalement présenté à James sans se faire prier, tout naturellement. Qu'est-ce qu'il n'avait pas dû inventer pour arriver à ses fins ? Une histoire de naturalisation et Vincent avait évidemment plongé. Un cœur d'artichaut qui aime les causes perdues vient forcément en aide aux autres, de surcroît quand il reconnaît dans cet autre celui qu'il ne sera jamais. Fasciné par un brillant Sud-Américain rencontré fortuitement, Vincent avait jubilé de le voir s'adresser à lui afin de lui éviter l'expulsion. Vincent aurait tout fait pour qu'Hugo lui dise ne serait-ce qu'un merci ; il lui avait même trouvé l'âme sœur pour le sortir de sa situation délicate. Greta était la cerise sur le gâteau. Délicieuse, voire crémeuse forêt-noire qu'il avait consommée et même appréciée avec un mélange de détachement et d'attachement. Goût amer de l'éphémère.

Il lui avait fallu des mois d'approche, au point qu'à la mi-mars, il se tenait si près du but qu'il ne doutait pas une seconde d'être prochainement reconnu comme le dernier héritier encore en vie de Charlie. À chaque fois qu'Hugo retrouvait James, il se réjouissait de le voir dépérir, il ne l'interrogeait pas sur sa maladie, constatant l'effet de celle-ci, qui œuvrait dans son sens au fil des semaines. Attente ô combien jouissive, il était prêt à tout endurer parce que sa patience serait très vite récompensée. Mais voilà qu'au printemps, James s'était mis à s'accrocher à la vie avec une force inouïe. Il lui avait même confié un secret, il avait une chance de s'en sortir. La tumeur était opérable. Son oncologue lui avait certifié qu'il avait une chance sur deux de survivre à l'opération sans garder de séquelles invalidantes. Peut-être qu'il aurait du mal à retrouver la parole dans les semaines qui suivraient l'intervention chirurgicale mais il reparlerait un jour.

C'est le 25 mars, lorsqu'il avait appris de la bouche de James que ce dernier avait programmé son opération en toute discrétion pour le 1er avril qu'Hugo avait décidé d'agir. Le secret ne devait pas transpirer. James était superstitieux, comme tout joueur qui se respecte, et cette superstition le contraignait à ne rien dire à ses proches, ce qui arrangeait bien les affaires d'Hugo. James comptait venir embrasser sa mère à Belle-Île, avant de se faire opérer et, pour ce faire, envisageait une escapade sur son île le 29 mars. Hugo avait sauté sur l'occasion, elle était trop belle. Ce ne serait pas si difficile de faire croire à un accident. Sur l'île, il trouverait un lieu discret et le pousserait du haut de la falaise. Un homme diminué physiquement était vulnérable. Il lui ferait payer, il se vengerait, comme il l'avait fait avec Charlie. Que ce dernier n'ait même pas eu le courage de venir sur les lieux du crash lui restait encore en travers de la gorge, trente-cinq ans après. Comme pour Charlie, Hugo s'était payé le luxe de se forger un alibi à sa mesure. Le 29 mars, il avait envoyé un Sud-Américain lui ressemblant fortement, parlant avec un léger accent, faire des emplettes dans son quartier puis dévorer un roman hispanique assis sur un banc, square Édouard-Vaillant. C'est ce qu'il avait bien évidemment rapporté lors de son interrogatoire.

Des gamins jouaient dans la rue des Glacis. Les réverbères éclairaient leurs pieds, la balle allait et venait entre leurs jambes. L'un d'eux hurla qu'il y avait la fête à Le Palais, que bientôt le ciel s'enflammerait et qu'il fallait vite terminer la partie parce que toutes les lumières de la ville allaient bientôt s'éteindre.

Les enfants ne le virent pas, trop occupés à terminer leur partie. Hugo songea au 29 mars, le soleil brillait sur Belle-Île, ce jour-là. Il se souvint de ce petit garçon au sweat coloré qui, pour un petit billet, avait accepté de participer à une farce concoctée par une adulte d'âge mûr. Hugo avait eu l'idée de se travestir en femme au cas où James aurait forcé le gamin à lui en dire un peu plus. Ce 29 mars, alors que James s'apprêtait à entrer dans la maison de sa mère, quelle n'avait pas été sa surprise de se voir aborder par un garçonnet qui lui avait dit en pouffant de rire « Monsieur, votre oncle d'Amérique vous donne rendez-vous à la Belle Fontaine, à la citerne aujourd'hui à 16 heures. » Le gosse avait filé sans demander son reste, fendant l'air sur son skate à vive allure. Est-ce que James avait tout de suite compris ce qui l'attendait, qu'il risquait sa vie en se rendant à ce rendez-vous ? Si tel était le cas, il était tout de même venu. Comment aurait-il pu en être autrement ? Au fond de lui, James l'avait toujours senti, son compagnon de jeu, alors qu'il avait tout juste 5 ans, n'avait pas pu trouver la mort dans cet accident d'avion. Seuls quatre corps d'adultes avaient été retrouvés dans les débris disséminés sur des dizaines de kilomètres en pleine forêt amazonienne. La cinquième victime avait été déclarée morte. Mais voilà, l'oncle d'Amérique avait survécu et désormais il demandait son dû. Charlie avait traité Hugo d'imposteur quand ce dernier s'était présenté la première fois devant lui. Un imposteur avide d'argent facile, voilà ce que Charlie Granger lui avait assené. Facile, son existence n'avait pas été facile. Hugo n'avait eu de cesse de chercher les traces de son passé et, après avoir découvert la vérité sur ses origines, il s'était retrouvé devant un mur d'incompréhension. Que James ait eu une existence facile, il ne pouvait le supporter.

Le 29 mars, James avait pris le sentier côtier, désarmé, avec uniquement une bouteille d'eau entre les mains, comme un promeneur du dimanche. Enfiler le costume du randonneur, alors qu'il savait fort bien qu'il risquait sa peau, il était joueur. Pourtant, il avait de quoi se tenir sur ses gardes depuis la mort de son père. La mort accidentelle de Charlie Granger l'avait surpris. Il y avait eu une enquête à la suite du décès de Charlie, et James s'était même retrouvé sur la sellette. Mais son alibi était inattaquable, il se trouvait à des milliers de kilomètres de Las Vegas au moment du décès de son père. Finalement, l'enquête avait conclu à une overdose de médicaments avec suspicion de suicide.

Quant à Hugo, ce 29 mars, il attendait à la Belle Fontaine, confiant. Il se souvenait avoir regardé sa montre qui indiquait 15 h 45. Le temps était clair, le chemin d'accès à l'aiguade Vauban désert, la vue sur la mer dégagée. James n'allait pas tarder à arriver. Hugo s'était demandé s'il n'aurait pas pu laisser la nature agir, la maladie allait bien emporter James tôt ou tard. Mais voilà, comme James avait décidé de contrecarrer mère nature et de s'accrocher à la vie, il l'attendait pour en finir définitivement avec lui. L'opération chirurgicale aurait pu réussir et James aurait pu s'en sortir. Hugo n'aurait pas eu la patience d'attendre des années encore. Cette fortune était à lui, l'oncle d'Amérique. Il se doutait bien que Charlie avait évoqué avec James cet oncle d'Amérique porté disparu dans un crash aérien et qui aurait eu environ son âge. À 15 h 50, Hugo avait souri en songeant au message remis par le gamin au sweat coloré, message qui avait dû secouer son neveu. Pourtant à 16 heures, lorsque James s'était retrouvé face à lui, il n'avait même pas paru surpris. Simplement, il lui avait dit « Ainsi, c'est toi l'oncle d'Amérique. Après mon père, je suis le prochain sur ta liste, tu vas me faire la peau pour du fric. » À cet instant précis, Hugo avait imaginé comment il le tuerait. Dans le sac qu'il portait en bandoulière, il avait non seulement un revolver mais une arme bien plus puissante, un entonnoir. Il allait l'obliger à entrer à l'intérieur de l'aiguade, à boire l'eau de la citerne, à boire à en crever ! Il lui maintiendrait les bras, il contraindrait cet homme affaibli par la maladie, amaigri et dépourvu de vitalité à boire. Le revolver sur la tempe, il allait boire. Cela lui prendrait deux ou trois heures pour que son supplicié avale des litres d'eau. Au début, il aimerait parce que cette eau lui dévorait le cerveau. Lorsqu'il serait au bord de l'évanouissement, il lui collerait l'entonnoir dans la bouche. Direct. Pas de poison. Peut-être qu'il ne serait même pas décédé lorsqu'il le balancerait du haut de la passerelle d'accès au réservoir. Son corps roulerait en contrebas, sa tête s'écraserait sur les rochers. Fin de l'histoire, un accident. Mais au moment où James était apparu devant lui, Hugo le savait pertinemment, il ne disposait pas des deux heures nécessaires pour agir. Ce précieux temps, Hugo ne l'avait pas devant lui parce que des promeneurs pouvaient s'inviter. Il lui fallait agir vite et bien, pousser James dans le vide, uniquement le pousser et constater le décès avant de fuir en passant par le sentier côtier.

Mais cela ne s'était pas passé exactement comme prévu. Tout avait été si différent de ce qu'Hugo avait planifié à 15 h 45. Non, cela ne s'était pas passé comme cela parce que James en avait décidé autrement, au moment où il était apparu devant lui.

XLVI

LE FEU D'ARTIFICE

Le Palais – Route des Glacis

Hugo cessa de marcher. Il était à quelques mètres de la gendarmerie. Il hésitait ; pourtant, il le savait, il resterait à jamais innocent aux yeux de tous. Si James, avant de se rendre à la Belle Fontaine avait bien eu un éclair de génie en laissant ce message sur son portable personnel, il avait toutefois commis une erreur en ne fournissant aucun nom. « L'assassin va passer à l'action, je suis le prochain sur sa liste, uniquement l'assassin », avait-il enregistré. Peu après l'autopsie, Hugo se souvint avoir été entendu par la police en tant que témoin des évènements survenus dans l'église de Sauzon. Il lui avait alors été demandé si James avait des ennemis. Il n'avait dit que la stricte vérité. Les liens qui l'unissaient à James n'étaient pas suffisamment intimes pour lui permettre de savoir si celui-ci avait des ennemis. Hugo avait précisé que James et lui avaient un ami commun,

Vincent, et que c'était lui qui l'avait présenté à James. Il avait été convaincant en annonçant avoir entretenu avec James des relations convenues et avec Vincent une amitié sincère. Vincent ayant été entendu préalablement, il avait déjà confirmé leur lien d'amitié. Le portable, Hugo en avait bien évidemment parlé à la police lors d'une seconde entrevue. Tôt ou tard, les autorités judiciaires l'auraient su. Il avait déclaré avoir accompli une des dernières volontés de James, dernières volontés que Greta avait naturellement confirmées, tout comme l'avait fait Vincent en précisant ne pas savoir qui les avait accomplies. Hugo était ressorti du commissariat serein et avait projeté de poursuivre son existence comme si de rien n'était, et de revenir à Belle-Île pour se marier. Un enterrement suivi d'un mariage et d'un divorce dans la foulée.

En débarquant à Belle-Île en début d'après-midi, il lui restait néanmoins une affaire à régler avant de se précipiter dans les bras de sa promise. Il devait se rendre chez Éléonore. Il voulait être certain qu'au moment où elle avouerait que c'était lui qui avait déposé le portable de James dans le cercueil – car elle finirait bien par l'avouer, contrainte par la police de le faire –, elle irait dans son sens, évoquant une malheureuse coïncidence. Un des enquêteurs avait confié à Hugo durant le second interrogatoire qu'une personne très proche de la victime était suspectée de détenir des pièces maîtresses mais que les obtenir demanderait d'agir avec doigté. Hugo n'avait pas douté une seconde que cette personne n'était autre que la mère de James, considérée comme instable psychiquement. Il avait aussitôt confirmé ce que la police savait déjà, c'était bien elle qui lui avait remis le portable.

Mais voilà, cet après-midi, l'entrevue avec Éléonore, simple formalité, s'était rapidement transformée en un véritable cauchemar. Éléonore lui avait parlé d'une liste transmise par James et que son prénom y figurait avec celui de Vincent et d'un certain Mathias. Bien qu'intrigante, cette révélation restait sans conséquence, voire donnait du sens au message *post mortem* de James, sens qu'il ne doutait pas pouvoir utiliser ultérieurement. Ensuite, la spirale infernale s'était mise en marche. Éléonore l'avait drogué. Lui, le fin stratège s'était vu piégé par une vieille femme. Lorsqu'il avait repris connaissance, il n'avait eu de cesse de poursuivre son plan. Le mariage allait se dérouler comme prévu et il ferait tout pour que cela en soit ainsi. Se marier l'inquiétait peu ; ce mariage serait sans conséquence financière pour lui parce que Greta avait insisté pour établir un contrat de mariage. Échaudée par deux fois et persuadée qu'Hugo l'épousait pour obtenir un sursis pour rester en France, elle souhaitait conserver sa petite fortune personnelle. Son merveilleux appartement continuerait à lui appartenir même si son cher mari demandait le divorce. En matière de contrat, Greta excellait. Avoir subi deux divorces l'avait rendue prévoyante. Si elle avait su !

Hugo se mit à réfléchir à haute voix. Il lui fallait penser vite et bien. Une répétition ne serait pas superflue avant de passer la porte de la gendarmerie, et ce bien évidemment en feignant d'être en proie à une panique folle. À voix basse, il se mit à parler « Encore cet après-midi, j'étais le plus heureux des hommes, sur le point de me marier avec une femme merveilleuse. J'étais en route pour la mairie lorsque j'ai reçu un message consternant sur mon portable. James m'avait bien dit m'avoir inscrit à un jeu sans m'en expliquer la véritable teneur, aucune règle, juste que ma vie en serait à jamais bouleversée. Il était joueur, moi pas, aussi je m'en fichais. Donc, j'ai reçu une carte de Belle-Île interactive et il m'était proposé de pointer le lieu de mon choix pour obtenir un bonus. Soudain, la localisation de la mairie de Le Palais s'est affichée, un point lumineux s'est mis à clignoter sur mon écran. J'ai tout de suite fait le rapprochement, ce fameux jeu était celui de Argy, une fille que j'ai rencontrée à la Défense, il y a de cela quelques mois. Une incroyable coïncidence. Cette jeune femme était instable psychologiquement et nous ne nous sommes parlé que quatre ou cinq fois. Elle avait l'habitude d'acheter un sandwich au même food-truck que moi. C'est dans la file d'attente que j'ai fait sa connaissance. Je venais à la Défense deux fois par semaine pour retrouver un ami, Vincent, qui travaillait sur un plateau technique. Vincent est mon témoin de mariage, il pourra vous le confirmer. Donc, cette Argy m'avait fait des confidences, trop heureuse d'avoir finalement trouvé à qui parler d'un jeu qu'elle avait conçu. Je considérais nos rendez-vous comme des moments de récréation qui me vidaient la tête. »

Hugo se ravisa soudain. Pas question qu'il s'étale sur ses soucis de l'époque. Son esprit était alors déjà bien trop occupé à fomenter un plan machiavélique. Devrait-il avouer qu'il avait eu bon espoir de mettre dans son lit cette jolie jeune fille qui dissimulait ses atouts sous des couches de vêtements ? En réalité, au fond de lui, il ne pouvait se le cacher, il avait été attiré par cet autre lui-même, par cette fille blessée, révoltée, capable d'employer tous les moyens pour atteindre son but. Mais il n'avait pas pu parvenir à ses fins, elle était trop obnubilée par son foutu jeu. C'était si incroyable d'imaginer que cette gamine avait finalement réalisé son rêve et fini par arnaquer un pauvre diable et pas n'importe lequel, puisqu'elle s'était attaquée à James, le client parfait.

Hugo serra les poings. Cette petite écervelée avait contrecarré ses plans et s'il se retrouvait devant la gendarmerie, c'était à cause d'elle. Cet après-midi, à l'instant où il avait vu apparaître la carte de Belle-Île sur l'écran de son smartphone, il n'avait eu aucune autre possibilité que de mettre le doigt sur le point localisant la mairie et d'attendre. Lorsque le chronomètre s'était mis en route, l'espace d'une seconde, il s'était demandé s'il ne rêvait pas. Lorsque le compte à rebours s'était enclenché, tout était brusquement devenu clair. James s'était fait piéger avant de décéder. Il avait cru en une guérison miraculeuse, consécutive à une opération de la dernière chance. James s'était fait arnaquer et, à son tour, Hugo se trouvait dans la position du pigeon. Surréaliste situation qui l'avait totalement dépassé. Son unique recours était-il de passer de statut de coupable à celui de victime ? Il avait aussitôt songé à faire croire que lui aussi était en danger. Il avait décidé de jouer le rôle de l'homme paniqué en criant qu'il voulait sauver sa peau et désirait prendre le premier bateau pour échapper à un tueur en série, d'utiliser la liste comme une liste de victimes. Fin stratège, il avait repris les règles inventées par Argy, dont il avait connaissance, le numéro d'appel, le code et les bonus. Puisque James était l'un des joueurs, il avait forcément participé à ce jeu. Dans ce cas, il avait été piégé. Le pigeon idéal, le type friqué, accro au jeu, sans famille et extrêmement fortuné. Il n'était même pas envisageable que James ait eu l'idée de se jouer de lui ou même de l'arnaquer. Argy avait probablement trouvé un autre associé et, maintenant, ce dernier s'en prenait à lui. Alors Hugo avait enregistré une vidéo en urgence et l'avait déposée aux pieds des marches de l'escalier à la mairie. Il allait faire croire au jeu de la mort et au fait que James y avait participé, pointant son index sur un point localisant l'hôpital et qu'ensuite on l'avait tué. Lui-même, puisqu'il avait posé son doigt à l'emplacement de la mairie, allait mourir. Voilà, il allait raconter à la police une version édulcorée de l'histoire, la panique dans la voix. Il n'avait pas d'autre choix pour s'en sortir que d'évoquer Argy ; d'ailleurs, il l'avait déjà fait sur la vidéo enregistrée dans l'après-midi. En sortant de la maison d'Éléonore, lorsque la carte de Belle-Île était apparue sur son écran, il avait aussitôt compris comment Argy avait eu connaissance de l'existence de James. Elle avait choisi d'arnaquer James parce que Vincent, le cœur chamallow, avait évoqué l'existence de James. En proposant à Argy de pigeonner Vincent, en se faisant passer pour Daphné, Hugo avait mis sans le savoir le doigt dans l'engrenage. Il se maudissait. Fort certainement, Vincent avait confié à Daphné qu'il voyait un de ses amis, joueur, argenté et malade, une fois par semaine. Il avait laissé filtrer un prénom et un nom. Argy s'était dit qu'elle pouvait doubler la mise, pigeonner Vincent pour mille euros et se servir de ce qu'il lui avait confié pour attraper un plus gros poisson.

Au funérarium, il y avait de cela une dizaine de jours, après avoir déposé le portable de James dans le cercueil, Hugo avait cru avoir définitivement réussi son coup. Ensuite, dans l'église, il avait jubilé intérieurement pendant que Vincent n'arrêtait pas de refaire le monde à voix basse. Face à la mort d'un être cher, Daphné, son grand amour lui manquait. Cela avait été un pur bonheur que de l'entendre geindre. Comment résister, comment ne pas lui claquer « appelle-la, ta dulcinée » ? Et lorsque la sonnerie avait retenti, il n'avait pas compris. Un mystère qui le rendait fou depuis plus de dix jours. Désormais, tout était clair, il était l'arroseur arrosé. Argy avait remis à Vincent non pas son numéro de téléphone mais celui de James. Cette fille était suffisamment folle pour l'avoir fait. Jouer avec le feu, elle adorait. Bientôt, elle allait payer, coupable de tout, d'être une cyberdélinquante, d'avoir arnaqué un homme malade mais aussi d'avoir tué son client pour qu'il se taise à jamais. Voilà, il allait tout lui coller sur le dos.

Le ballon de foot vint terminer sa course à quelques mètres de lui. L'un des quatre gamins se mit à courir dans sa direction. Hugo devait agir et vite. L'air apeuré, Hugo lui demanda :

— Mon petit, je cherche la gendarmerie.

— Devant vous, lui affirma le gamin après l'avoir toisé curieusement.

Ce type parlait tout seul. Puis l'enfant se retourna. Deux furies se tenaient plantées face à lui. Éléonore et Marie avaient eu l'idée lumineuse de se rendre à la gendarmerie et se retrouvaient désormais sur le chemin d'Hugo. En l'apercevant, Éléonore se mit à pousser un cri.

Soudain, les lumières des réverbères s'éteignirent. Lorsqu'un premier éclair fendit la nuit, les enfants levèrent les yeux au ciel, tout comme le firent Éléonore et Marie. Le plus petit de la bande lâcha des « Ohhh ! » ; il retenait son souffle entre chaque gerbe qui fendait le ciel dans un long sifflement. Des corolles d'étoiles scintillantes et argentées explosaient puis, en milliers d'éclats, redescendaient en pluie sur la mer. Du bord de la Citadelle, des fontaines de lumière se mirent à déverser à leur tour des milliers de fines particules brillantes, blanches, vertes, bleues et roses. Des rubans scintillants coulaient telle de la pluie concentrée. Des étoiles mortes d'épuisement se mouraient dans les reflets sombres de l'Océan. Les enfants se mirent à applaudir à tout rompre quand la folle ronde d'une myriade de petits points lumineux embrasa le ciel. Comme des lucioles par milliers, endiablées, affolées qui se seraient poursuivies sans pouvoir parvenir à se rattraper. Certaines tournaient dans un sens, d'autres, en sens inverse. Les enfants n'avaient pas le temps de les voir s'éteindre qu'une nouvelle flèche s'élançait vers le ciel pour tenter de conquérir le cosmos et retombait promise à une funeste destinée. La lettre « S » dessina un serpent puis vint le « U » et lorsque toutes les lettres cessèrent de s'enflammer, « Supersaurus ! » hurlèrent les gamins.

Hugo levait lui aussi les yeux au ciel, incrédule, un spectacle digne de Las Vegas. La mer était en feu, des millions d'étincelles fusaient au ras des toits. Le feu d'artifice était flamboyant et ses multiples couleurs crépitaient harmonieusement dans le ciel. Le show pyrotechnique à la Citadelle, éblouissant de précision et de virtuosité, ne lui procurait aucune émotion. Ce bruit de tonnerre le heurtait. De toute façon, la vérité n'éclaterait jamais. Il était innocent et le resterait pour toujours.

À l'instant où le bouquet final enflamma littéralement le ciel de Le Palais, Hugo poussa la porte de la gendarmerie. Ce qu'il ne savait pas encore c'est qu'une caméra, la caméra numéro trois, allait briser tous ses rêves.

XLVII

LES ACADIENS

Au-dessus de l'Atlantique – Quatre mois plus tard

C'était bien pire que ce que Argy avait imaginé. Elle vivait un véritable cauchemar au-dessus des nuages. Cohabiter avec un hublot de l'épaisseur d'une ramette de papier la tétanisait. La capuche de son sweat couvrait son visage. Elle avait retiré ses bottes de sept lieues pour les glisser sous son siège. Ses pieds gigotaient, ses curieuses chaussettes roses s'agitaient. Sur ses genoux sautait un paquet que lui avait confié sa grand-mère. Énorme, Marie Pencoët s'était fait des adeptes au Québec et Argy lui servait de commerciale. Elle se dit que si sa dernière heure allait bientôt sonner, un crash aérien n'était pas à exclure, elle devait se libérer intérieurement de tous ses démons, expier ses fautes et demander en silence pardon à tous ceux sur lesquels elle avait porté un jugement totalement erroné. Elle s'était trompée sur toute la ligne :

Ses deux grands-mères n'étaient pas des vieilles femmes.

Sa mère n'était pas une si mauvaise mère que cela, à bien y réfléchir.

Son cœur chamallow n'avait pas des yeux marron mais d'un bleu océan.

Quant aux gars de la WB, la Water Blue, ils n'avaient jamais tenu une guitare électrique entre leurs mains mais toute autre chose, son avenir à elle.

Elle n'avait pas d'autre choix que de ronger son frein encore quelques heures ; penser à l'Acadie l'aiderait à ne pas craquer. Dans trois heures, son calvaire prendrait fin, elle poserait le pied sur la terre de ses ancêtres. Sa grand-mère paternelle, Éléonore, lui avait dit que, pour apprécier à sa juste valeur Belle-Île, il lui fallait aller voir ailleurs si l'herbe était plus verte, l'eau plus bleue et le sable plus blanc. C'est ce qu'Éléonore avait fait, il y a de cela bien longtemps. De son premier voyage à l'île du Prince-Édouard, encore dénommée île Saint-Jean, ou encore de ce merveilleux périple à l'île Royale ou, mieux, l'île du Cap-Breton, elle gardait des souvenirs émus. Éléonore n'était-elle pas une digne descendante d'une famille d'afféagistes ? Plus de deux cent cinquante ans après que des Acadiens en fuite avaient été contraints de poser leurs bagages à Belle-Île, elle avait fait le voyage dans l'autre sens pour découvrir l'île Royale. Elle y avait croisé Charlie Garner. Si, il y avait bien longtemps, leurs aïeux respectifs avaient suivi des routes différentes, voyage en chariot bâché pour s'installer dans le

Nevada pour les uns, et traversée en bateau pour la France pour les autres, eux s'étaient rapidement juré de suivre la même route. Charlie parlait français avec l'accent québécois, il était beau, charmant et l'avait fait craquer. L'amour l'avait-il rendue aveugle, Éléonore se le demandait encore ? Pour Argy, ce n'était pas sa grand-mère mais Clémence, une amie de sa mère, qui détenait la palme en matière de conquêtes amoureuses. Selon cette blonde platine merveilleusement sophistiquée, les hommes étaient tous des loups. Cette femme, qui avait tout d'une louve, n'avait pas sa langue dans sa poche et Argy se promit de la revoir prochainement à Paris. Argy se jura aussi que, pour le voyage retour, elle allait réserver une immense cabine sur un paquebot transatlantique. Ce serait son bonus au jeu du Supersaurus, jeu faussement lancé sur le marché qui ne serait jamais commercialisé puisque clairement non commercialisable.

Bien plus à son aise, dans le siège voisin situé à sa gauche, yeux grands ouverts, Mathias somnolait. En réalité, il tentait de répondre de nouveau à trois questions simples qu'il s'était déjà posées durant son séjour à Tokyo.

Quand avait-il ri pour la dernière fois, un rire vrai qui secoue de l'intérieur ? Il s'en souvenait fort bien, c'était le matin même, lorsque Argy avait eu droit à une fouille dans les règles à l'aéroport. Emballé dans un quotidien régional avec un titre à la une « *Une Belliloise, cyberdélinquante, hérite d'un casino à Las Vegas* », un curieux paquet en aluminium, contenant une douzaine de crêpes au sucre, avait mis en émoi les douaniers.

Quand avait-il dormi d'un sommeil réparateur ? Hier soir dans les bras de Argy, apaisé parce qu'un certain Chung lui avait annoncé que ses analyses étaient excellentes.

Quand avait-il éternué pour la dernière fois ? De cela, il n'en était pas certain. Ce dont il était sûr, c'est que, dans moins de trois heures, il serait assis à l'arrière d'un taxi pour quitter l'aéroport. Il avait décidé de ne plus jamais fuir. Rien n'était écrit ou tout du moins rien n'était gravé dans le marbre pour lui qui pensait posséder désormais un script, celui de sa nouvelle vie. Aujourd'hui, il savait exactement ce qui pouvait bien avoir un sens. James mort, il était le prochain sur la liste, le prochain de la liste à aimer Argy, longue liste…

Le passager assis à la gauche de Mathias n'arrêtait pas de manger ; il compensait parce qu'il mourait d'envie de fumer mais à quarante mille pieds d'altitude, c'était un réel problème. Mathias compatissait. Quatre mois qu'il avait arrêté de fumer mais le manque le tenaillait toujours. Son voisin était monteur son pour la télévision canadienne. Mathias lui avait fait remarquer que les images pouvaient bouleverser toute une existence et que le son pouvait prendre aux tripes. Il lui avait raconté une histoire incroyable, celle de la caméra numéro trois qui n'avait rien filmé. Cette caméra trois, un certain Bing l'avait installée un 29 mars en début d'après-midi pour des essais, des repérages sur le lieu d'un show pyrotechnique programmé une dizaine de jours plus tard. Il avait eu des soucis techniques et, plutôt que de rapporter la caméra, il avait préféré la mettre à l'abri dans un curieux édifice qui renfermait un réservoir d'eau. Il était revenu la chercher le lendemain soir et avait aussi récupéré la clé abandonnée sur le cadenas placé sur le loquet de la porte d'entrée de l'enclos maçonné, enceinte protectrice de la citerne. Des clés, il en avait plein les poches et transportait toujours quelques outils au cas où il aurait dû limer un panneton. La seule faute professionnelle que Bing avait été prêt à avouer, c'était l'oubli de la clé. Cette caméra avait enregistré par intermittence durant tout l'après-midi du 29 mars et personne ne l'avait visionnée ou tout du moins écoutée. La police avait récupéré cette bande le 12 avril, le lendemain du show. Du direct live, un assassinat en direct, rien que du son, aucune image. Le Canadien n'en avait pas cru ses oreilles et s'était permis de reformuler, avant d'enfourner une bouchée.

— Eh, Mat, qu'est-ce que tu me chantes là ! Les chaloupes de ravitaillement en eau des trois-mâts seraient venues accoster dans cette crique au XVIIIe siècle. 860 000 litres d'eau douce ! Ce réservoir recouvert d'une grande voûte cintrée entièrement en pierre existe toujours ! Toute cette eau et, là, le gars pète un câble ! Le revolver braqué sur lui, ce mec prend scs jambes à son cou, il échappe à son agresseur, entre dans cette citerne et il se met à boire, boire toute cette eau, il remplit la bouteille et il boit encore et encore. Il recrache. Il rit, il hurle que s'il lui arrive malheur, son assassin, qui n'est autre que son oncle, sera démasqué. Il étouffe, son rire enfoncé dans sa gorge. Il clame que sa voix portera son message au-delà de sa mort. Il explose, il boit à en crever mais, comme il n'en crève pas, son agresseur transporte le corps du gars à demi-mort sur la passerelle d'accès au réservoir et réussit à trouver un coin pénard pour le balancer du haut de la falaise. Ton petit meurtre en famille, quel scénario de dingue !

Mathias remit les écouteurs sur ses oreilles et acquiesça. Pas tort, ce Canadien n'avait pas tort. Inutile d'aggraver son cas en évoquant le portable déposé au fond d'un cercueil, qui sonne en plein office funéraire, ou le fait que sa petite amie venait non seulement d'hériter d'un casino à Vegas mais encore avait pris trois mois de prison avec sursis pour cyberdélinquance. Il était souhaitable d'en rester là. La fin du voyage lui aurait valu un millier de questions pour lesquelles il se demandait toujours si quelqu'un aurait jamais les réponses. Difficile de reconnaître que, pour appréhender toute la vérité, il aurait fallu confronter les points de vue de deux personnes qui ne s'étaient même jamais adressé la parole, le père et la fille. Impossible de le faire, le corps du père reposant au cimetière de Sauzon. Inutile de questionner l'autre personne, elle tentait d'oublier. Mathias préféra prendre la main de Argy. Sur l'écran face à eux s'afficha un « *The End* ». Fin, tout avait une fin ou, mieux, un début.

FIN